異境

Remembering Babylon

デイヴィッド・マルーフ

DAVID MALOUF

武舎るみ・訳

オーストラリア現代文学傑作選

現代企画室

Australian Government
豪日交流基金
Australia-Japan FOUNDATION

Masterpieces of Contemporary Australian Literature project is supported by the Commonwealth through the Australia-Japan Foundation of the Department of Foreign Affairs and Trade.

本書の出版にあたっては、豪日交流基金を通じて、オーストラリア政府外務貿易省の助成を得ています。

目次

・翻訳の底本には、Vintage Books の *Remembering Babylon* を用いた。
・Aborigine, Aboriginal の日本語訳は「アボリジニ」が定着しており、native の訳語は「先住民」が定着しているが、作品が書かれた時代と作品の雰囲気を尊重し、本書では「土着民」とした。
・また、社会的、身体的表現で、今日一般に不適切と思われるものがあるが、作品の時代背景や文章の流れを考慮し、あえて残した。ご理解いただければ幸いである。

異境

これがエルサレムなのかバビロンなのか、われわれには分からない。

ウィリアム・ブレイク『四人のゾア』

奇怪な姿と虚空が魂を苦しめる
影が目を覆い
世界が燃え上がり煙の海が巻き上がる
稲妻が空を切り裂く

月は血のように赤くなり
太陽は雷雲のように黒くなる
星々は青黒くなり
暗闇に屈した天が
太陽を翳らせ昼の始まりを拒む
星々が空に消えてしまうと
天も地も死に絶えてしまうと
おまえは私を思い出すであろう

ジョン・クレア『ソング――最後の日』

第一章

十九世紀半ば、クイーンズランドの開拓がじりじりと北進し、ようやく東海岸のなかほどに達した頃のこと。ある日、囲い地《パドック》のはずれで遊んでいた三人の子供がなんとも奇妙なものを見た。三人はつぎをあてた木綿服の姉妹と、そのいとこで半ズボンにズボンつりの少年。ちょっとやそっとでは動じない開拓村の裸足の子供たちだ。

そんな村の子供には遊んでいる暇などないのだが、この日は少年が考え出した遊びを小一時間は続けていた。そこここに小石が埋まり、蟻が道を刻んだ粘土がちな囲い地が今はロシアの森、三人は狼を追う狩人だ。

四年生の国語の教科書にあった物語を少年がこの「狩人ごっこ」に仕立てあげ、狩人になりきっている。冷たい空気に鼻の穴がしびれ、足もとで雪がきしきしと鳴る。手に持った銃——太い枝——がずっしり重い。ところが少女たち、とくに少年より年上で背丈も頭半分ほど高いジャネットはうんざりしていた。二人とも雪など見たこともなく、狼にも興味が持てない。ぶつくさ言いながらのそのそついてくるだけなので、少年は二人の気をそらすまいと、持ち前の想像力をありったけ働かせ、頑固なまでに固い意志の力も借りざるを得なかった。

赤茶色の牧羊犬もいる。舌をだらりと垂らして飛び跳ねながらついてくる。なにやら一心にやっている少年の真剣な様子に興奮してはいるが、少年たちが何をしているのかわからず、とまどってもいる。「狩人ごっこ」とまでは伝わらなかったのだ。犬は小さな一団のまわりを飛び回り、ときには前になり、ときには横並びになって地面をくんくんかぎ、命令を期待して潤んだ目を上げるかと思うと、まだ気の散りやすい子犬なので、近づいてくる一行の気配に跳び上がったコオロギや、低い羽音を立てて舞い上がったイナゴを追いかけ、頭から突っ込んでいっては転げたりする。不意に、この犬がそのにおいをかぎ取った。ひと声、大喜びで吠えると、はずれの柵めがけて一目散に駆け出した。子供は三人とも、何を見つけたのかと振り向いた。

少年――ラクラン・ビーティ――は、足もとで雪が溶けていくのを感じた。遠くでかすかに突風の音がする。風がトンネルを吹き抜けるような音。それが自分の体の中から聞こえてくる音だと気づいたのは、一瞬のちのことだった。

見るものすべてがゆがみ、ぎらぎら光るほどの酷暑の中で、センネンゾクの木が生い茂る沼のかけらが――けっして行ってはならないと言われている「あっちの世界」の地面の一部が――沼の対岸を形づくる灰色の帯からはがれて、実体ある物というよりは熱暑にゆらゆら立ちのぼる蜃気楼のような、ぼんやり捕らえどころのない細長い形をして、こちらへ転がり、飛び跳ね、飛んでくる。

黒んぼ《ブラック》だ！　少年はとっさにそう思った。黒んぼ《ブラックス》どもが襲ってきたんだ。これまでは幾度も誤報で終わっていた「襲撃」が、ついに現実のものになったのだ。

少女たちは棒立ちになっている。一度激しく息を吸ったきり、吐くのを忘れている。少年も金縛りにあったようになったが、落ち着きを取り戻し始めていた。まだくちびるが血の気を失ってはいるものの、男らしくやるべきことをした。棒切れを握りしめて、決然と一歩踏み出したのだ。

だが、襲撃ではなかった。やって来たのはたったひとりなのだ。しかもそいつは、少年が汗にかすむ目で炎のようにゆらめく姿をかろうじて見さだめたかぎりでは、人間ですらないように思えた。やせ細って節くれ立った脚は、手負いのツルを思わせる。さもなければ、ラクランら子供たちが互いに聞かせ合う、まじないや呪いだらけのおとぎ話に出てくるような、鳥に変えられてしまった人間かもしれない。いや、まだなかば変身しかけたところで、人とも鳥ともつかない姿で跳ねたり羽ばたいたりしながら、無人地帯である沼を越え、あっちの世界からやって来るところなのだ。「あっちの世界」とは、野蛮なもの、不気味なものばかりが棲んでいる世界、子供どころかその親たちでさえ足を踏み入れたためしがなく、そのためにおどろおどろしい風評や迷信や、「暗闇の大王」にまつわるおぞましい物事を生み出す世界のことだ。

そんな世界からやって来たそいつは、腰に青いぼろ切れを巻きつけていて、ぼろ切れからは袖らしきものが二本垂れさがっていた。それが揺れ、何かの合図をしている。だが、頭上に掲げた棒のような両腕も合図をしている。それとも、ハエだか目に見えない炎だかを払いのけようとしているのかもしれない。ああ、そうか。あれは、どういうわけか突然動き出して、さおから降りてきたかかしだ。今、ぼろぼろの体にもじゃもじゃの頭で、焼けつくように熱い地面をよたよた駆けてくる。顔は真っ黒に日焼けしてごわごわと革のようだが、近づいてきたのを見ると、髪の毛は日にさらされて、三人の髪と同じ明るい麦わら色をしていた。

そいつがなんであれ、少年は敢然と立ち向かおうとしていた。ひるむことなく二人のいとこより二歩前に出る。二歩どころか、たったひとりで百メートルは前に出たというのが実感だっただろうが。そして、本当は何の役にも立たないとわかっている「武器」の威力を信じ、肩にあてて構えた。

犬のフラッシュに追われて、今や三人のすぐ前までやって来たその生き物は、立ち止まるとアヒルのような奇声を発し、柵の最上段の横木に跳び乗り、そこでそのまま、飛び立とうとするかのように両腕を大きく振り回した。そして、がさがさの唇が開いた。

「撃たないでくれ！　イ、イ、イギリスのものだ！」

白人の男だった——外見からは思いもよらないことだったが。土着民特有の飢え死にでもしそうな情けない顔つきをしているばかりか、バランスをくずし、ひと声叫んで横木から子供たちの足もとに転げ落ちてきたときには、これまた土着民によくある、よどんだ沼の泥水のようなにおいもした。さっき自分の口から飛び出した言葉には、子供たちに負けず劣らず本人も仰天したに違いない。というのは、頭の中をいくら探っても、ほかには何も見つけられなかったからだ。男は大口をあけてぽかんとしていたかと思うと、今度はにやりと笑って脇腹をさすり、痛そうに眉根を寄せ、途方に暮れたようにあたりを見回し、やっとのことで言葉が見つかると、今度は子供たちには訳のわからない土着民の言葉で、どうやら自分のふがいなさを哀れっぽい声でぼやいているようだった。

少年はかっとなった。自分の知らない言葉に恐れをなしたのだ。このましゃべらせておいたら、こちらの弱さがばれて、つけ込まれる。そう思った。そこで男の心臓のあたりに棒を突きつけ、叫んだ。「やめろ。口を閉じろ」

男は少年の激した口調に応え、鼻先を地面にこすりつけるようにして這い回り始めた。少年は緊張を解き、心の中でつぶやいた——このほうがいい。すると、犬のフラッシュまでが、従順なところを見せようという男の意図を察したとみえて、キャンキャン吠えるのをやめ、見知らぬ男の膝がしらをなめ出した。

男はいやがった。子供のように鼻を鳴らして跳ね回り、犬を追い払おうとしている。ラクランはその意気地のなさに唖然とし、少々げんなりしながらも、勝者として厳しさだけでなく懐の深さも見せてやろうと、フラッシュを止めた。そして、できるだけぶっきらぼうに「行け」と命じると、ほどなく男は歩き出したが、片方の脚が短いので足どりがぎこちない。いとこには、あとから少し離れてついて来いと命じると、二人は少年がたった今自分の中に見出した統率力に圧倒されて素直についてきた。

しばらくすると男は不満げにうなり、抗議でもするような調子で、わけのわからない言葉をしゃべり出したが、ラクランが棒きれを背中に突きつけると足を速め、しきりにへつらうような声音《こわね》を発するので、ラクランは大得意になった。胸が自然とせり出してくるのがわかる。こんな経験、生まれて初めてだ！　おれはつかまえた男を引っ立てていく。しかも何の武器も持たずに。ラクランが持っているものと言えば、生意気な剛胆さと空想力だけだった。

　そんなわけで、このささやかな行列は、子供たちが住む小屋の下手の峡谷で樹皮をはいでいる少女たちの父親のところへと進んでいった。


　一時間後には男のことはもう村中に知れ渡っており、野次馬が集まってきていた。この得体の知れないやつを見るために。こいつ、いったい何者だ？

　一日のうちでもこの時刻にはとりわけすさまじくなる熱暑にもめげず、皆、突っ立ったままじっと見つめている。

　ここでは住人の気を散らすような出来事など、めったに起こらない。シリア人の行商人でさえ、わざわざこんな所まではやって来ない。孤立した最果ての地なのである。

　開拓民があちこちに持っている土地は、広いものでおよそ五万坪。それ以外にこの村にあるものと言えば、ペンキも塗っていない羽目板張りのよろず屋兼郵便局が一軒だけ。この店にはベランダがあって、その前で犬が一匹、年がら年中眠っているが、蹴飛ばされるとしぶしぶ腰を上げ、五歩だけ歩いて、またどさりと横になる。

　よろず屋の向かいにはトタン張りの掘っ立て小屋があった。今のところまだもぐりの飲み屋で、店の前には馬をつなぐ杭があり、中をくりぬいた丸太が飼い葉桶がわりに置いてある。

よろず屋と飲み屋にはさまれた、野次馬どもが突っ立っている空き地は、道のはしくれと呼べないこともない。馬が荷馬車を引いてそこを行き来しているし、日よけ帽をかぶった女や、はだしの若者も通るからだ。若者たちは暮れ方には暇をもてあましてここへやって来ると、ベランダの手すりに足をのせ、きわどい冗談を飛ばしたり、つばを吐く練習をしたり、煙草の吸いさしを飼い葉桶の中にはじき飛ばしてシューッと消したりする。とはいえ、ここはまだ本物の通りではないから、名前はない。

名前のある最寄りの村はボーエンで、二〇キロ離れたところにあるが、二〇キロといえば、つまりは関わりなどほんのわずかしかないということで、さらにそのボーエンに関わりがあるものとの関係となると、なおさら薄かった。ボーエンに関わりがあるものとは、「ボーエン」の名の出所である軍服姿のお偉がたと、そのお偉がたを代理として送り込んできた女王のことで、この女王がすべて、つまりオーストラリア大陸全土を掌握しているのだった。

「不細工なやつだと思わねえか？　ヘッ！　それに、いやにくせえしよ！」

「ばかさ。ありゃあ、ばかなんだよ」

「ちがう、ばかなんかじゃない！　おれに口をきいたんだから。撃たないでくれって。な、そうだよな？　撃たないでくれ！　撃たないでくれ！」

自分の言ったせりふだと気づいた男は、根元まですり減ったみそっ歯をむき出しにて、体のかしいだ踊りをちょっとやって見せたが、やがてまた間の抜けた表情に戻った。

「撃たないでくれ」と少年は繰り返し、棒を肩にあててかまえた。幼い子供のひとりが声を立てて笑う。

「こいつ、おれの顔なら覚えたんだ」。少年はなおも言う。さきほど勝ち取ったささやかな栄光をのがすまいと固く心に決めているのだ。「そうだろ、な？　な？　おれの顔なら」。息も絶え絶えになってしつこく騒ぎ続け、だれかが新たにやって来ると駆け寄り、つかまえて男の話を聞かせるが、かならず男の横へ、皆の注目を浴びに大急ぎで戻ってくる。

戻ってくると、大人の目から見た自分——つまり、まだほんの十二歳で、年のわりには小柄なただの子供であること——を意識し、自分の頼りなさを実感して、しばらくは不安にさいなまれているが、やがてその不安からも立ち直ってしまう。いつもこんな調子で、気落ちしたときと同じく、いとも簡単に立ち直るのだ。そしてこの出来事が巻き起こした興奮に、また火をつけられたようになる。周囲の空気がパチパチと音を立てて燃え、少年は輝いている。男が現われたときの経緯を——男が「まるで鬼の大群に追っかけられてるみたいに」柵のところまですっ飛んできた様子を、柵の横木に跳び乗って発した言葉を——同じ言葉で繰り返し繰り返し語っているうちに、自分自身も含めて、あの出来事がいっそう鮮明に、いっそう途方もないことのように思えてくる。

男の口から飛び出してきた言葉こそが、少年にとってはほかの何よりも深い意味を持っていた。ただの棒切れを肩にあててかまえ、銃に見立てたことによって、男がその言葉を発し、その言葉が少年を変えた。もう元には戻りたくない。こうしてしゃべり続けているかぎり、皆がそれに耳を傾けているかぎり、戻ることはあるまい、と思った。

ラクランのいとこ、ジャネット・マッキバーも、男が現われたとき、その場に居合わせて一部始終を目撃したのだが、ジャネットの話にはだれひとり興味を示さないようだから、ジャネットにとっては、いとこのラクランが好き勝手をして許されているのは驚きだった。ジャネットたちの父親はふだんはそんなに甘くない。だが、父も母も、ほかの村人同様、驚きのあまり呆然としてしまっているらしい。二人とも、ラクランを叱って止める気配をこれっぽっちも見せない。

本当には、この出来事そのものがあまりの珍事であったために、大役を果たしたと力説する少年が、いつもとはまったく違って、土着民と白人の混血か、「あっちの世界」から逃げ出してきた者ででもあるかのように見えたのだった。印象的で神秘的な何かのおかげで、麦わら色の髪をした半裸の野蛮人ばかりかラクランまでが、皆の手の届かない次元へ行ってしまったように思えた。それで、少年は叔母に止められるまで、思うままにふるまっていた。叔母のエレン・マッキバーは、こんなに興奮して舞台の役者みたいに右へ左へ駆けずり回る甥の姿は見たこともなかったから、この子はあたしの目の前で破裂しちまうんじゃないかしらとはらはらし、お願いだから落ち着いてちょうだいと呼びかけた。すると夫のジョック・マッキバーも夢からさめたようにはっとして、その場に踏み込むと、甥に平手打ちをくらわした。

少年もようやく我に返って周囲を見回し、叔父にぶたれた頬をさすった。もう元の、細いが強靭な体をした、ただの十二歳の少年に戻っていた。「あっちの世界」から逃げ出してきたように見えたけど、ほんとはただの間抜け小僧なのかも、と皆も思い始めたこの少年は、出し抜けの平手打ちに飛び上がり、やがてぶつぶつ文句を言い始めた。

「ラクランだけじゃなくって、あたしとメグだってあの人を見つけたんだから」。すかさずジャネットが口をはさんだが、気にとめる者などひとりもいない。「それに、どっちみち一番最初に見つけたのはフラッシュなのよ」

「ああ、お願いだからやめて」と母が娘に言った。

そのあいだも、男はじっと立ったまま待っていた。何を?

まわりに立っている村人のだれかが何かを始めるのを。

しかし、ラクランが聞いた叫び声以外には、皆にわかる英語をひとことも話せず、素性も知れないこの妙な男のことで、いったいどこから何が始められるというのか。どろんとした目の、見るからに哀れで不格好な男、周囲の野次馬のほうこそ珍らしい生き物だとでも言うようにびくつき、そわそわと落ち着かず、たえず笑ったり目をぱちくりさせたりしている男のことで。

男の体には、かなりひどい火傷や怪我のあとがあった。胸と両腕には、たき火に転げ込んだためにできたと思われる火傷のあとがあるし、一、二度、袋叩きにあったことを物語るゆがみや傷跡もある。それに、眉毛が片方ない。眉毛というのは、二本そろっているかぎりは何の注意も引かないから不思議だ。一本しかないせいで、どこか焦点の定まらない印象を受ける。そしてその顔に、始終叩かれているのに愚かな期待を捨てられず、人々に残飯をねだっては性懲りもなく虐待される野良犬のような、困惑と期待の入り混じった表情が浮かんでいた。

腕も脚もやせ細って関節ばかりが目立ち、片脚が短くて少しねじれている。興奮すると、糸が一、二本切れた操り人形のようにぎこちなく跳ね回る。顔をゆがめ、にたにたし、気を引かれたような顔つきをしたかと思うと、勇気がないのか集中力に欠けるのか、むっつり黙り込んで、ここにどうやって来たのか、自分が今どこにいるのか、急にわからなくなったと言うようにまわりを盗み見る。

男があとにしてきたのは、村人にとってはまるで未知の領域、真昼でさえまったく計り知れない奥地だった。

村はずれにある囲い地《パドック》の柵より北には、水鳥の生息する沼地が広がっている。その先には、グレートディバイディング山脈の壮大な尾根が霧の中にそびえ、流れのゆるやかな川が雨林地帯のそちこちを貫いている。

南側にも未知の領域が広がっている。ラクランたちの村の開拓地は、まるで蛙が跳んだ足跡のように、小さな開墾地が沿岸にとびとびに生まれていくという形で拡大していた。そのため、開墾地と開墾地のあいだに、白人が一歩も踏み込んだことのない領域が横たわっている。自分の前ばかりか背後にまで未知の領域があるというのは不安なものだ。ランプの燃えるシューッという音が消えてしまうと、小屋は静寂に呑み込まれる。子供の寝言や寝台の敷きわらがサラサラいう音など、人の気配を感じさせてくれるものもあるにはあるが、ほかの者が皆熟睡してしまえば、あとは大地におおいかぶさる無限の夜と対峙するばかり。獣が森の下ばえをばきばきと踏みしだいて進む音や、丸く皮をはいだ囲い地の木が、骨でもへし折るようにボキッと折れ、地面に倒れるくぐもった音を聞きながら、ベッドに横たわっていることになる。あるいは、もっと大きく、もっと遠くから聞こえてくる、何か得体の知れない物音もある。それは、開拓民とはまるきり無縁の、この大地の歴史のひとこまだ。こんなときに村人が抱く感じ——奥地に呑み込まれ、すっぽりとおおい隠されて、今どこにいるのかさえわからなくなってしまったという感覚——は、それはもう強烈なのである。

　村人のほとんどは、開拓民としてここに渡ってくるまでは、村の教会の尖塔が見える範囲、鐘の音が聞こえる範囲から出たことのないような農民だった。刈り取った麦の束を運び、一個所に集めながら、見上げれば、丘のいただきのむこうや開けた牧草地のかなたに、必ず教会の尖塔がそびえていた。

　ところがここでは、自分の踏みしめる地面そのものになじみがない。そもそも耕されたことなど一度もなかった土なのだ。自然とのつき合いかたも最初から逐一覚え直さなければならない。豪雨による大水で、掘り起こしておいた表土がそっくり押し流され、付近の細い涸《か》れ川が軒並み逆巻く泥の川と化す。サイクロンの襲来で、木々が地面から根こそぎ抜き取られ、しっかりと固定していなかった納屋が空高く吹き上げられて、屋根のトタン板が全部内側へ崩れ落ちたかと思うと、もう次の瞬間にはそのトタン屋根がバーンと音を立てて空を飛んでいく。しかし、厳しい天候や夜の暗闇よりもさらにたちの悪いものがあった。前であろうが後ろであろうが所かまわず、定住地を持たない土着民が歩き回るのだ。昼間なら白人の開拓者たちが（いざとなれば猟銃の助けをも借りて）自分のものだと主張することができる境界線を、我がもの顔に踏み越え、地図をあちこちで踏みにじり続ける。夜ともなれば、開拓者たちも白人の力を体現する生きた標識として見張りに立つことができないから、開墾地も未開の領域同様、ただの河床や花崗岩の丘に逆戻りしてしまう。そして、千キロ近く離れたブリズベンの土地管理局で、その開墾地の所有者の名前と図面が大英帝国の法律にのっとって番号をふられ登記されていることなど、知る由もなくなるのである。

　最大の不安の種は、今からほんの三年前には、この足の下の地面が「あっち」の側、つまり未知の領域のものであったということ、そして、自分たち開拓民がその上を行き来し、汗水たらして耕しているにもかかわらず、森の中で牧草地と牧草地をへだてるやぶや、シダの生い茂るほの暗い場所には、今なお神秘のなごりがひそんでいるかもしれないという意識なのだ。そんなしごくもっともな理由があったから、人々は土着民の痕跡をなるべく早く取り除いてしまおう、実のなりをよくするために樹皮をぐるりとはいだり森を切り開いたりして、足の下の地面を少しでも故郷《くに》に似たものに作り変えよう、と苦労を重ねていた。

　開拓民の小さな群がこんな時刻に珍しくこんな形で集まり、子供らが引っ立ててきた土着民とも白人ともつかぬ男に対面したのは、こうした状況のもとでだった。

　日が傾くにつれて、事の次第が少しずつ——ごくゆっくりと——あきらかになってきた。今すぐすべてを知りたいなどと急《せ》く者はいないし、第一、これほど珍しくこれほど面白いことを大急ぎで終わらせたがる者もいない。

　男の名は、発音の聞こえ具合で「ジミー」とも「ジェミー」とも取れた(日暮れまでには結局「ジェミー」に落ち着いて、皆から気安くそう呼ばれるようになった)。苗字は「フェアリー」または「フェラリー」。ラクランとそれほど変わらない年齢だった十六年前、沿岸を通りがかった船から海に投げ落とされ、以来、北方の森で土着民とともに暮らしてきたという。これはすべて、本人が手ぶり身ぶりと、必要に迫られて頭の中から何とかほじくり出してきた単語とを使って伝えた経緯だが、単語のほうは、口ごもったり、つばを飛ばしてわめいたりしながら必死に発音しようとがんばったものの、ひどくわかりにくかったため、聞き手の側では手ぶり身ぶりに飛びつき、もっぱらそれを頼りに男の言いたいことを当てようとした。そうやって推測するのがやがてゲームとなり、しまいには皆でめったにないお祭り騒ぎに仕立て上げてしまった。

　布を巻きつけた切り株があちこちに突き出し、白茶けた鹿の枝角がころがっている囲い地の単調な光の中でも、ときおり赤や青や黄色といった鮮やかな色の輝く一瞬があるものだ。そんなとき、村人はとまどいながらも心が軽くなり、こんなふうに思う——ふだんは非情なこの土地も、ときには茶目っ気を見せることがある、それに、今はまだどこかに隠されていて見えないが、もっと明るい世界へ通じる扉もあるのかもしれない、と。そうした茶目っ気や、明るい世界を思わせる雰囲気に似たものが、今、この場にもあった。皆が集まり、それと向き合ってジミーだかジェミーだかが立ち、皆が頭をかいたり顔を見合わせたりし、ジェミーが身ぶり手ぶりをしながらもぐもぐ言い、だれかがおかど違いのことを言うと、そうじゃないとジェミーがかぶりを振り、そのうち、ほかより頭の回転が速いのか無鉄砲なのか、ひとりが不意に声を張り上げる。「うーん、わかんねえけどよ。たぶん、はしごにのぼってたんじゃねえか。サクランボつんでたりしてさ。それともホップの実かな？　どうだい？」

それをほかの者があざける。「ばか言え、ジャック、そんなはずねえよ。アホだな！　でたらめ言いやがって！　ホップの実だなんて！」

別の意見や新しい案が出され、すったもんだやったあげく、結局、筋の通りそうないくつかの説の中間あたりで決着がつく。

「船だよ！　こいつ、船乗りだったんだ」

「何かに恐れをなしたんだな」

「ちがうよ、こうさ。熱だよ！　病気だったって言ってるんだ」

若者の中には、そうそう簡単には口をつぐまない騒々しい連中がいて、この謎ときゲームがまるで自分の素質をためす試練だとでも言わんばかりに、ひたすら真剣になった。やっきになって張り合い、かっかしてどなり、ライバルの出した案が通ると、いやみを言ってふてくされる。かと思うと、この機に乗じて、虫の好かない奴をいらつかせてやろうとする手合いもいた。

子供たちはどうかと言うと、村人がこうやって顔を合わせる機会は、日曜の礼拝と、牧師のフレイザーさんが開く集会だけだし、そんな折には両親とも、ごわごわした襟のシャツを着込んでネクタイをしめ、あるいは日よけ帽のひもをきつくしばり、きちんとボタンをかけ、終始恐縮してしゃちこばっているから、今、はしたないほどはしゃいでいる皆を見て驚き入っている。父親ばかりか母親までもが、こんなふうに叫んだりからかったりするとは思いもよらなかったのだ。

一方の「ジェミー」自身は、帆をたぐりよせる身ぶりをし、両頬を大きくふくらませ、目をぎょろりと動かし、左右の手を振って、わかってくれとしきりに訴える。そして眉間にしわを寄せ、鼻から小さくシューシュー音を立てて息をしながら、だれかわかってくれないかと待ち受けるが、皆はわけがわからず、口をへの字にして顔を見合わせるばかりなので、いらだっていよいよ興奮する。

ジェミーは大人たちによい印象を与えたくて、しばらくラクランのほうは見向きもしなくなっていた。だが、自分の言おうとしていることをすばやくわかってくれる連中のひとりがラクランであるとわかると、少年と自分のあいだにあると感じていた親近感に、また頼ることにした。まずは大人たちに敬意を表して、そちらに手ぶり身ぶりをして見せ、はかばかしい反応が得られないとラクランのほうを向く。あるいは、ほかのだれかがラクランの意見を求める。「何だろうな、ぼうず？　何が言いてえんだろ？」

自分の影響力があらたな形で勢いを盛り返したと見て取った少年は、この機会を存分に利用してやろうと心に決めた。

ジェミーが声を立てて笑い、腿をぴしゃりと叩いて、またラクランの鋭さをほめて見せるかたわらで、ラクランは、ほらな、と言うように口をきゅっと真一文字に結んでいる。おれじゃなくっちゃ！そうかと思うと、わざとしかめ面をし、わからないふりをして皆を待たせておいてから、勝ち誇った叫びを上げ、おれはなんてばかなんだと言うようにげんこつで自分の頭を叩いて見せてから、いっそう劇的に答えを披露する。「まあ、なーんてずるがしこいちびすけだ！」と年上の仲間のひとりがラクランの耳元でささやいた。

　しかし、やがて男の打ち明け話も種が尽きた。男はおぼつかなげにあたりを見回してから、今までの話を裏づけるために、腰に巻きつけていた布きれを引きはがして差し出した。くすくす笑いと、ばつの悪そうなせきばらいの中で、ネッド・コーコランという男がそのぼろ切れをつかみ、用心深く調べた。

　それは上着の残骸だった。海水のしみがあちこちに残り、あかでこわばってはいるが、かつては青か群青色をしていたと思われ、そのなごりがかすかに残っている。

　コーコランは顔をしかめた。これをどうしろってんだ？　腕をいっぱいに伸ばしたまま、ぼろを隣の男にまわす。その男もとっくりと調べてから次へまわす。女のひとりは、ひどく臭うそのかたまりを差し出されて鼻にしわを寄せ、そっぽを向いた。すでにジェミーは眉をひそめ、哀れっぽく訴えるように小さく鼻を鳴らしながら、片足でぴょんぴょん飛び跳ね始めている。

「返してほしいのよ」と、似たような経験のある幼い少女が夢見るようにつぶやいてから、うっかり口を出してしまったことに気づいて、恥ずかしそうに周囲を見回した。

「そうさ。その子の言うとおりだ。返してやれ」

ちょうどそのときぼろを手にしていたジョック・マッキバーが返してやると、男はにやりとして、それをしっかり抱きしめたが、一番役に立つ場所には戻そうとしない。ジム・スイートマンという男がたまりかねて大声で叫んだ。「おい、頼むから、隠すべきところは隠してくれ」

　スイートマンは昔、鍛冶屋をしていた男で、村人の敬意を集めている。いかめしい顔つきの大男で、暑かろうが寒かろうが年がら年中フランネルのチョッキを着ており、その胸元からは針金のような白髪の胸毛がのぞいている。きたないののしり言葉を許さず、自分ではごく穏便な表現でお茶を濁している。しかしダンスとなると、体重も年齢もまるで実際の半分しかないように軽々と踊って見せ、三歳の孫娘を抱いてはワルツを口ずさんで揺すってやっている姿もよく見かける。スイートマンが自分の影響力を他人に押しつけることはないし、非難の言葉を口にすることも決してない。しかし、そんなスイートマンから、つかの間でも、軽蔑の念というよりはむしろ悲しみをこめてじっと見つめられ、それから実に残念だというふうに目をそらされると、ほぼ例外なくだれもが恥じ入るのだ。

　スイートマンは謎ときゲームに加わってはおらず、楽しんでもいなかった。無骨な未開人だか操り人形だか、ばかだかが、へつらいながらひょこひょこ跳び回っているかたわらで、大の大人が男も女も大勢にやにや笑ったり叫んだりして油を売っている。しかも跳び回っている男は素っ裸ではないか！　こいつが見かけどおり哀れな未開人であるとしても素っ裸なのはよくないし、ましてや白人なら言語道断だ。だれもがいつまでも男にそのままの格好でいさせて平気らしいと見て取ると、スイートマンは一喝した。「だれか、何か覆うものを持ってきてやれ！」。そして恥ずかしさのあまり赤面しながら、男の手からぼろをひったくると、男にそれをぐいと押しつけ、指をさして意図を伝え、そっぽを向いた。男はにやにやし、ぼろをたいそうていねいに、だが不器用に、腰に巻いて結んだ。

　しかし、それから男は新しいゲームをやり出した。皆に見せることのできる別のものを見つけたのだ。

　掌で自分の頭を叩いて「あ《ヘ》、あ《ヘ》、あたま《ヘッド》」と叫び、その言葉が思いがけなく口をついて出たと言わんばかりに驚いて見せる。村人たちは、お次はなんだと待ち受けたが、さしあたりは男もそれでやめざるを得なかった。

　吃音がひどいのだ。男自身は、それが自分ではなく、だれかもう死んだか行方不明になったかした人間の癖だと思い込んでいたらしいが、その癖がまた戻ってきた。柵に跳び乗って、英語の単語を最初に思い出したあの瞬間に、吃音も戻ってきた。おそらく英語そのものと切り離せない弱点なのだろう。それで少々がっくりきて気をそがれたというわけだ。だが、ぐっと我慢して、吃音は無視することにした。

「はな《ノウズ》」と叫んで自分の鼻をつかみ、今度は簡単に思い出せたしうまく言えたぞと、おおっぴらに笑う。「うで《アーム》！　く《マ》、く《マ》、くち《マウス》！　みみ《イヤー》！」。こうなると、皆に見せるためというより、ただもう叫びたくて叫んでいるような、次々に出てくる言葉になかば酔っているような感じだった。

　まるで村人たちのしゃべっている言葉が空気中に漂っているから皆のすぐそばにいれば自分も言葉

を手に入れられる、この空気を吸い込めば言葉も一緒に吸い込める、それは皆のシャツからボタンを引きちぎるのと、あごひげを抜き取るのと同じように容易なことだ、とでも思っているようだ。「ひ《ビ》、ひ《ビ》、ひげ《ビヤード》」と男は叫んだ。もう言葉がすっかり戻ってきていて、どこかへ行ってしまうことはない。「あし《フット》」と片足をつかみ、もう片方の足でぶざまに飛び跳ねながら言い、次はわざと受けを狙って、「しり《アース》」と叫ぶなり、やせた尻をぴしゃりと打った。

子供がひとりふたり吹き出し、目を丸くして口を手でふさいだ。とても幼い子供たちは、やせた顔にごく真剣な表情を浮かべて、じっと両親の顔色をうかがい、何も言われなさそうだとわかると、何か新しい決まりでもできたんだろうか、この黒んぼのおじちゃんが来て、何かが始まったんだろうか、といぶかった。

勢いづいた男は見物人のあいだに踏み込むと、まわりの者に止めるすきも与えずに、図体の大きなみつくちの若者、ヘクター・ゴスパーの手から、かなづちをもぎ取った。不意をつかれたヘクターは、土着民に悪さをされたのかと思って、かなづちを奪い返そうとしたが、これが失敗だった。男は見かけより力があった。かなづちを放そうとせず、もみ合いになった。二人でかなづちを引っぱり合っていたが、見物人がひとりふたりやじり始めると、ヘクターはばつの悪そうな顔になり、からかわれていることに気づいて手を放した。

ヘクターは陽気な若者だが、人の目をひどく気にするたちだから、皆に恥をかかされたと思った。やじの中に相手の男を応援する声もあったのだ。

ヘクターのシャツが背中のところでズボンから少し引きずり出されてたるんでいる。腕で額の汗をぬぐった。みつくちであるということは、つまり、ばかにされないようこれまでもかなり頑張ってこなければならなかったということだ。それに、かなづちなんか持って来たからこんな目にあっちまった、と怒《いか》ってもいる。乱暴にシャツをズボンに押し込み、傷ついた心をなだめなだめ立っていた。

しかし、どうやらジェミーは、かなづちの使いかたを知っているところを皆に見せたかっただけらしい。親指と人さし指で器用にくぎをつまむまねをすると、かなづちを振り上げ、打ち込むふりをして見せた。

「くぎ」とだれかが叫んだ。さっきのゲームはもう終わっているのに。

男はくぎをもう一本打ち込むしぐさをして見せると、しごく満足そうな顔になって、憤慨している持ち主にいやにもったいぶった態度でかなづちを返し、その肩に親しげに触れようとした。

だがヘクターは「あっち行けっ」と小声で突っぱね、黒んぼのあごをひじで突き上げた。

ジェミーの話は、翌日の午後、細部をはぎ合わせるようにしてまとめられた。しかしジェミーが事の起こった順序にまったく関係なく話を進めるうえに、思い出せないことがあまりにも多く、伝えたいことがうまく言い表わせず、思い出せる英語の単語があまりにも少なかったので、村人たちがあとで思い返してみても、どこまでが事実で、どこまでが聞き手の自分たちが無意識に付け加えてしまったことであるのか、まるで確信が持てなかった。土着民としばらく生活を共にして、それから白人の世界に戻ってきたというケースはなにもこれが初めてではなく、皆がそういう話を人づてに聞いていたからだ。

ジェミーから詳しく話を聞いたのはフレイザー牧師だった。聞き取りは、ちっぽけな暑苦しい教室がひと部屋しかない学校で行なわれ、二人のやりとりは教師のジョージ・アボットが書き取った。

ジェミーは命じられるままに最前列の小さな子供用の席になんとか腰かけ、フレイザー牧師が向き合って座った。アボットはいつものように教壇の、緑色の黒板の前に置いてあるテーブルの向こう側に着席した。チョークの粉で全体に白っぽくなった黒板には割り算がびっしり書いてある。

最初の三十分はラクランが同席した。この最初の「通訳」とジェミーのあいだには一種の相互理解のようなものができ上がっている様子だから、ラクランがいたほうが聞き取り作業もはかどるだろうとフレイザー牧師が考えたのだ。しかし少年はあまりにも傲慢で、すぐ話をさえぎっては牧師の意見に反対し、その場を仕切ろうとする。書記役のアボットは教師として週五日もラクランを相手にしなければならず、おまけに自分自身、決して気の長いほうではないから、黙って座っていて何か訊かれたときにだけ応えろと申し渡した。しまいにはフレイザー牧師でさえ、そうだな、きみはほかのみんなのところへ戻ったほうがよかろうと言い出した。「ほかのみんな」はというと、見物《みもの》でさえあれば何でも大歓迎だから、ベランダにたむろし、教室の中でちょっとでも動きがあれば、窓辺に駆け寄って押しあいへしあいしている。

そんなに大勢の人間の目の前で、それもラクランがぺしゃんこにされれば大喜びする連中の面前でこっぴどく恥をかかされたラクランは、教室を出るには出たが、おまえら、おれを追い出したりして、これでもうほんとのことがわからなくなっちまったんだぞ、と心の中でつぶやき、自分を慰めた。ジェミーの言おうとしていることがよくわかるのは、今のところラクランだけなのだ。さて、窓の外から中の様子を見守ることになったラクランは、幾度もおかど違いの推測をする牧師を、さげすむような薄笑いを浮かべてながめ、ときおりジェミーがしょげかえった訴えるような目でこちらを見ると満足感に浸るが、肩をすくめて無視するよりほかになかった。

困ったことに、ジェミーには何であれフレイザー牧師の期待に沿うことを言わなければならないと思い込む子供じみたところがあって、フレイザー牧師がどんな案を出してもそれに飛びつく。おまけに、自分の乏しい語彙が種切れになると、喜々としてフレイザー牧師に言葉を見つけ出してもらおうとするのだ。

フレイザー牧師のほうも、ジェミーを哀れむ気持ちがあれば、それだけで相手の言いたいことが確実にわかってやれると信じていた――実際、フレイザー牧師は並々ならぬ同情心を抱いていた。哀れなジェミーが額にしわを寄せ、唇を噛み、もぐもぐと口ごもって苦しんでいる一方で、フレイザー牧師は背を丸め、大きく前のめりになり、ジェミーの口に息を吹き込まんばかりにして、音節だろうが単語だろうが何だろうが、ジェミーの苦しみが自分の心に引き起こす苦痛を解消してくれるものなら何でも与えてやろうという意気込みだ。だから、ときに二人は鼻が触れ合いそうなほど額を寄せ合ってわめいたり叫んだりしていた。片やジェミーはせいぜい妙な音や言葉に近いものを叫ぶだけだし、フレイザー牧師はフレイザー牧師で、本当にジェミーの言いたいことであろうがそうでなかろうが、ともかく完全な語句にたどりつくと、それをアボットに書き取らせるのだった。

「そうです、それです」とジェミーがせき込むように言う。大喜びだ。というのも、フレイザー牧師が作業のはかどっていることを喜んでいるからで、牧師は、またひとつ片がついたと、ほっとした顔で「よし。そうじゃないかと思ったよ」と言う。そして、丸い鼻先に人さし指をあててちょっと考えてから、今のを書きつけておいてくれたまえ、とアボットに身ぶりで命じる。

実はまだほんの十九歳の若者であるにもかかわらず、背広を着てネクタイまで締めているジョージ・アボットは、鼻の頭の皮が日に焼けてむけている。さきほどからこの「パントマイムショー」で無理矢理やらされている役目がいやでいやでしかたがない。アボットの目にはおそろしい間抜けと映っているフレイザー牧師から押しつけられた役割だから、なおのこと腹立たしい。ただの書記として、それも自分の生徒たちの目の前でフレイザー牧師に使われるなんて面目丸つぶれじゃないか。窓に群がって騒ぐ生徒たちをにらみつけても、まるで効果がない。むらむらと怒りがこみ上げ、こんなことならもっと前に叱りつけて静かにさせておくべきだったと思う。フレイザー牧師は自然に皆の敬意を集めるたぐいの人物ではないのだ。かと言って、アボットにはあえて年長者に異を唱える勇気もなく、そんな自分が情けなく、だからこそますますもって今のこの状況が腹立たしい。

教室は暑い。アボットは汗かきだ。きつい襟元に人差し指を突っ込んでゆるめようとしていると、またフレイザー牧師が質問をし、必死になってジェミーの返事を促し、ジェミーは歯をくいしばり、両手を握りしめ、口の中でぶつぶつ言っている。そのかたわらでアボットはゆっくり目をそらすと、窓辺の野次馬の頭ごしに、ぼうっとかすむ景色をながめ、夢見心地で奥地のほうを見やった。

そんなことを授業中に生徒がやろうものなら、すかさずその頭めがけてちびたチョークを投げつけてやる。百発百中だ。それから、その生徒がまだチョークの当たったところをさすりさすり、あぶらじみた空っぽの頭をうなだれ、上目づかいにこちらをにらみつけているあいだに、壁に向かってひざまずけと命じる。

そんなアボットにチョークを投げつける者はいない。まだ若いから、空気がそよとも動かない熱暑の中で五感にしのび寄る睡魔には、生徒同様、いとも簡単に屈してしまう。ずっしりと重く、体をしめつける背広もいけない。とくに腿のあいだが暑苦しい。フレイザー牧師の声がだんだん遠のいていく。心臓の鼓動が、外の景色の揺らめきや、甲高い蝉の鳴き声と妙な具合にひとつになる。夏の終わりの蝉の声は片時も途切れず、いやにしつこいから、聞いているうちに五感が麻痺し、いやおうなくその単調さに引き込まれ……

「用意はいいかね、ジョージ? ジョージ?」

アボットは飛び上がった。

「はい、結構です」

そで口からハンカチを引っぱり出して分厚い掌をぬぐい、もみくしゃにして元の場所へ突っ込み、ペン先をインクにひたす。そして、叫んだり勢い込んで話したりをひとしきりやって今ようやくひと息ついたばかりの幸せそうな二人に面白がるような視線をちらりと投げかけてから、背を丸めて自分の役目に戻る。一枚書き終えるたびにフレイザー牧師に渡す。牧師は、ジェミーが目をぱちくりさせて見守る前で、腕をまっすぐ伸ばして紙を持ち、しまいまで読む。

三枚目を渡されたフレイザー牧師が、何やらちょっとつぶやきながら目を通しているあいだ、アボットはペン先を調べるふりをしていたが、その口元がほころんでいる。

退屈だし、二人から距離を置きたかったし、それとなく、さりげなくではあっても、ひとりよがりな牧師への軽蔑の念を表わしたかったから、たった今仕上げた三枚目には、勝手にでっち上げた語句をひとつふたつ加えてやった。

フレイザー牧師の大げさな表現のあいだにまぎれ込ませたその語句は、こう主張していた——おれは一人前のれっきとした人間なんだ、ただの道具として使われるのなんてまっぴらごめんだ。フレイザー牧師が気づくかどうか、アボットはじっと見守った。気づかないとわかると、次はもっと大胆にやってやろうと決めた。その思いつきにわくわくして、今度は語句どころか内容まで変えてしまった。ずうずうしいなどとは、これっぽっちも思わない。フレイザー牧師がアボットに書かせている内容にしても、感傷的な空想とまでは言えないが、単なる推測がごまんとある。そこに事実と違うことを故意にまぎれ込ませてやったと考えるだけでも、ばからしいという思いが薄らぐ。たとえ自分以外にだれも気づかなくても十分だ。こうしてアボットは、このささやかな機会に乗じてこっそりくちばしをはさみ、牧師の植民地風の古めかしいおとぎ話のあちこちに疑り深い口調を混ぜ込んだのだった。

聞き書きがすべて終わり、七枚の紙を読み直して満足げにうなずくと、フレイザー牧師はツルのように首を伸ばしてなりゆきを見守っていたジェミーに紙を差し出して目を通すように言った。そうすることで、これまでここでやってきたことや、七枚の紙にびっしり書き込まれた内容をジェミーが理解できるとでも思っているようだ。妙な考えだな、とアボットは思ったが、フレイザー牧師にはそういう風変わりなところがある。

ジェミーは、端《はた》で見ているアボットの目にはひどく滑稽に映ったのだが、紙を受け取ると、フレイザー牧師そっくりの重々しい表情になって、紙を好き勝手に並べ替え、これまた牧師がやったように紙を持つ腕をいっぱいに伸ばし、小声でふむふむ言ってはいかめしくうなずきながら、紙の上から下まで目を走らせると、次の紙へ移った。この儀式を七枚全部についてやってしまうと、紙束を鼻先にかかげて、くんくんにおいをかいだ。ここでフレイザー牧師が手を出さなかったら、紙をなめて呑み込んでしまおうとしていたのかもしれない。牧師がそっと取り戻したから、ジェミーはわけがわからないという顔をした。

それからは無言のまま、紙の束が牧師のコートのポケットに収められるのを目で追っていたが、その口の端から舌先がほんの少しだけのぞいていた。まるで、その舌先でこそ、物が一番よく観察できるのだとでも言いたげに。紙がポケットにしまい込まれたあとも、じっと見続けている。ここで行なわれた魔術はまだ終わっていない、フレイザー牧師はポケットに入れたものをこれみよがしにまた取り出してみせるだろうが、今度は丸々と太った白鳩か、さもなければけばけばしい色のハンカチをつなぎ合わせたものに変わっているだろう、などと思っているのかもしれない。

　こんなふうに「魔術」のことを想像していたのは実はジェミーではなくアボットだったが、意外にもジェミーはまさにそのとおりに感じていた。ジェミー流の解釈によれば、この場で行なわれたことはまさしく魔術そのものだったのだ。

　ジェミーも書くことがどういうことかは知っていたが、自分ではそのこつを身につけられずにきた。例の紙束を手に持って、あれこれいじくり回し、紙の放つ奇妙なにおいをかいだとき、自分のこれまでの生涯が喉元にこみ上げてきた。涙と、それから少しではあったが笑いも。そして計り知れない感謝の念に満たされた。自分という人間を、あの人たちに見せることができた。知ってもらえた。ひとり紙の束を手にして、じっくり考え、においをかぐことができれば、自分のすべてが、「ジェミー」が、戻ってくるような気がする。だがその自分の人生は、牧師のポケットに突っ込まれて見えなくなってしまったから、どうやったら取り戻せるかと考えをめぐらせ始めた。

　この身に降りかかったことのすべて、運のよかったことも悪かったことも含めてすべて、ひどい苦労も苦しみも、ここにたどり着くまでの長い長い道のりも、拾った骨も、夜露にこごえた夜も、夢も、夢も、すべてが――この長い午後に、ほんの一瞬浮かんで消えたこと、はっきり思い出したこと、ちらりと見えたので、あわてて目をそらしたこと、言おうとして言えなかったこと、すべてが――ひとりの男が握りしめてポケットに入れられるほど小さくまとめられてしまうとは。しかしそれも、ジェミーにとっては意外でも何でもなかった。魔術とはそういうものだから。わずか数枚の紙の束。字が読めさえすれば、なぐり書きの文字の中から「ウィレット」という名前も見分けられるだろう。逆立った赤毛の男だ。それにネズミ。そうそう、それから「せむしじじい」。じいさんのきれいな娘も。あの娘《こ》のことは言ったっけ？　モウジーとアイルランド野郎のことは言ってない。あいつらのことなんか書いてほしくない。あいつらは絶対だめだ。

ジェミーは自分を抱きしめた。そして思い出したのは、紙束を鼻にあてたときにかいだ、あの黒いものの、泥のような強烈なにおいだった。

あれがおれの人生のにおいなのか、おれの魂のにおいなのか？　やつらがこの体から一滴残らず絞り取った、あの黒い血の？　どうりで全然力が出ない。

これまでに起こったことすべて、フレイザー牧師に言ったことも言わなかったことも含めてすべてが、いや、それ以外のもっと多くのことも含めてすべてが、これまではジェミーの中で巨大なヘビのようにとぐろを巻いていたが、いろいろ思い出し始めたことで身じろぎし動き出した。目をさました。そして、目の見えない鎌首をもたげると、ぬらりぬらりととぐろをほどき、太陽のもとへと姿を現わした。

第二章

生あたたかい波に背中を洗われ、水から出た胸や腹には水ぶくれができている。まぶたは強烈な日に焼けて腫《は》れ上がり、もう光も通さず、かろうじて入ってくる光には目がくらむ。鼻が詰まっているので、くちびるのあいだから乾き切った空気を吸い込む。浅く吸うたびに炎が喉を走る。

全身を薄片にびっしり覆われている。薄片といっても、実はハサミと口を持つちっぽけな生き物で、どれも青白い。そいつらが皮膚の裂け目に這い込んで骨を探る。その青白いやつらの無数の口が動きを止めるのは、空を行く雲の影が横切ったときだけだ。

それを、雲の影を、なんとか引き止めようとする——せめて影の記憶だけでも皮膚にとどめて、全身を覆うすさまじい動きを鎮めたいのだ。だが、頭の中にあったほかの一切のものと同じように、雲も手放してしまう。今、見えない目の後ろの、頭蓋骨の中に残っているものといえば空《そら》だけで、その空も炎を上げて燃えている。雲が次々にやって来ては、影で覆い、冷やしてくれては去っていく。引き止めておくことができない。

裸の女たちと、大きな輝く目の子供たちが周囲を取り巻き、片足をもう片方の足にのせ、眉根を寄せて立っている。潮の引いた入り江で、岸辺に打ち寄せられたものを見つけたのだ。

何だろう。見たこともない深海の生き物が珊瑚礁の向こうからやって来たんだろうか。それとも精霊――それもひ弱な精霊――が死者の世界から帰ってきて、半分よみがえったところなのか。

皮膚はひどくただれ、塩にやられたところは一面に白い花が咲いたように潰瘍《かいよう》ができて、その傷口の皮が、波にそっと洗われるたびに青白い触手のように持ち上がる。ちっぽけなカニどもが鈴なりになって、仲間同士、柔らかな甲羅によじのぼり、うねり、光る。女のひとりが追い払おうとすると、カニどもはあわてふためいて次々に体の下から這い出し、打ち寄せられた体を包んでいる木の皮から飛び出した。そして吐息のような音をたてながら、無数の小さなハサミで砂粒をかいては進み、かいては進み、全体が一片の雲になって、泡立つ砂の上で大きく弧を描いた。

横たわっていた生き物の目がぱっと開いた。どちらの目玉も乳白色でうつろだ。見えないのかもしれない。女と子供はじりじりと近づいていった。

見開いた二つの目玉が何かを見ている。でも、私たちを見ているんじゃない、と皆は思った。皆ではなく、何か別の世界、別の生涯に目を向けている。ゴマフアザラシなのか精霊なのか、何であれ、こいつは今、その別の世界だか前世だかを抜け出して、こちらにやって来ようとしている。こうして見ているあいだにも、もっと変身するのではないかと恐れをなして、皆はまた急いで後ろにさがった。左右のまぶたが揺らぎつつゆっくり垂れていく。ほら、今、前世と縁を切るところなのよ。

もう私たちが見えてる。ほら。口が開いて、腫れ上がった舌が見えた。だが、何の変化も起こらない。罪深いものに身をさらすことになりはしないか、この生き物がひとりでゆっくり進めてきた変身を、何かほかの変化に変えるきっかけになりはしないか、と恐れているような様子で、女たちは生き物の体をふわりと覆っている木の皮をおそるおそる持ち上げてみた。すると、そこには銀色の肌と、自分たちのものと変わらぬへこみやへそを持った腹とが見え――興奮の波が皆を襲った――海の従者としてこの生き物を覆っていたカニどもの最後の群が散っていくと、白い芋虫のようなペニスが現われた。皆はまたささやき合ったが、依然、謎は解けず、後ろにさがった。

彼は皆を見つめた。何をされても、そのまま任せておこう。女や子供のにおいだろうか、それともこの場所の空気がにおうのか、何か特有のにおいが鼻を突いた。動物のものなのか、かぎ慣れないにおいだ。頭をよぎったのは、またはぐれちまった、それもこんなに知らない所は初めてだ、こんなことになるなんて予想もしなかった、という思いだった。

予想していたのは、あれだけの大火事でも、あれだけ何日も燃えたあとでも、ウィレットがやって来るだろうということだった。焦げくさいにおいを振りまいて起き上がるウィレット。その眉はまだ燃えていて、焼け焦げたブーツが、その靴ひもで首からぶらさがっている。そんな予想が裏切られて失望の涙がこみ上げ、息が詰まりそうになった。

年かさの女が命じて、若い女を使いに出した。若い女は、ひょうたんに汲んだ水をバシャバシャいわせながら戻ってきた。その水でくちびるを湿らせてやると、彼はうめき声を上げ、ひょうたんをひっつかんで縁に噛みつき、がぶがぶ飲んだ。縁ごしに女子供から目を離さずに。皆は彼が水を飲んでいるところを見ようと、身を乗り出した。

正確にどれほどの時間が過ぎたかはわからないが、しばらくすると、もう波打ちぎわにはおらず、低い木の陰の柔らかな砂の上に寝かされていた。その木の、扇の骨のような細い葉が、彼の顔からほんの五、六センチほど上で日差しをさえぎり、涼風をあおぎ送ってくれている。女たちの群が、小鳥がさえずるようにしゃべりながら遠ざかっていくところだった。

また少しして気づくと、火からさほど遠くない暗がりにいた。火影《ほかげ》がゆらめき、煙たいにおいがする。ああ、とうとうウィレットが来るのか！

はるか頭上の木々の梢《こずえ》で、しきりにうなるような音がする。星のたてる音だ、と思った。おれ、どうやってここまで来たんだろう。だれかが抱いてきてくれたのか。それとも、仲間に入れてもらおうと、みんなの声をたよりに砂浜からこの林まで這いずって来たんだろうか。というのは、さっき星の音だと思ったものは人の声だったから。それが澄み切った夜空に響き渡ったのを、星の音と勘違いしたのだ。

一瞬ののち、両肘で地面を押すようにして皆のほうへ這っていくと、火明かりの中へ出た。いくつもの顔が振り向き、赤々と火に照らされながら口をあんぐり開けて見守っているところへ、青白い芋虫のようにじりじりと寄っていった。

身をくねらせて上体を起こすと、皆がはっと息を呑むのが聞こえた。今度は両手を前について四つん言いになり、よろめきながらなんとかまっすぐ立ち、両手を前に突き出して、あわれっぽく鼻を鳴らし始めた。ずっと昔に習い覚えた、訴えるような声だ。ここは故郷の街ではないのだから、それほど効果はあがるまい、などとは考えもしなかった。それから、皆の注意を引いて味方に引き入れるために覚えた身ぶりもありったけ使って、耳を動かしたり、人差し指を口の両端に突っ込み左右に引っ張っておどけて見せたりすると、皆、最初は仰天して静まり返っていたが、やがてどっと吹き出し、大笑いになった。

　皆は食べ残しを投げてやって、彼が頭を垂れて座り、焦げた皮にむしゃぶりつくのを黙って見守った。彼は食べ終わるとその場で横になり、丸くなって眠ったが、再び目をさましたときには、木々の幹のあたりを漂う薄霧の下で、皆が出発の準備をしていた。

　彼は皆のあとを追った。最初は距離を置いて。ときおりひとりふたりが振り返って、まだついてきているかどうかを確かめた。そのうち徐々に近寄って、しんがりの群に加わった。ほとんどが、ついていくのがやっとの老女だった。

　女たちは彼に近づかないようにして歩いていたが、森の茂みが濃く暗くなっている所にやって来ると、彼を脇へ押しやって置いていこうとした。だが、どうやってもついて来るとわかると、あきらめた。老女のひとりが、別に個人的な関心を持ったわけではなく、おまえはひとりじゃとても生きていけないあわれな毛なしの小僧っ子なんだね、とでも言うように、木の実をひと口分くれた。今度も、彼が木の実を呑み下すのを皆が半ば恐ろしげに見守った。ようやく全体が足を止め、野宿の用意を始めたので、彼も中央のかがり火から二番目か三番目の輪に入り込んだ。近くの者は用心していたが文句は言わなかった。

こうして皆との生活を始めた。それ以前と変わらないやりかたで。彼にとってはおなじみのことばかりだった。どういうわけかこの世に生まれてきたのだから、ほかの生き物と同じで、なにがなんでも生き延びてやる、という考えなのだ。満たしてやらなければならない胃袋がある。その後も、皆のあいだで自分の居場所を強引に確保し、いつも腰を低くして、まずはこいつ、お次はあいつと、いろいろな仲間の腰ぎんちゃくになっては、おどけて見せたりあわれな顔をして見せたりした。そうやっても欲しいものが手に入らないときには、冗談半分、恐れ半分の平手打ちをくらいながら突進していって、手当たり次第にひっつかむと口に入れてがつがつ呑み下し、止められるまでやめない。ときには、あとであざができるほど殴られることもあったが、そんなことではいっこうにひるまなかった。

まだまだ子供だったから、物事をすんなり受け入れる子供らしい柔軟性と、巷《ちまた》の悪童どもの物まねの才能とを持ち合わせていた。新しい言葉を覚える速さと、何かを教えられたときに見せる鋭さには、周囲の者も舌を巻いた。生来の機転が、今よりさらに過酷な前の生活で磨き上げられ、そのおかげでこの新しい世界にも溶け込んでいった。最初、皆の野生の生活にはずいぶん驚かされたが、結局、大《おお》本《もと》のところでは前の生活と変わらないことがわかった。とはいえ、来る日も来る日も岩場の暑い小道をたどり、虫刺されに耐え、土砂降りの夜には丸太の下に這い込み、何か食ってから、しばらくは次の食い物にありつけないような生活が続いた。

　だから最大限の注意と努力を払って、赤身だろうが脂身だろうが、もらえるかぎりのものをもらって食ったが、その獲物の名前や生気も一緒に呑み込んだ。ここで皆の命を支えているものは、一見別々に思えるが、実はすべてが分かちがたく渾然一体の存在だ。淡い色の耳をそばだて、全身をこわばらせ、後ろ足で立って警戒する動物は、人間と同じく生気にあふれ、見たとたんにその名前が浮かんでくる。それが足をばたつかせながら血を噴き出して死んでいっても、この世界から出ていってしまうわけではなく、今度はその肉を食った人間の中に命を持つようになって、その人間が息をするたびに口から出たり入ったりし続け、いなくなってしまうことは決してない。人間が身をかがめて飲む水も同じで、流れることを決してやめない。喉を乾かした人間はごくりごくりと飲むが、あとで尿として体から出すからだ。

　彼は若かったから、容易にあれこれ習い覚え、まるで初めてのようにしつけられ仕込まれていったが、若さゆえに忘れるのもあっという間だった。新しい言葉を覚えるにつれて、前の言葉を忘れていった。前の言葉といっても、胃袋を満たしたり、なんとか命をつないだりといった意味で、生活に直接必要な言葉を二、三百語覚えていたにすぎない。これまでの短い人生で接していたものといえば、命令に悪罵、粗野な愛情表現、それに皆の口まねをして怒鳴っていた巷《ちまた》の言葉ぐらいで、あとは冗談だのなぞなぞだの、演芸場の歌詞だのといった雑多な言葉の寄せ集めだった。そうした言葉の中には、ウィレットが使っているのを聞き覚えたものや、ビール屋の店先に片足立ちをして、ジョッキにビールをついでもらっているあいだに小耳にはさんだものもあった。また、船の小僧として使われていたときに、水夫部屋の大きく揺れるランプの下で繕いものをしたり甲板に大の字に寝そべったりしている水夫たちの話を聞いて覚えた言葉もあった。いずれも前の世界に彼を引き止めておけるほど十分な数ではない。

　言葉ではなくて物はどうかというと、前の世界で使っていた物で自分のものなど、ひとつもなかった。しかも、その名前を言おうとすると、ほとんどいつも吃音《きつおん》が出た。ブ、ブ、ブーツ、ジ、ジ、ジョッキ。こんなふうで彼にとっては存在感のないものばかりだったから、新しい世界では完全に忘れ去り、ふだんはまったく思い出さなくなった。物とその名前を忘れてしまうと、そうした物事をまとめ上げて前の世界を編み上げていたかぼそい糸も、ばらばらにちぎれてしまった。

　ときおり、前の世界の物が何かしら記憶の表面に浮かび出て、ぶつかってくることがある。その物がはっきり見え、たとえばジョッキなら、その握りを自分の手がしっかりつかんでいる感じがしたり、靴であれば、黒くしみのできた皮のにおいがしたりするが、そうした物に結びついた単語は思い出せなかったし、強いて思い出そうとすると、物そのものの像もたちまち薄れてしまうのだった。そんなときには空腹に似た悲しみのようなものを感じる。胃袋ではなく心の飢えだ。こういう記憶はどれも断片的だったから、彼は前世で自分が何か別の生き物だったときの記憶がときどき浮かんできて自分を驚かせては、また記憶の底に沈んでいくのだろう、ぐらいにしか考えられなかった。

　そのうち、皆のあいだで、彼がやって来たときのことが昔話のひとつとして語られるようになり、彼自身も一種の驚きをもってそれに耳を傾けるようになった。あたかもその出来事が、皆のあずかり知らぬ大昔に、だれかほかの人間に起こったことでもあるかのように。みんなが見つけたときにはな、そいつはまだ半分子供で半分ゴマフアザラシのかっこうをしていたんだと。髪の毛には、青光りするちっぽけなカニみたいな精霊がうじゃうじゃとりついててな、口にはサンゴが詰まってた。体じゅうが死人みたいにぼんやり青白くてな、ちっぽけな白いシャツを着てたが、これはときたま赤ん坊が頭にかぶって生まれてくる膜みたいに、とっくの昔にボロボロになっちまってたそうだ。それからな、そいつは火明かりの中で立ち上がると踊り出して、みんなの目の前で海の生き物からやせっぽっちの人間の子供に変身したんだ。

聞きながら、彼は心の片隅では——土地の民の一員としては——その話を信じたが、心のまた別の片隅では、ほんとはそうじゃない、と思った。また別の物語がもうひとつある、それはおれだけの秘密の物語だ。違う筋書きなんだ、それを話して聞かせるには、みんながおれを見つけたときにこの口の中にあって、そのあとで、永久にじゃないだろうが忘れちまった言葉が必要なんだ。

いっぽう、仲間は彼を受け入れてはいたが、まだ用心していた。おどけ半分、警戒半分で、それは人間とも精霊ともつかない生き物に対するには、ふさわしい態度だった。

たとえば彼と交わろうとする女はひとりもいなかったし、皆が野宿をするときに少年が触れるのを禁じられているものがいくつもあった。そもそもここの生活では、権利と制約が複雑にからみ合っていて、どの人間にも、目を向けてはならない物や人があるのだが、彼の場合は特別だった。そうやって一線を引かれていると感じたり、自分のあやふやな立場を意識したりすることで、そうでなければ別に気にもとめずに忘れてしまっていたであろう物事が、彼の心の中で生き続けた。野宿のかがり火のそばに陣取り、手脚を伸ばして寝そべると、とりたてて目に入るものもなく、手を動かさなければならない作業もないから、自然にイメージが湧いてくる。それが何であるかがわからなくても、そのイメージには、口に入れた獲物の脂身や、横に寝ている仲間の独得なかぎなれたにおいと変わらぬ現実味があった。

「ブーツ」と暗闇がささやく。彼の耳がとらえるのは、ほんのかすかなそよぎにすぎない。だが、その物が見える。ここでは何の意味も持たないが、暖炉の火格子《ごうし》のこちら側に立てかけられ、皮の裂け目という裂け目を炎になめられ、べろがだらりと下がり、ひもが垂れている。そして、暗がりであの声がする。ひどくしゃがれてはいるが、怒り狂っているわけでもない、あの声。ウィレットの声だ。声の主《ぬし》もいる。今はブーツを脱ぎ、眉毛を燃え上がらせてそびえ立つウィレットが！

真夜中に彼を襲うこうした悪夢について、仲間の者たちにはまたそれなりの解釈があった。こいつの魂は苦しんでいる、こうして眠っているときに恐ろしい目に遭って叫び声を上げるのは、姿形こそ人間だが、まだ完全には人間になり切っていないことの証《あかし》だ、今にすっかり本物の人間になって、もうひとつの世界を捨て去れる日が来るだろう、と。

だが彼の考えは違った。ある日、茂みの奥深くでふと振り向くと、きっとあいつがいるにちがいない。こっちへずんずん迫ってくる。それも、ぼんやりした姿なんかじゃ全然なくて。おれはやつに追いつかれるのを待ち受ける。一歩脇へ寄って、やつが踏み込んでくる場所を空けて。それから二人一緒に進んでいくんだ。どこへ進んでいくのか、それは考えてもみなかった。

それまでは、ここにいるのだ。ここがどこで、自分がほかならぬこの場所になぜいるのかは、あいかわらずの謎だったが。

ときたま、この謎に近づいてみたが、少し触れるだけで不安になった。たいていは、そのまま放っておいた。時が来れば向こうから近づいてくるだろう。そう自分に言い聞かせていた。

だから、顔が白く、頭のてっぺんからつま先まで木の皮に包まれて、人より丈の高い四つ脚の獣に乗っているという精霊の話が南から伝わってきたときには、不安にかられ、そいつらをこの目で見てみたい、何者なのか知りたいという思いが募って、いてもたってもいられなくなった。そこで、南のほうで育ってそちらの地理に詳しいという老女に案内役を頼んで出発した。だがその老女も、自分の知らない所まで来ると、くるりと背を向けて戻っていってしまった。彼はそこからひとりで進んでいったが、ラクラン・ビーティと二人の少女に発見されるまで、長いこと開拓地の縁《へり》を歩き回り、初めてではあったが北とそれほど変わらない土地でなんとか食いつなぎ、やぶの陰に身をひそめてあたりを見張っていた。

最初に見つけたのは見たこともない足跡で、首をひねりながらさらに行くと、道の真ん中に糞が点々と落ちていた。大きくて丸く、金茶色をしたつやのある糞で、大きさがノスリの卵ほどもある。このあたりにいる生き物の小粒のものとはまったく違う。恐ろしくはあったが好奇心に駆られ、四つん這いになってにおいをかいでみた。すると、頭の中で、何かカタカタいう音が聞こえたので、目を上げた。狭くて騒々しい通りにいるような気がしたのだ。どこの通りに？　一瞬、浮かびかけたあれは何だったんだろう？　また消えてしまった。あれが茂みの向こう側にあるのか？

気になって、そのイメージを思い出そうとしてみる。はっきりした全体像がつかめるのではないかと、細部に思いをこらしてみるが、ほんの一瞬、浮かびかけて消えてしまったイメージだし、そのほとんどが音と、わけのわからない恐怖感だった。それに周囲はいつもの住み慣れたにぎやかな森で、明るくはっきりと見え、自分の体もそれに満たされている。絶え間ない森の低いざわめきをさえぎって、鳥が鳴き交わす。それを聞くたびに、彼の頭の中には小鳥の小さな体がくっきりと浮かぶ。羽ばたきの音、ちょこちょこ走り回る音、甲高い虫の声。

次に出くわしたのは、洗濯ひもに干した赤い毛布だった。心が躍った。だが、這っていって毛布をさっとめくってみると、向こうに見えたのは輝きそよぐ草の穂波と、その上にそびえる丸太小屋と、その前に立っている腹の突き出た裸の幼児だけだった。歩き始めて間もないのか、不安定な白い脚でようやく立っているその女の子は、こちらをじっと見つめた。一瞬、とまどい顔で一心に見つめてきたが、両手を握りしめて目元へ持っていくと、大声で泣き出した。

その後、森のまた別のはずれから開拓地をのぞくと、そこは切り倒された木や、その葉でいっぱいで、青いシャツに吊りズボンといういでたちのひげ面の男が見えた。男は両手につばを吐きかけると、長い柄に刃をつけた道具を取り上げ、立ち上がって構え、振り下ろそうとした。彼は仰天した。そのイメージに、意味のようなものがへばりついていたからだ。ちょうど、男が身につけている衣服が男の体にへばりついているように。そして、その道具の刃がきらめき、きしるような音をたてて木の幹にぶつかった瞬間、いきなり彼の頭の中で「おの」という言葉がはじけた。

その言葉は、刃が空を切る音と放った閃光に劣らぬ速度と鮮やかさとをもって彼の頭に飛び込み、くっきりと刻まれた。おの。おの。頭蓋骨の中の暗闇で輝いたその一点から、意味のさざ波が広がっていく。

さらに行くと、ひとりの女が小屋から出てくるところに出くわした。腰骨にのせるようにして洗濯かごを抱えている。女はかごを下ろすと、洗濯物をひもにつるし始めた。シャツ、ズボン、子供服に野良着。彼は、岸辺に打ち寄せられたときから長いあいだ大切にしてきたぼろ布の粗い生地に触れた。だれかにつかまったら証拠として見せようと、ずっと腰のまわりに結《ゆ》わえつけてきたものだ。とまどいと自分に対する愛おしさとが不意にどっとわき起こり、思わず丈の高い草の上に腰を下ろして自分を抱きしめた。

そのまま、先の二股にわかれた竿で女が干しひもを高い所にかけ、かごを持って立ち去るのを見守った。柔らかな洗濯物が風にそよいでいる。日の光にきらめくしずくを垂らしながら、あちらへ、こちらへと、様々な身ぶりをして見せるが、ひだになったところはまだ色が濃く、重たげで、「身ぶり」もぎこちない。スカートのすそは、まるで中に本物の脚があって元気に歩いているかのように威勢よくひるがえった。

しばらくして同じ女が小屋から出てくると立ち止まり、舌を上顎にあててカッカカッと音をたてた。これがあの人たちの使ってる言葉なんだろうか？　彼は自分でも舌を上顎にあててそっとまねをしてみた。カッカカッ。

突然、大きな鶏の群が現われ、埃《ほこり》を蹴立てて一目散に走って来た。ひしめき合い、金切り声を上げ、羽をばたつかせ仲間に馬乗りにならんばかりの勢いですっ飛んでくると、先を争って女のスカートのまわりに集まった。女は声を上げて笑い、抱えているボウルの中から何かを掌一杯すくい取ると、それを鶏どもの真ん中に投げ、小屋の脇を回って、また姿を消してしまった。

彼は身を屈め、四つん這いで駆け寄ると、鶏どものくちばしやかぎ爪をかき分けて餌をかすめ取り、怒り狂った鶏どもが腕に飛びかかったり、つっついたりひっかいたりするのを尻目に物陰へ這い戻り、湿ったかたまりを口に詰め込んだ。

その味に、食べ慣れないがどこか懐かしい味に、くらくらとなった。いつも自分と真夜中の悪夢を分かち合うあの生き物が、いきなり意識の表面に浮かび上がってきた。そして、鶏どもから奪い取った食い物の塩気を味わって、一瞬のあいだではあったが完全に主導権を握った。そいつの目を通して、彼は次々と浮かんでは消える得体の知れない場面をいくつも目撃し、気がつくと声を上げ身を震わせて泣いていた。だがその涙がこんなに突然、なぜ、どこから湧いてきたのかはわからない。これまで一度も泣いたことのない、見も知らぬ人間――おそらくは子供だろう――が、自分の中で泣いている。

彼は驚いて、両手と、そこにこびりついているどろどろの餌をじっと見つめた。この餌の威力が少し恐ろしくなって、両手をぬぐい、悪い魔術から身を守るまじないの文句を、いつもの癖で口にした。今のは別に悪い魔術だとも思えなかったが。

もう一度、洗濯物のところへ行く。乾いてきたのか、色もさっきより鮮やかになり、太陽のぬくもりをいっぱいに含んでふわりとしている。それが勢いよくはためいているのだが、あまりにも威勢がよいのと、空っぽなくせに幽霊みたいに動くのとで、最初はその中に踏み込むのが恐ろしいように思えた。シャツがそでを振って気の抜けたような手招きをしたかと思うと、強い風にあおられて大きくひるがえったので、彼は本能的に頭を下げ、身をかわした。スカートがそよぎ、揺れる。まるで押し合いへし合い、いつまでももみ合っている群衆のど真ん中に立っているみたいだ。その群衆がいるのはどこ？　どこなんだ？　少しすると、彼は洗濯物のあいだを出たり入ったりし始めた。両肩にまばゆい日の光を受け、草を踏みつけるたびに草いきれがする。両腕を高く上げて行きつ戻りつする彼の顔を、一枚、また一枚と、柔らかな洗濯物がなでる。頭をひょいとかがめては干し物の下をこちら側からあちら側へ、あちら側からこちら側へと繰り返しくぐる。だれかが見ていたら、見慣れない黒んぼ野郎が洗濯物の間で妙な踊りを踊っていると思ったかもしれない。そんな光景に出くわしたら！

日が暮れてから小屋へ忍び寄った。羽目板のすきまから黄色い光が漏れ、暗い庭の角張った小石の上に落ちて、小石をくっきりと浮かび上がらせている。彼は地面にできた光の帯のまわりを歩き、それからしゃがみ込むと、用心深く片手を差し伸べて、光の帯を手首から肩のほうへ滑らせるように動かしてみたが、光に温かみはなかった。

さらに小屋へ這い寄り、窓の下にうずくまる。室内から話し声が聞こえてきた。ひとつかふたつを除けば、彼にとっては意味をなさない単語ばかりだったが、シュという音やブーンとうなるような音には聞き覚えがあった。

もっと近づきさえすれば中で話していることの意味がわかるだろう、話し手の口から単語をひったくって捉えることもできるだろうと思って、片方の肩をざらつく羽目板に押し当てた。つかまえた言葉を、あの湿った餌のかたまりのように呑み込むことができれば、あの獣だか精霊だか、何にせよあいつが心の底から浮かび上がってきてひっつかむだろう。あの言葉だ、つかまえなくちゃならないのは。あの言葉だ、おれのことをわかってくれるのは。

連れ戻してほしかったわけではない。自分の存在を認めてほしかったのだ。

だから翌日、三人の子供が棒立ちになって見守る中を囲い地《パドック》の柵めがけて走っていったときも、土着民の仲間を捨て去るつもりなどなかったし、ましてやこれまでの世界に別れを告げて別の世界へ足を踏み込むのだという意識もさらさらなかった。肝心なのは二つの世界の狭間を乗り越えてつながりを取り戻すことだった。そうすればこの口にあの人たちの言葉が戻ってくるだろうし、あの、生き物だか精霊だか、何にしてもあいつを――おれの中の暗がりに棲んでいて、ときどきちょっとだけ顔を出してはおれを苦しめ、いたぶっていくあいつを――つかまえることもできるだろう。あの人たちが食べてるものや使ってる言葉であいつをおびき寄せられることはもうわかってるんだから。

彼は走っていた。自分を皆から隔てているのは単なる距離にすぎず、それさえ横切ってしまえばすむのだということを証明してやろうとして。向こうに着いたらどんなことが起こるかなど、考えもしなかった。

犬が邪魔に入った。いきなり現われて、かかとに噛みつこうとし出した。向こうで見ていた男の子が銃を肩にのせた。逃れようとして柵の横木に飛び乗ったが、不意にあの言葉が口から飛び出した。自分の中にいるあの生き物だか精霊だかが大声で叫んだのだ。彼を裏切ろうと、暗がりの中でずっとあの言葉を隠し持っていて。言葉が響き渡ったときには、だから仰天した。撃たないでくれ！　イギリスのものだ！

やはりあの生き物だった——白い人たちにぐいぐいとたぐり寄せられるようにして駆け出したのは。そして彼を高い横木の上に長いあいだとまらせていたのは。彼は両足のつま先で横木をつかみ、両腕を大きく広げてバランスをとった。そのあいだじゅう犬が跳ね回り、あたりの空気をつんざく甲高い鳴き声を上げていた。白人の男の子が銃でこちらに狙いをつけ、雲がうねり、彼の首に空が重くのしかかり、そして大地が——片や沼と森ばかりで、片や荒けずりの開墾地という大地が——彼を中心に大きくぐるりと回った。

飛んできた銃弾に撃ち落とされるか、それとも自分の中のあの生き物だか精霊だかがこのおれを道連れに舞い上がり飛び去る時が来たと決心するか、と彼は待ち受けた。だが生き物だか精霊だかは彼を見捨て、彼は自分の身体の重みで転げ落ちた。三人のうち一番幼い子供が叫び声をあげたその瞬間、バランスをくずして落ち始め、次の瞬間には柵の向こう側で四つん這いになっていた。

第三章

ジェミーはマッキバー家に引き取られた。あの三人の子供の家だ。一家の住む小屋の壁に板を斜めに打ちつけて造った物置を寝場所としてあてがわれ、そこで赤い毛布にくるまって眠った。見返りに畑仕事を手伝った。やる気はあるのだが、それも始めのうちだけで、ひとつの作業に集中できない。長続きしないし、重労働に耐えられる頑健な体でもない。その点では年下のラクランのほうがよほど役に立つ。

最初からジェミーと子供たちの心はしっかりと結ばれていた。あの柵のところで初めて出会ったとき以来の心の絆だ。子供たちは、第一発見者なのだからジェミーを独占して当然だと思っていたし、ジェミーはジェミーで、幼い頃からいつも無意識にしてきたように、我が身を守りたい、弱い立場ながらそれをできるだけ生かしたいの一心で、子供たちに守ってもらったほうがよさそうだと踏んでいた。そんなわけで、犬のように言いなりになって——犬もジェミーになついていた——子供たちが打ち明ける秘密に耳を貸してやったり、「宝物」を見せてもらったりしていた。

代わりに自分の知っていることも少し教えてやった。姉妹には草を編んで手さげを作ったり、ひょうたんをくり抜いたり、黄色や白の太い根を掘り起こして親指で土をこそげ取り、灰に埋めて蒸し焼きにしたりする方法を。それから、嚙みしめるとみずみずしい果汁が口いっぱいに広がる木の実や、渋味のある甘い木の実の集めかたを。

ラクランには土着民から教えられたとおり女の子とは区別して、足跡を見て動物を追いかける方法を教えてやった。しかしラクランはどのみちジェミーにとっては特別な存在だった。それもあの最初の出会い以来ずっと続いてきた間柄だ。あのときラクランは姉妹をかばって一歩前に出ると「銃」をかまえ、毅然としてそこに足を踏ん張り、こちらの心臓をまともに狙ってきた。もちろん、「銃」がただの棒切れであることはすぐわかったが、だからといってまったく無害なわけでもない。棒か銃かの違いなどより、むしろあのときあの棒切れにそなわった威力のほうが——男の子の、怯えてはいたが大胆な態度のほうが——よほど大事で、それがジェミーに忘れがたい印象を残していた。だから、たとえラクランがふざけて騒いでいるだけのときでも、その小柄な引き締まった体に、あのとき棒切れを銃に見立てて示そうとしていたあの力を必ず感じるのだった。

ジェミーは姉妹の気に入られようといつも心をくだいた。二人が先生役をやりたがっているような生徒になり、着せ替えをしたがっていると思えば人形にもなった。しかしラクランへの注意も怠らず、必要とあらばいつでもご機嫌がとれるようにしていた。鋭敏なラクランはすぐそれに気づいて、自分の力を実感した。そこで、村の子らの目があるときには、見えないひもでつないだ犬のようにジェミーを引き回し、ふんぞり返って歩くようになった。飾らない愛情を示すのは、ジェミーと二人きりのときだけだった。

少女たち、とくにジャネットは、ジェミーの身だしなみにことのほか気を配った。「だめだめ、ジェミー。私がやってあげるってば」。シャツのボタンをかけ違ったジェミーに、ジャネットは言う。また、ジェミーが寝ぐせのついた髪に手を焼いていると、笑って言う。「おとなしく座ってなさい。ほら、いい子ね。私がとかして、きれいにしてあげるから。こうしてきちんと分け目をつけて。ほらね、ジェミー?」。とかしているあいだ、幼い妹のメグは鏡を抱えて前に立ち、からかうような表情でじっとジェミーを見下ろしている。

だが、姉のほうには不安を覚えるときもあった。ジェミーが本当は子供でもおもちゃでもないことをわかっているような気がするのだ。ふと気がつくと、ジャネットが真剣な目でこちらをじっと見つめていることがある。そんなふうに見つめられると、こちらの心を、魂を、底の底まで見抜こうとしているのではないか、心の内を一から十までさらけ出してはいないことを、ほかの者は気づいていないがジャネットだけは知っているのではないか、という奇妙な感じに襲われる。

そういうまなざしに出くわすたびにジェミーは驚くが、もしもこれがジャネット以外の者であったら、驚くどころかそれこそ腰を抜かしてしまったことだろう。だがジャネットのまなざしはあまりにも無防備であっけらかんとしていたから、ジェミーも恐れをなすことはなく、ジャネットというよりはむしろ自分自身に対して一瞬すべてをさらけ出していることからくる落ち着きや気楽さを味わうだけだった。やがてジャネットの目のあたりに雲が立ちこめ、視線がそれる。

こういうときにジャネットが一心に見つめているのも初めて出会ったあの瞬間だ、おれが柵の上にいるのをジャネットが見ていたあの瞬間なんだ、とジェミーは思った。ジャネットの強い視線を浴びると、まだ柵の上に乗っている感じがした。ジャネットとのあいだにもラクランとの間柄と同じように、あの瞬間の何かがいつもしっかりと存在しているのだった。

ジェミーは頭の中で繰り返し繰り返しあの場面に戻った。うつろな午後の、かげろうの不思議なゆらめき。両肩の上に、燃えるように輝く空。空っぽの腹。そよとも動かぬ草の葉の先で、羽を開いたり閉じたりしている小さな虫。波紋のように果てしなく広がっていくコオロギの長い震え声。そのすべてを自分の中に取り込めるように、柵の横木を両足でつかみ、できるだけそのままでいようとするのだが、腰から上のバランスがどんどんくずれていく。心臓そのものがバランスをくずしたかのように。それを三人の子供が一心に見つめている。男の子は目を細め、歯をくいしばり、棒切れを肩にあてて。犬も飛び跳ねたまま宙に浮き、舌からよだれを垂らして止まっている。金髪のやぼったい少女はまぶしい日差しをさえぎろうと片手を上げ、そのかぼそい手首が弓なりになっている。その目に、例のとまどったような表情が浮かんでいる。初めてあの目をしたときだ。ジェミーはときどき思う。あの視線がおれを柵の上に釘づけにして落ちないようにしていたのかもしれない、と。あの視線にはそれほど強い力があった。あのとき、この体の重みではなく、あの視線に身を任せていたら、柵の上に永久にとまっていられたのかもしれない。あの視線にはそういう意味があった。あの瞬間、おれにそれがわからなかっただけだ。

ジャネットはジェミーにとってはなぞだった。何を考えているのか、はっきりわかったことなど一度もない。ラクランの考えていることならわかった。ラクラン自身が自分の考えを皆に知らせたがっていたから。ラクランの持っている力は、周囲の者がそれと認めて初めて現実のものとなる。男だからこそ――棒切れを肩にあてて示そうとしていた威厳が、今に本物になる日が来るからこそ――そなわっている力だ。だからラクランのほうが御しやすくはあったが、ジャネットより危険でもあった。ラクランとつき合うときには、いつも注意しなければならないことがあった。ラクランがしきりにいい印象を与えたがっている相手がいるから、それを気づかってやらねばならないのだ。ジャネットの力は、ひとりジャネットだけのもので、それをだれかに認めてもらう必要はまったくなかった。

大人たちはどうかというと、姉妹の母親であるエレン・マッキバーに対して、ジェミーはすぐに、それまで経験したことのないような情愛を抱いた。家庭的なものや女性的なものにはほとんど接したことがなかったのだ。だから、エレンの役に立つことを見つけては喜んでやったし、それをエレンがはにかんだようなぶっきらぼうな態度で受け入れてくれると、なおさらうれしかった。エレンの夫であり姉妹の父親である、この家の主人ジョック・マッキバーに対するジェミーの身ぶりそぶりには、相手のご機嫌を取らずにはいられない気持ちがいつもこもっていたが、母親のエレンを喜ばせたいという気持ちはごく純粋で自然なものだったから、ジェミー自身も幸せな気分になれた。

だが主人のジョック・マッキバーはジェミーには初めから違和感を感じていた。公平であろう、辛抱強くあろう、と努めるが、どうしても心がこもらない。

何か頼み事があったり小言を言わなければならなかったりして――たいていは小言だったが――ジョックが近寄ってくると、ジェミーは逃げ出したいような気持ちになり、うじうじとうなだれて背を向ける。たちまちジョックも誤解して言う。「おいおい、なにもおまえを殴ろうってんじゃねえんだ。子供たちのあとにくっついてまわるなって、もう一度、念を押しておきたかっただけさ。何度も言っただろ？　それから、メイスンさんの土地へ入《へえ》っちゃだめだぞ。このことも、もう言ったはずだ。メイスンさんは神経をぴりぴりさせてる。もう二度と言わねえからな」

ジョック・マッキバーは困惑していた。ジェミーにもそれがわかったから用心していた。そして思った。仲間たちとの関係がこじれることをジョックが恐れる気持ちのほうが、ほかの村人の示すあらわな敵意より、結局は自分にとってよほど危険なのではないか、と。村ではジェミーはいつも疑いの目を向けられていた。だれも見張っていないと思えるときでさえ、必ず無言の監視を受けていた。

あいつ、なんだっておれたちんとこになんか来たんだ？　何週間もしてジェミーが珍しい存在でなくなってからも、村人はそう言い合ったり、ひとり心ひそかにいぶかったりしていた。

黒んぼどもと手を組んでやがるのかな？　スパイをしに入《へえ》り込んできたのか？　おれたちの見てねえときにこっそり抜け出して、黒んぼどもに連絡してるんじゃねえか？　こっちにゃ野良仕事があるから、いつも見張ってるわけにもいかねえし。それか、むこうから夜こっそりあいつんとこへ来てたりして。もしかすると、生身の体で歩いてやって来たんじゃねえのかもな。おれたち白人にゃわかんねえやりかたでこっそり会ってひそかに情報交換するとか。ジェミーに好意的な連中でさえ不安を覚えずにはいられなかった。

あいつ、上の空なんだよな。村人たちはそう言っていた。つまり一本抜けてるということだ。だが、軽い口調ではあっても、不吉な意味合いをこめている者がいた。昼日中、目の前にたしかにジェミーがいて、いつものようにだれとも絶対目を合わさないようにしながら、根気の続く限り一心に皆の会話に耳を傾けていたとしても、心が半分どこかへ——たとえば、この現実の空間には見つけられないが、それ以外ならどこにあってもおかしくないような、地平線みたいなもののむこうへ——半分行ってしまっているのだ。

「てめえら、だまされてんのさ」。ネッド・コーコランが断言した。「おめえたちは、あいつのことを何とでも好きなように言うがいい。けど、おれの目はごまかせねえよ」

皆は眉をひそめて顔をそむけた。

村では何かにつけ「お互い大目に見ようじゃねえか」といった不文律があったが、そんな村人たちもネッド・コーコランには感心できなかった。たとえばこんなのが近所づき合いだと思い込んでいるのだ。わんさといる息子のひとり——たいていは、優しい目をした八歳の坊主——を使いに出して、隣家から農具か何かを借りて来させ、そのうちそれを自分の納屋にしまい込んでしまう。何ヵ月もあとになって、それをまた別の隣人に、まるで自分のもののような顔をして、ご親切なことに貸してやる。おまけに、それを取り戻しさえする。あの同じ内気な八歳の坊主が使いに出されてやって来て、借り手がその道具を取りに行っているあいだ、ぽかんと口をあけ、ハアハア息をしながら突っ立って待っているのだ。皆、このちょっとした「奇癖」は見逃してやっていたが、コーコランが偉そうに、あの白黒のあいの子野郎め、おれたちの善意につけ込みやがって、とにべもなく言い切ったときには怒りがこみあげてきた。

ほんとにそうなんだろうか。

どういうつもりでこの村に来たのか、たいていは見当もつかず首をひねっているところへ、その「変なやつ」が現われてくすくす笑ったり、妙な具合に体を傾けてにじり寄ってきたり、片足でぴょんぴょん跳びまわったりされて、からかわれたと思った者が怒り狂い、ジェミーをこづきまわすような場面もあった。ときにはまわりの者が止めに入らなければならないことすらあった。ジェミーを気の毒に思っている連中でさえ、皆が「おどけ」と呼ぶジェミーのこの奇癖には困惑している。引きつったような身ぶりと吃音だらけの「おどけ」が始まると、皆、思わず知らず地平線をじっと見つめてしまうのだが、そんなことをしても答えが見つかるはずがないから、あとは足もとの地面をじっと見つめるよりほかにない。ジェミーはいわば白人のパロディーなのだ。何かの名前を教えてやると、さかんにあえいだり息を吐き出したりして、やっとのことでその単語を繰り返してみせるが、次に会ったときにはもうすっかり忘れているから、また初めから教えてやらなければならない。結局、へたくそな物まねばかりだ。見ているだけでこちらまで妙な気分になってくる。そしてジェミーにまつわるすべてが、何だかばかばかしくてうさんくさいように思えるのだった。

あわれなやつだ、自分でもどうしたらいいかわかんねえのさ。それに、まるで年端もいかねえちびすけみてえじゃねえか。村人たちは、ジェミーを白人に戻らせてやることが、白人である自分たちの義務だと考えた。そんなことができれば、の話だが。ほんとにできるんだろうか。あいつ、これまで生きてきたうちの半分以上を黒んぼといっしょにずいぶん楽しく過ごしてきたみたいじゃねえか。この土地のものを食って、やつらの言葉や秘密を覚えて、あやしげなことを何だかんだやって。おれたちの目の前にいるこいつ、ほんとに白人なんだろうか。こいつの手にナイフを持たせたり、パンをやったりしてるけど、こいつは……

ここでだれもが、ふっと口をつぐむ。あとに続く言葉を漏らしたら最後、それが皆のあいだで事実になってしまう、と。たとえ皆の思っているとおりだったとしてもジェミーは何ひとつ明かさない。しし鼻に斜視というその顔からも、歯茎まですり減ったみそっ歯でパンの皮にかぶりつき、むしゃむしゃやるときの無邪気な様子からも、土着民と過ごした十六年間をどんなふうにやってきたかは、まるでわからない。

生まれてからしばらくは白人だった。それはたしかだ。あれは十三歳だったよな、黒んぼの群に加わったときにゃ白人のほかの子供と、たとえばおれたち村人の子らと変わらなかった（これがどうにも呑み込めない）。だがそのあともずっと白人のままだったのか。

息子や娘を見ると、一番下の幼い子でさえ自分たちの言葉をいともたやすく操ってぺちゃくちゃやっている。ジェミーに目を移して、同じ英語の、ほんの五つや六つの単語をつっかえつっかえ言うのに耳を傾ける。それでさえあまり妙な具合に発音するから、何が言いたいのかわからず、さらにやっかいな疑問が湧いてくる。いったん身についたものを忘れちまうってことがあるのかい。言葉だけじゃなくて。雰囲気、雰囲気みたいなものを。

というのも、ときどきジェミーが白人のように見えないことがあるのだ。肌は白いのに顔立ちが白人らしくない。顔全体の雰囲気が「あいつら」に似ている。いったいどういうことなんだ。

フレイザー牧師はこう答えた。それは、この土地の食べ物を食べていて、歯がほとんど歯茎のところまですり減ってしまったからだ。白人は土着民とは違って、もっと手を加えた食べ物を食べているから、顔立ちも違う。ジェミーの場合、土地の食べ物で歯がすり減り顎が大きく発達したことで、みんなが「土着民の顔立ち」と呼ぶ顔つきになったわけさ。

ああ、そうだったのか。

それか、ジェミーが習い覚えた話し言葉のせいかもしれんな、とも牧師は言ったが、これは村人にはわかりにくかった。ジェミーは五種類の言語を知っている。英語とは違う発音をせねばならぬとなれば、それにあわせて長いあいだに顎の形も変わってくるだろう。何年もそうやっていれば、顔立ち全体が変わってしまうということもあるのかも知れん。フランス人の顔立ちがイングランドやスコットランドの人間のとは違っても、フランス以外のフランス語圏の人間とは似てくる、といった具合に。

へえ！

あるいは言葉と食い物の両方かもしれん。またそのほかに、ジェミーの努力の表われということもあるかもな。十六年間、土着民の群にうまく溶け込んで、自分もその一員になろうとがんばったんだ。白人のものとはまったく違う表情を意識的にも無意識にもまねてな。そうすれば土着民との毎日のやりとりも楽になるだろう? 目鼻立ちと話すときの表情というこの新しい言語を、いわば第二の天性として自分のものにしていくうちに、特に白人から見て白人らしいと思えるような顔つきをなくしていったわけさ。そうなると、ジェミーが顔に浮かべる表情の意味が白人にはわからんから、黒んぼに見えるようになったと感じるわけだな。

フレイザー牧師のこの説明を、村人たちはとっくりと考えてみた。あり得る。あり得る。しかし、もっと単純で、もっと不穏な見かたのほうが、村人たちにはすんなりくるのだった。そのほうが自分たちにも関係があるし、おれたちはまだまだ得体の知れない土地に住んでいるんだという意識にも通じる。白人でもよ――と、これはフレイザー牧師ではなく、また別の詮索好きな男が言った言葉だ――あんまり長《なげ》えこと中国にいると、そのうちまわりの黄色いやつらみてえにつり目になったり、顔が幅広になってきたりするって言うじゃねえか。

ポカンとした暗い顔して、そこの日なたに座ってるジェミーをよく見てみな。陰気なしかめっつらしてやがる。眉間に深いしわがあるだろ? あれは、白人の流儀で何かを考えてできたしわかね? それとも、白人には考えもつかない何かを知ってるせいかね(その「何か」が何であるか、村人たちは言おうとしない)。その「何か」にまつわる暗い思い出がジェミーの脳裏をよぎると、それは、あるにおいとなって同じ部屋にいる者の鼻を突く。というのは、全身を石鹸でごしごしこすって洗ってやろうが、エレン・マッキバーがジェミーのために見つけてきて、手ずから洗ってやっている柔らかい毛のシャツとモールスキンのズボンを着せようが、この村にやって来たときのにおいがいっこうに消えないのだ。それは肉と泥のにおいを混ぜ合わせたような、土着民特有のにおいで、ジェミーの中に、もはや元には戻せない何かがあることを思い起こさせる憂鬱な現象だった。

そういう現象はほかにもある。歩きかただ。足音ひとつ立てずに土間を踏みしめて部屋に入ってくるから、中にいる者はまったく気づかない。ハエでもたかったような気がして、首の後ろに手をやる。だが、ハエなどいない。さっと振り向くと、そこにジェミーがいる。水たまりに落ちていた洗濯物のシャツを拾い上げて持ってきてくれたり、洗濯の換えの水をくんできてくれたりしたのだが、仰天させてしまったことを詫びているような、いつもの愚かなニヤニヤ笑いを浮かべている。驚かされたほうは、胸を押さえて動悸が鎮まるのを待つしかない。

もちろん、皆が恐れているのはジェミーではない。ジェミーは無害だ。だれもがそう言い、そう信じたがっている。恐ろしいのは、次はジェミーではないかもしれないという思いなのだ。ギョッとして振り向いたとき――どうせまたあの愚かしい笑いがそこにあるだろうと思って振り向いたときに――斧が振り下ろされるのではないか。以前は単なる恐ろしいうわさにすぎなかったものを、ジェミーが現実のものにしてしまった。最近ではそのうわさに、「コメット川のほとりで十九人見た」といった具体的な場所や人数が加わるようになっていた。

現実に、白人側がいつ「やつら」にやられて全滅してもおかしくないという状況があるのだ。とりわけ腕っぷしの強い男でも、寝る前に星の下で小用を足しているときなど、どこかで小枝がピシッと折れる音を聞けば、睾丸が縮み上がり、しずくを払うのももどかしく、そそくさと前ボタンをはめる。

真っ昼間でも、地の底からだろうか、それともいつも雲のように消え失せてゆく暗闇からだろうか、どこからともなく姿を現わした「やつら」のひとりとまともに面と向かうはめになったら、肝試しのいい機会だ。心臓が早鐘を打つようにドキドキしていても、平然としていなければならないのだから。

つまり、とうの昔に「子供だまし」として片づけてしまっていた恐怖に直面させられるのだ。「悪霊」だとか、「石炭運びの人夫」だとか、「夜の大王」だとか。そういうのがすぐそこに、二メートルと離れていないところに、本物の肉体を持って、息を吸ったり吐いたりしながら立っている。そんなやつの間近にいると、今まで知っていた暗闇――目に見える「暗闇」――が、どれもただの影にすぎないように思えてくる。そして、今対面している相手の世界とは正反対の、物事の明るい面に頼って生きてきたこれまでの人生の中で、こういうときに頼りになるもの――金《かね》、主の祈り、バイオリンで弾けるひとにぎりの曲、墓の中にいるのも含めて我が子の名前と年齢、裸の腹をなでる女房の指の感触、自分をいとおしむ照れ混じりの気持ち――が、このどこからともなく現われた「幽霊」を前にしてぐらつき、くずれ去る。たいていはこちらより背が高く、ただの黒を通り越して煤《すす》のように真っ黒な肌をしたやつが、こそりとも音を立てず、ごく間近に、わずか一メートル半ほどのところに立っている。それでいて、あまりにも別世界の存在だから、こいつが今この瞬間に自分と同じこの空間にいるなど、まるで想像もつかない。

気がつくと、相手の血走った目の、目尻のあたりを這い回る背の固いちっぽけなハエをじっと見つめている。ハエは、ときたま鼻の下へ跳ねていっては、そこの汗をすする。恐ろしいのは、相手がもたらすにおい――この自分の汗にも染み込んでいて、なかば忘れかけてはいたが、相手にも自分にも深く染み込んでいる沼地の世界のにおい――だけではない。ここでこうして、太陽のもとで対峙している相手にとっては、こちらと、こちらの背後にある世界のすべては、まだ地平線から姿さえ現わしていない、ということもある。だから、こちらの世界の富や幸福の一切合切が自分の中でたちまちぼやけて、やがては完全に打ち消され、果ては恐怖の互角勝負となる。魂を覆っていたぼろ切れが最後の一枚まで引きはがされて、もう二度と立ち直れまいという恐怖を抱くほどの極限状態に追い込まれるのだ。

村人がジェミー・フェアリーの存在をひどく不安がる背景には、こうした異様なまでの異質さと、「やつら」に似ていることへの嫌悪感とがあった。というのも、ジェミーがいつ何時もうひとつの顔を見せるともかぎらないからだ。これでは例の「対面」の相手がいつもジェミーだとでも言っているようだが、ジェミーの場合はばったり出くわしたのとは違って自分から押しかけてきたのだ。「対面」どころか「抱擁」を強いているに等しかった。

第四章

学校教師のジョージ・アボットは、村では二十六、七歳で通るよう、それよりさらに年上のふるまいを心がけていた。実際はまだ十九なのだが、醜男なのと、若者らしい直情や情熱を徹底的に押し殺すのとで、なんとかごまかしていた。貫禄をつけるためにパイプを愛用し、ひと部屋だけの板葺き屋根の教室がかまどのようになる猛暑の日でも、シャツのそでをたくし上げない。日曜に生徒の家に招かれて母親からおかわりを勧められても絶対に応じない。子供っぽいと思われたくないのだ。今でも子供なみに旺盛な食欲にほとほと手を焼いているから、なおさらそう思う。困ったことに体は今もなお成長し続けていて、そのためにばつの悪い思いをさせられることがしょっちゅうだった。

そんなアボットが七歳から十二歳までの集団ににらみをきかせている教室の、黒板の裏に狭い部屋がひとつあった。教師用の私室としてあてがわれたそのみすぼらしい部屋で、アボットは孤独と血気と性欲をなんとか手なずけようと奮闘していた。そういう感情や欲望は、故郷《くに》にいたときには厳格なしきたりに抑えつけられ、妹たちがいるおかげで和らげられてもいた。それに、自分の高尚な志を思い起こせば、おのずから抑えがきいたものだ。しかしここでは、すべてが今にもはじけんばかりに熟れ切った土地の、けだるい空気と塩気混じりの湿気のせいで、絶えず孤独感や肉体の衝動に悩まされる。かつて持ち合わせていた上品さや繊細さは残らず腐れ果ててしまった。ただ、真実を重んじ、厳しい内省を怠らないたちだから、周囲の環境が変わっただけでこんなに簡単にだめになってしまうなんて、いったいおまえはどんな「上品さ」や「繊細さ」を持ち合わせていたと言うのか、と自問せざるを得なかった。

教師とは言っても名ばかりの今の立場については自分でも承知していて、心底うんざりしている。生徒の家に招かれて行ってみると、靴を履いているのが自分ひとりだった、ということがよくある。

食卓で生徒の姉から無遠慮にじろじろ見つめられ、顔が真っ赤になる。あわててごまかそうと、袖からハンカチを引っ張り出し鼻をかむふりをするが、あまりのわざとらしさに、かえって同席の者が全員手を止めてこちらを注目するはめになる。

アボットと同年代にあたる、生徒の兄はうすら笑いを浮かべて座っている。そもそもこの兄自身が、皆から一人前に扱ってもらおうと躍起になっている年頃だから、アボットにどう話しかければ面目を失わずにすむか、見当もつかないのだ。両親にとっては「先生さま」だし、弟や妹にとっては「アボットせんせい」だったが。アボットと違って、生徒の兄であるこうした青年たちが自分の若さを持て余すことはない。村でたむろしているところへアボットが通りかかると、口をつぐんで見送っておいて、通り過ぎてから何やらひそひそ言い合っては大笑いする。もっとも、あとでねじ込まれても困るから、ほどほどに笑い声を抑えてはいるが。

生徒自身はどうかというと、男子生徒の中には大人に近いような体格の者もいるが、男女ともに頬がこけ、髪はもつれ、まぶたもはれぼったい。皆、夜明け前には起き出して牛の乳しぼりをするなど、決して楽ではない農家の生活に必要な手伝いをすませてから登校してくるのだ。だから教室で机に向かえば、まぶたが垂れ、船をこぐ。

九九《くく》を言わせ、シェリーの詩「雲雀《ひばり》に寄す」を暗唱させて、若々しい声がよどんだ空気に響き渡っても、それで生徒たちが活気づくことはない。アボットは、石筆を握りしめた子供たちがこちらを見上げるどろんとした目つきや、汗ばみ垢じみた肌や、虫歯だらけの黒ずんだ歯にげんなりし、じわじわと湧いてくる憤怒にがんじがらめにされていく。

家でつづりを覚えてこいと命じて、国語の教科書から選んだ単語をチョークで黒板に書いていく。mettlesome（血気盛んな）、benign（親切な）、decorum（礼儀正しさ）、prudence（思慮分別）……皮肉たっぷりな選択であることは、むろん承知の上だ。翌朝、日直が黒板の単語をきれいに消してしまうと、皆につづりを言わせて、まちがった者は男女の別なく、一語につき一回ずつ定規で打つという罰を加える。

罰を受ける子供たちが指をそらして力いっぱい広げ、差し出してくる手は、どれもすえたようなにおいがする。そのにおいが鼻を突くと、生徒に対する嫌悪が、自分自身に対する嫌悪が、むらむらと湧き上がってくる。どの手にもたこができ、突っついたところがささくれ立ち、掌の筋には泥が黒々としみ込んでいる。

このちっぽけな暴君たちが憎らしい。そのちっぽけさが、自分の高尚さ高潔さを伸ばそうと思う向上心をあざけるのだ。すばらしい向上心を抱く者が、幼い子供を叩く。叩いた瞬間は、すかっとする。しかし、最年少の生徒までが両手を脇の下にはさんでぎゅっと握りしめ、泣くまいと必死にこらえているのを見ると、アボットのほうが恥ずかしさのあまりワッと泣き出しそうになる。

そもそもオーストラリアに来るつもりなど、これっぽっちもなかった。それも、よりによってこんな辺鄙《へんぴ》な所へなど。

五人家族で、男の子はアボットひとり。名づけ親《ゴッドファーザー》の出してくれる学費で教育を受けた。この名づけ親は母方の遠い親戚で、ぜいたくな趣味と風変わりな考えを持つ独り者だった。母に言わせると、昔、母に思いを寄せていたそうだが、母がそう思いたがっていただけかもしれない。父が亡くなると、母はためらうことなくこの男に息子のことを頼んだ。

「いとこのアリズデアー」と皆で呼んでいたこの男、ロバートソン氏は、一度だけ様子を見にアボット家を訪れたが、その後は二度とやって来なかったので、母はがっかりしていた。ただ、アボットの教育費は出してくれることになった。アボットは毎年二回、復活祭と聖ミカエル祭に、パース郊外にあるロバートソン氏の屋敷に泊まりに行った。そういうときには鉛筆や本などの贈り物をもらい、クリスマスに行けばボンボンやクルミや甘いミカンの入った小さな包みをもらった。これはこっそり家へ持ち帰って妹たちにやった。また、毎年誕生日には、スーツを新調してくれるので採寸をしてもらいに行った。仕立て屋の弟子がアボットに生地を見せてくれるから、「いとこのアリズデアー」に促されるままに、安物から上物まで様々なツイードの違いを見分けることを覚えた。それがすむと箱の上に立つ。仕立て屋のデイビッドソン氏が、「なんと！　もうこんなに大きくなられて！」だの「ずいぶんと胸がたくましくなられましたなあ！」だのと驚いてみせながら巻き尺をあてて採寸していく。「いとこのアリズデアー」は、脇に置いた背もたれの高いいすに座って雑誌のページを繰っている。

当時のアボットは、子供特有の自信と小生意気な愛嬌とが実に自然に混じり合った、抜け目のない少年であったから、ほどなくロバートソン氏の屋敷の召使いや訪問客のお気に入りになった。客は、ひだ飾りのついたシャツに吊りズボンといういでたちのアボットが応接間に入ってくるときの物おじしない態度にいたく感心した。また、「いとこのアリズデアー」の友人の弁護士連中が繰り出す難問にすらすら答えて見せたり、男の子らしく勇ましく飛び出していっては、頼まれたとおり伝言をしたり、本を取ってきたり、ご婦人たちに肩掛けを持ってきたり、果樹園からふらふら迷い出てきて一同の昼寝のじゃまをする眠たげなスズメバチを退治しようと菓子の包み紙を棒切れに貼りつけて即席の蠅たたきを作ったりしたときも、客はアボットの賢さに目をみはった。こうしたことはどれも、自分が持って生まれた、たまらない魅力のおかげであって、それを周囲の者が讃えているだけだ、とアボットは思い込んでいたから、十五歳ぐらいで人生初の恐ろしい失意に見舞われたときには手ひどい衝撃を受けた。途方もない醜男になるような兆しが見え始め、周囲がアボットにもはや以前のような興味を示さなくなってしまったのだ。その事情がのみ込めるまでに少しばかり時間がかかった。だからアボットが以前と同じようにして皆の気を引こうとすると、だれもがばつの悪そうな顔をした。伸びすぎの、なりのでかい男になり果てた今のアボットにはおよそ不似合いなふるまいだったのだ。

「いとこのアリズデアー」もアボットへの興味を失った。アボットは自分が恩人の高尚な美意識にそぐわない存在になってしまったことを悟って苦々しい思いに浸った。そして、こうして心に負った深手のせいで不当な運命をいつまでも呪ったり、容姿だけでなく性格まで鈍重になったりするようなことにはなるものか、と踏ん張らなければならなかった。

ロバートソン氏はその後も養育費と学費を出してくれたし、学期の始めにはありきたりだが温かい手紙を必ずくれた。しかしもう二人が以前のように顔を合わせることはなかった。だから、ある朝、やっと手にした学位で「武装」をしたアボットが、控えめな服装でロバートソン氏の屋敷を訪れたときも、プライドを傷つけられたという意識はいまだに強かったが、そのことはおくびにも出すまいと固く決意していた。訪問の正式な目的は当然のことながら、これまでの厚情に謝意を表することだったが、「いとこのアリズデアー」は勤め口を見つけておいてやろうとも言っていたから、この機会にその話が出ないだろうかという期待もあった。

アボットを迎え入れた召使いは、体格がよく、しし鼻の、おそらくアボットと同じ年頃の青年で、たいそうめかし込んでいた。きっと町中《まちなか》をすかして歩くようなタイプだろう。先に立って様々な部屋を通り抜けながら案内していったが、扉を開けては立ち止まってアボットを先に通し、そのたびにふてぶてしくじろじろと観察するので、アボットはもじもじ襟をいじくらずにはいられなかった。

この図体のでかい、それでいて、たしかに醜くはない田舎者は、どうやら自分の粋な仕立てのフロックコートや、淡い色の絹のストッキングに包まれたたくましいふくらはぎやら何やら、その他もろもろを、それはもう誇らしく思っているらしい。そして、そんな自分をアボットと引き比べて、軍配はもちろん自分に上がると勝手に決め込み、いたくご満悦のようだ。アボットはたじたじとなったが、いや、おれは以前のように皆のお気に入りになるためにここに来たのではない、何より、昔のおれの魅力に頼ることなど、もってのほかだ、と厳しく自分に言い聞かせなければならなかった。恩人のロバートソン氏に、今の自分のあるがままを正面から認めてもらうのだ。

ロバートソン氏は机で朝の郵便物を見ていたが、以前とほとんど変わらないのは驚きだった。つけたての香水の香りを漂わせて立ち上がり、金縁のめがねをはずして脇へ置き、机の横を回って近寄ってくると、ごく自然に、心をこめて抱擁してくれたので、それまでの恨みつらみも薄れ、相手の気に入られたいという昔の気持ちが一気によみがえってきた。この「いとこのアリズデアー」を大好きだった頃もあったのだ。

ロバートソン氏は机の向こう側へ戻ったが、興味津々の表情だ。

うれしいよ。こんなに大きくなって。立派に成長した君にこうして会えるのは実にうれしい。順調なんだね？　そりゃあいい。お母さんはお元気かい？　なつかしいなあ。昔のいい思い出が一杯だよ。それで、妹さんたちは？

アボットは好機到来とばかりに、今では母の暮らしも妹たちの暮らしも、このぼくの肩にかかってるんです、と始めた。するとロバートソン氏は、ほう、責任感があるんだね、君みたいに若い人からそんな言葉を聞くのはうれしいよ、と応じた。話が弾み、ごく自然にアボットの将来のことになった。考えてみたかね？　この先どうするかだが、何か思うところがあるのかい？

　もちろんあります。二人のあいだに昔の親近感が戻ってきたと思うと、本来のあけっぴろげな性格が顔を出し、話すつもりのなかったことまで明かしてしまった。ちょっとした演説をぶってやろうと用意してきたのもやめにして、自分の感じていることや抱負を語り、冗談さえ思い切ってひとつふたつ言ってみた。少しばかり自慢もしてみせた。自分の将来がかかっているのだから、それぐらいはもちろん許容範囲だろう。そして結局は心の内を残らず明かしてしまった。日曜学校で聞かされるおなじみの物語に触発されたことはたしかですが、それだけでなく、探検家の本も真剣に読んで、それに影響を受けました。わが国を代表する探検家リビングストン博士の本も、もちろん読みました。軽はずみな思いつきではなく、自分自身の心の声に耳を澄まし、ひとり静かにじっくり考えた末の結論なのです。つまり、ぼくの人生、ぼくの本当の人生は、暗黒大陸アフリカにある、と。全力投球が求められるような波瀾万丈の人生こそ、ぼくの望むところです。体はいたって頑健です。こういうことについてあなたがどうお感じになるか、ぼくにはわかりませんし、母と妹たちを忘れてはならないことも、いつも肝に銘じています。ですから当座はもっと現実的なことに身を捧げるべきではないかとも思います。商いなど、ビジネスに。それは後見人であるあなたのご判断にお任せしますし、もちろん、そちらの方面へということになれば、謙虚さを失わず辛抱づよくやるつもりでいます。ですがアフリカは、ぼくの魂がぼくを導いてくれる土地にほかなりません。それはたしかです。たとえ何年もこの身を金もうけに捧げて暮らさなければならないとしても、これはとうてい打ち砕かれることのない、それはそれは強烈な感情なのです。アフリカ生活の厳しさについては、決して夢物語のような幻想を抱いているわけではなく、覚悟もできています。それどころかそうした過酷な生活を心待ちにしているくらいです。ぼくにとってはかえって試練となり、視野を広げてくれるたぐいの仕事であって……

不意に自分以外の声が部屋の中に響いたのに気がついた。ロバートソン氏が一言、何か言ったのだ。その言葉の音が二つ三つ耳に入ってきたが、何と言ったのかわからない。アボットは自分の考えに夢中で、当然ロバートソン氏も最後まで聞いてくれるものとばかり思い込んでいたから、いきなり話をさえぎった恩人の顔を見て仰天した。期待に頬を赤らめ、目を輝かせている。そこに浮かんでいるのは、おどけまじりの好奇心といたずら心、それから——本当だろうか？——面白がっているような表情。

い、い、い、い、い、オーストラリア。ロバートソン氏がポロリと漏らしたのは、この言葉だった。その音のまわりで静寂が深まり、周囲へと広がっていった。ひょっとして、とロバートソン氏はにこやかに尋ねた。薄くて真ん丸い金縁めがねの向こうで目が踊っている。オーストラリアという選択肢について、考えてみたことがあるかね？

いいえ、ありません。生まれてこのかた一度も。息苦しくなってきた。鼻も口もふさごうとする、その巨大な固まりを押しのけようとした。

オーストラリア？　どこにあるかさえ、よくわからない。もしかしてこの話、たった今思いついたんじゃなかろうか、というやな予感がした。不運な巡り合わせで、ロバートソン氏の肘のあたりに散乱している、あの手紙のひとつにたまたまそのことが書いてあったりして。そんな運命の気まぐれを思うと、途方もない笑いが胸元にこみ上げてきた。全身に満ち満ちて、今にも爆発し、目の前にあるものを残らず粉々に打ち砕いてしまいそうなその笑いは、世界の裏側からこだましてきた。そのあいだにも「いとこのアリズデアー」が、弁舌さわやかなところは当家代々のとりえだ、きみのような遠い親戚でさえこの能力には秀でていてね、とでも言わんばかりに詳しい説明をし始めた。「ビジネス界」以外のもうひとつの墓場、アボットがあこがれてなど決していなかった墓場「オーストラリア」の有利なところについて。よどみない口調ではあったが、瞳には有無を言わさぬ鋼《はがね》のきらめきがあった。シドニーの友人たちがね……あちらでの最高の機会……種をまくには申し分のない場所……七年間。（アボットは、その灰色の巨大なかたまりが不意にのしかかってきたように感じた）。そのあいだお母さんの生活費はわたしが出させてもらおう。妹さんたちにはしかるべき結婚相手をお世話しよう。そして君がどうしているかを知らせてくれれば、いつだってうれしいよ……

どうしているか。ひどくみじめだ。「種をまくには申し分のない場所」は、実際に暮らしてみると、ロバートソン氏が聞いたといううわさとは大違いで、草木茫々の、自分にとっては悲惨な場所だった。ふと、あのふんぞり返った召使いのことをいまいましく思い出した。たとえば『グラスゴー・ヘラルド』のコラムを読ませたら、眉根を寄せて一字一字たどるようにしか読めず、せいぜい半分まで読むのがやっとだろうし、養育費を出してくれる裕福な名づけ親《ゴッドファーザー》もいなければ、将来の見込みもあるまい。だが、日曜ともなれば色男ぶりをひけらかして町中《まちじゅう》を歩き回り、女の子を好きなだけ眺めたりたらし込んだりできる。きれいな爪に、しみひとつないシャツ。おれなんかに比べたら、千倍も幸運なやつだ。

アボットの人生がいかにみじめであるか、いかに孤独で、いかに絶望的であるかを、神に見捨てられたこの土地の、目に映るもの一切合切が物語っていた。気にかけてくれる者などひとりもいない。知的な言葉をひとつも耳にすることなく毎日が過ぎていく。これがアフリカだったら、刀に焼きを入れるようにアボットの魂を鍛え上げ、心の底に眠っている本物の男を呼び覚ましてくれただろうに。だが、ここではそんな試練は何ひとつ起こらない。さもしく人をおとしめるきりだ。どちらを向いてもうっとうしく、何をとってみても、じっとりと冷たい湿気と、陰険な甘さを含んでいる。鬱蒼と生い茂った草木が、わずかなあいだだけ花をつけ、たちまちじくじくと腐れ落ちる。だから人の心も、たった今派手に興奮したかと思うと、高ぶりすぎて長くは続かず、次の瞬間にはだらりとのびてしまう。土着民でさえ薄汚くて陰気だ。すねはガリガリだし、ほこりまみれで、およそ威厳と呼べるものがまったく感じられない。ノミだらけでみすぼらしく、怠惰そのものの生活をしているから、それを見る者の心には、人間性が芽吹く以前の状態への嫌悪感しか生まれないし、こんな土地では容易にそういう状態に逆戻りしかねないという恐怖が湧いてくる。

まさにこういう目で、あの日、アボットはジェミーを見つめていた。自分がいつも生徒たちに教えている教室で、ジェミーがわめいたり吼えたりしたことを書き留めながら。

あのときはジェミーの話を記録せよとだけ言われたが、勝手に余計なことを書き加えて、してやったりとほくそ笑んだものだ。しかし今思えばつまらない出来心であんなことをして、結局は自分もこの色に染まってしまったわけだ。ふだんと同じ半ば眠ったような投げやりな態度で。まるで、意味のあるもの、重要なものなど何ひとつないとでも言わんばかりに。

マッキバー家の子供たちには、あいつを学校へ連れてきてはいけないと申し渡してあったが、三人が口をそろえて平然と「だって、しょうがないんです、せんせい。くっついてくるんだもん」と言い返すので、姉妹の父親に直接話をしておいた。するとラクランはアボットを故意に挑発するようになった。ジェミーについて来るなと命じるどころか、わざとついて来させるのだ。だからアボットとのあいだでひと悶着起きる。ささいな衝突にすぎないのだが、アボットにしてみれば、あとで冷静になって考えたときに落ち込みの種《たね》となる。

このラクラン・ビーティはどの生徒よりも利発だったから、先生のお気に入りになってもおかしくはなかった。いやむしろ、当然そうなるとラクラン自身も信じて疑わなかった。頭の回転が速く、性格も大らかだ。アボットも身に覚えのある小生意気な自信をたっぷり持ち合わせていて、ほめ言葉に飢えていたから、最初のうちは先生の気をひいて認めてもらおうと、ありったけの努力をした。だからこそ、アボットは最初から断固はねつけた。ラクランにもはっきりわかるよう、実にあからさまなやりかたで無視した。ラクランは、いかにすばやく答えを思いつこうと、手を上げていかに激しく振ろうと、いっこうに指してもらえないから、そのうちばかにするような表情を浮かべ始め、さらには授業を邪魔するようになり、やがてまったくの無反応になった。そこでアボットは、今までのあからさまな無関心に加えて、嫌みなこともしかけてやろうと、ラクランの「影」のようについて回るジェミーをだしにして級友の前でからかったので、今度はラクランが自分からジェミーを追い払うようになった。

第五章

いとこが来て、うちで一緒に暮らすことになったよ。母からそう聞かされた姉妹は跳び上がって喜んだ。やっと親戚に会える。それも男の子！　スコットランドから、故郷《くに》から、やって来る。特別にやさしくしてあげるんだよ。炭鉱の事故でお父さんが亡くなったんだからね。小さな子を五人も残して。今度来るラクランがいちばん上さ。

亡くなったお父さんっていうのはね、兄さんたちの中でも母さんがいっとう好きだったロブ兄さん。最後に会ったのは、兄さんが十九で結婚したときだった。兄さんが結婚式に着たシャツは、母さんが縫ってあげたんだよ。まるまる六ヵ月かけてためたお金で、メートル二シリング近くもする海島綿《かいとうめん》を買ってね。

姉妹は、故郷での母の暮らしを細かいところまで残らず知っていた。母がもう百ぺんも話して聞かせてくれたからだ。だが、今また全部話してくれた。「あたしの母さん」、つまり姉妹にとっては「おばあちゃん」が、今の二人とそれほど変わらない年齢のときに採炭場まで降りていって働いた話。今じゃ想像もつかないよね！　猫がぴょんと跳び込むこともできないくらい狭い狭い裏庭がある家。それが、ここじゃあ二万坪を超えちまうんだからね。あたしの父さんも兄さん四人も、みんな鉱夫だったよ。ジャネットは母の話に耳を傾けながら、若かった頃の祖父やおじたちの様子を思い浮かべた。炭塵まみれのまま、どやどやと夕食の席につく。全身、にぎりこぶしまで真っ黒だが、うつむいて食べ始めるときのまぶたと、にやりと笑ったときにずらりとのぞく歯だけが、黒くすすけた顔に白く映える。やがて、ひとり、またひとりと裏庭のはずれにある狭くて暗い流し場へ出ていって、たらいに頭を突っ込み、背中や肩まで石鹸で洗う。ふざけ合って笑いながらタオルで頭をふきふき戻ってくると、皆、急に白く大きくなって、天井の低い居間が一杯になったような気がする。やっとまたひとりひとり見分けがつくようになった。ウィリー、ユーアン、ジェイミー、ロブ。ジャネットは四人の顔まで想像した。

祖父とおじたちの身のまわりの世話は、まだ少女だった母が一手に引き受けていた。シャツを洗い、靴下をつくろい、ぐちや不平に耳を貸してやって。だが、母はそうした炭鉱の暮らしがつくづくいやだったから、鉱夫とは絶対に結婚しないと固く心に決めていた。四人の兄が、ひとりひとり成長していく様子を――元気いっぱいのやさしい少年が、いいところを全部抑え、押し殺して、粗野な男へと変わっていく過程を――つぶさに見てきたのだ。土曜の夜になれば、四人の兄はエアドリーのほかの男たちとまったく変わらず、けんかをしてあざを作り、大得意で帰ってきては、大の字に伸びて前後不覚に眠りこけるのだった。

やがて、ジャネットとメグの「父さん」が登場する。ジャネットが目を上げると、今より二十歳若い父が、自信たっぷりな顔でにやついている。母に言わせれば、「ぎりぎりのときに」現われたのだそうだ。母はもう二十四歳で、オールドミスになりかけていた。「父さん」は、兄のひとりが一緒にサッカー観戦に行った帰りに家に連れてきたのだが、母はすでにその前の夏、綱引き大会に参加したときの父を見て顔を知っていた。ごつごつ骨ばった色白の大男で、砂色の髪をしている。初対面のときにはほろ酔い機嫌で、少し恥ずかしそうで、まるで干物にされた魚みたいにおとなしかった。もっとも、あとになってから大胆なところを大いに発揮したが。「父さん」は先代のあとを継いで、ある大きな屋敷の庭師をしていた。母は兄たちから冗談まじりの警告を受けた。あいつ、おとなしい顔してるけど、ほんとはそんなんじゃないんだぜ。酒好きだし、女の子にもうるさいんだ。それは母にもわかっていた。だが、そんなことでひるみはしなかった。

ジャネットはこの話を始めから終わりまで夢でも見るようにして聞いていた。母が昔の世界のことを語って、ジャネットの中に生き生きとよみがえらせるときには、いつもそうだった。どんな細かいことも聞き漏らさなかったし、いくら聞いても聞き足りなかった。両親のこのもうひとつの生活を、スコットランドを、二人がオーストラリアへ来る前の時代、ジャネットが生まれる前の時代を、こよなく愛していた。それは同時にジャネット自身の時代でもあった。実際に覚えている幼い頃の記憶を過去に引き延ばすかのように想像で色づけし、あこがれの世界になんとか現実味を持たせようとしていたのだ。それは、今ジャネットが生きている世界に比べると、何より物が多く、人も多くて、はるかに活気に満ちた面白い世界だった。今度ここにやって来るというところが、その世界を幾分かでも持ってくるだろう。その世界の、生きたほんものの輝きが、まだ体に残っていることだろう。その世界の言葉も話すだろう。

　ところが、やって来たいとこは、一家の厚意をありがたがっているふうでも、会えたことを喜んでいるふうでもなかった。ずんぐりした、けんかっ早い九歳の町の少年だった。エアドリーは都会だから、と偉そうに言う。こんな辺鄙《へんぴ》な開拓地になんか興味はないよ。少年から見れば、ここはいなかですらなかった。いとこが来たら見せてあげようと、メグと共に用意していたもの、二人のささやかな宝物や秘密は、ラクランから見ればひどくみすぼらしいものであることを、ジャネットは思い知った。ラクランが知ったかぶりの傲慢な言いかたではっきりそう言ったからだ。そのとき初めて、ジャネットは自分の家がいかに貧しいかに気づいた。そして、まるで人品そのものが卑しいと言われたかのように屈辱を感じた。ラクランは自分自身を守ろうとしているのかもしれない、こちらの世界に入ることを拒否しているのは、ここへ来るためにあとにしなければならなかった、懐かしくて懐かしくてたまらない前の世界を、これ以上失いたくないからなのかもしれない、というところまでは思い至らなかった。ラクランはあざけり、いばり散らした。おれにふさわしいものなんて、ここには何ひとつない。

　何を話すにも、「スコットランドのおれんちじゃさ」という前置きがあった。だが、その「おれんち」では、皆が死ぬほど腹を空かせていると母が言っていた。そのうち、ジャネットのほうでも頑なになって、ラクランのまねをしてはあざ笑うようになった。「ああ、スコットランドのおれんちじゃさ」とジャネットは、本当はこよなく愛するアクセントをまねて、歌うように言う。するとラクランは顔を真っ赤にし、涙を隠すことができない。

いい気味だと思う反面、恥ずかしくもなる。こんな立場にいる相手を泣かせるのは、いとも簡単なことだし、祖国スコットランドは自分にとっては神聖な場所のはずだ。それをあざけりの種にするなんて、心にもないことを。

今暮らしているこの土地に比べれば、自分の中にあるあらゆる高尚な感情に、はるかに強く結びついているあちらの世界――父と母が一語、また一語、言葉によって生き生きと描き出す、あの世界――に対しては、手も足も出ないと感じるときがある。それを、いとこのラクランはすでに見ているのに、この自分は見ていない。その点では、永久に自分の負けだ。

しばらくすると、ラクランもジャネットのこの弱点に気づいて、自分の有利な立場を情け容赦なく利用するようになった。ただ、その有利な立場というのが生まれついてのものであったから、偶然のものであったから、ラクラン自身、単にそういう立場にいることがわかっているだけで、本当は何なのかさっぱりわからない。たとえばラクランは、自分が口にした言葉をジャネットが理解できないと、ここぞとばかりに軽蔑して見せるし、叔母がつい故郷《くに》の言葉で話したりすれば大喜びだ。大きくみはった目に無邪気な表情を浮かべて叔母を見やるが、口元には、今だけだがジャネットをのけものにしてやったという満足の笑みをかすかに浮かべている。ジャネットは握りこぶしをぶるぶる震わせ、このげんこつで、そのおつに澄ました顔をぶん殴ってやりたい、と思う。それを見てラクランはますますそっくり返る。幼いメグは、「わかんなーい。スプレアギンってなーにー? ムースフ・オ・ムールズってなーにー?」と鼻声で訊く。だが、ジャネットはそんな質問は絶対にしない。

二人のあいだで熾烈な闘いが続いた。ラクランが来るまでのジャネットは、いわばお山の大将で、何の条件も制約もなく自由そのものだった。それが今ではラクランが、おれのほうが一枚上手なんだから、何をやるんだって、おれが仕切るべきだ、おまえは当然おれの言うことを聞かなくちゃ、と脳天気に決めてかかるから、それがひどくしゃくにさわる。

ジャネットのほうが頭ひとつぶん背が高い。今のところ、その点ではジャネットのほうが勝っている。だが、それもいつまでも続くわけではない。続くなどという思い違いはしていない(つらい現実を直視して、自虐的な満足感にひたるすべは、もうとうの昔に身につけた)。だから、むしろどうしたらラクランを傷つけられるかを考えた。ラクランはものすごく自尊心が強く、豪傑を気取っているが、すぐ泣く。ラクランを泣かせることは、ジャネットにとっては簡単だった。ところが、いざ相手が泣き出すと今度はジャネットのほうがショックを受け、みじめになって、けんか相手のはずのラクランを慰めたいとしきりに思う。慰めたりすれば、ますます憎まれるだろう。それはわかっているのだが。

ときに一日か二日、二人がいやに仲良くなることもあった。元気一杯で、新しい遊びのアイディアも一杯のラクランは、こちらが言いなりになっている限りはいたって御しやすい。いつも自分の言い分を通し、いつも親分でなければ気のすまないたちなのだ。生まれつき高潔な性格も持ち合わせていて、そこに自分で酔いしれている。同時に、自慢をせずにはいられないところもあって、その自慢話が必ずしも本当とは限らないから、誠実さをとことん重んじるジャネットにしてみれば、そこがひどく引っかかる。自分に厳しいジャネットが、ラクランに目こぼしをしてやるはずがない。やがて、ばけの皮をはがしてやりたくてうずうずしてくる。あれこれ偉そうなことを言っているが、その多くはいつものように相手をおじけづかせて優位に立ち、故郷の「おれんち」が上であることを示すためのたわごとにすぎない。それを暴露して、本人にもそのとおりですと認めさせてやりたくてしかたがなくなる。なるほど、「おれんち」のほうが上かもしれない。それはたしかに本当だ。しかし、そういう判断をラクランに勝手に下されてはたまらない。

むこうが少しでも謙虚なところを見せれば、すべて許してやってもよいという気持ちはあった。ジャネットは心根の優しい娘だから、ラクランと仲良くやっていきたいと思っていた。むこうが少しでも態度を和らげれば、こちらもプライドを傷つけられずにそれができる。そのためにはまず、愛情に飢えていることをラクランに認めさせたいのだが、むこうは頑として応じない。ラクランに言わせれば、ジャネットとメグが知っていて自分が知らないことは、どれも知るに値しないことなのだ。

たとえば、二人はラクランにユーカリからにじみ出る金茶色の樹脂を教えてやった。噛むと苦味がある。ラクランはペッと吐き出し、二人にからかわれたと思い込んだ。

ユータクシアの茂みを見せたときには、「これはユータクシアなんかじゃない。ほんものじゃないぞ」と、小ばかにしたように言った。それから、おれ、ツリガネスイセンの花、見たことあるんだぜ、と言うと立ち上がり、高く澄んだ声でツリガネスイセンの歌を歌い出した。ジャネットは胸が一杯になり、母は泣き出した。ラクランは光っていた。輝いていた。ジャネットにとってはこれまで想像する以外になかった遠い土地の光が、ラクランの皮膚を貫いて放射されているのだった。

ジャネットはこっそり部屋を出て、鏡の前に立ち、自分の姿を見つめたが、あんな美しさはなかった。この先、あれだけ美しくなる見込みもない。そばかすだらけだし、ひょろりとやせている。右の手にも左の手にも、いぼがある。そのくせ、美しくなりたいという思いは途方もなく強い。しかしラクランの美しさをねたむ気持ちはなく、むしろ畏怖の念が湧いてくる。まるでその美しさが、こちらの心を意のままに操る、何やら普遍的なものの美しさであるかのように。

だが、少しすると、頑固で尊大なラクランにもわかってきた。ここでなんとかやっていきたいなら、この土地のことを知らなければ、と。そこで、開拓地の暮らしに役立つわざやこつのあれこれを根気づよく覚えていった。頭の回転は速いし、何でも人よりうまくできなければ気のすまないたちだから、ほどなくとびきり目端のきくブッシュマンになった。しかも少年らしい負けん気と肝っ玉をそなえていたから、村のだれもが一目置いているジム・スイートマンでさえラクランに感心するようになった。おじのジョック・マッキバーも誇らしげだ。甥と共に、足跡をつけていって追いつめた獣を仕留めたり、ツカツクリやニジバトやカミカザリバトやミカドバトを射止めたり、沼地を取り巻くセンネンゾクの森でいろいろな種類のカモを獲ったりした。

ラクランは燦然と輝いていた。その輝きは、おじと二人歩き回るこの世界に対して持つようになった影響力にほかならなかった。「ものを知っている」人間となった今、ラクランは人をばかにするのをやめ、年上の男たちから見よう見まねで習い覚えた、男らしい余裕のある雰囲気を持つようになった。

まねがあまりにもうまかったから、生まれつきそういう物腰であるかのように見えた。それに比べて、この私はどうだろう、とジャネットは考えた。勇敢なことにかけては、ラクランにひけをとらない。それに、あの子が覚えたことで、私にできないことなんてひとつもない。それなのに、あの子はたくさんのわざや、それにまつわるおきてを全部自分のものにして、私の手の届かないところへ行ってしまった。今でも私のほうが、たった二センチ半だけれど背が高いというのに！

ラクランはいいわよ、とジャネットは腹の虫がおさまらない。男だから、どう努力して、どう振るまったらいいか、ちゃんとお膳立てされてるんだもの。悩んだり、迷ったりしなくてもいい。ただ辛抱強くがんばって、一人前の男になるためのハードルをひとつひとつ越えていけばいいんだから。そのことを確信し、自分の意志の力を確信したことで、ラクランには初めてここに来たときの、あのやせこけたひ弱な町の少年からは想像もつかなかったような輝きが生まれた。こうなればみるみる成長していくだろう。自分の未来像がはっきり見えれば、もうそれだけで肩がいかり、声が太くなり、余裕も生まれてくるというものだ。

ジャネットにはそんな未来像はなかった。思い描けるものと言えば、自分の母のような女性だけ。つまり、ぐちひとつこぼさず、たゆみなく、あれこれてきぱきとこなす能力を誇りにして、気丈にやっていく女性。そんな母をすばらしいと思ってはいたが、その限られた生活はジャネットにとっては耐えがたかった。

よく、母のとりしきる台所のテーブルで、殴るようにしてパン生地をこねた。全身これ無言の反乱だ。

永久にこれを続けたってかまやしないわ。土間で裸足の片足をもう片方の足にのせて立ち、自分自身のだれた心に思う存分パンチをくらわす。そんなジャネットを見て、母は心を痛めている。ジャネットは目を上げ、ほほ笑んで見せるが、そんなことをしても母の目はごまかせない。

身近にある本を手当たり次第読みあさる。世界というものは、自分が今しばりつけられているこの世界よりは、もっと大きく、もっと激しく、もっと残酷なのだ、と約束してくれるものなら、どんな本でも。「もっと残酷かもしれない」という思いでさえ慰めになった。

腰をかけ、単純な針仕事に全身全霊を傾ける。ひと針ひと針に自分の命がかかっているかのように。まるで、いつか最後の審判の天使が、この忘れな草の模様の鍋つかみを掲げて、そこに集まっている全世界のありとあらゆる年齢の人たちの前で、短すぎる縫い目や曲がっている縫い目を指さして、「ジャネット・マッキバー、これを縫ったのはおまえか？」と問い詰めるから、とでも言いたげに。

ある日、ジャネットはみすぼらしいレモンの木の陰にうずくまって、何の気なしに膝のかさぶたを突っついていた。固いかさぶたを持ち上げて、仰天した。見たこともない色が見えたのだ。真珠のようにつやつやした新しい皮膚が下にできている。繊細な薄桃色で、自分とはまったく別の生き物の皮膚のようだ。ふと思った。今の自分を包んでいる、きめの粗い皮膚がすべてかさぶたに覆われ、はげ落ちてしまったら、そこに現われ、太陽の光を浴びてきらきら輝くのは、なぜか自分の中に包み隠されている、このもっと上品で美しい自分だろう、と。

立ち上がって囲い地《パドック》へ出ていくと、一面に生い茂ったやわらかな草の穂が、パッと燃え上がるように金色の光を放った。かさぶたの下にひっそりと隠れていた、あの皮膚のことが頭にあったから、草の輝きを見たとたん、まるで日常の自分の重みから解放されて、内にひそんでいた輝かしい自分がそっと身じろぎし、翼をはばたかせ始めたかのように、突然ふわりと浮いた感じがした。

こんなときでなければ頭痛でも起こしそうな、奇妙に震える光の中で、全世界がちらちら光り、一変した。

ジャネットが足を踏み入れたときにはまっすぐ立っていた淡黄色の草が、炎の燃え上がるようなゴオッという音をたてて大きく波打ち、はね返り、折しも頭上に流れてきた一片の雲にかき消されて鎮まった。

バッタも、この上なく精巧なガラス細工のように見えた。ちっぽけな虫だが、ばねのような腿の筋肉ではるかかなたへ跳ぶことができる。人間の尺度で言えば、五、六百メートルもの距離を一気に跳べる。ジャネット自身も繊細だが強靱で透明な体になったように感じた。

木々が樹皮をぽろぽろと落とし、下から、ごく淡い緑色のなめらかな皮が現われた。夕焼けのような、赤い血が点々と飛び散ってできたような、だいだい色の縞模様がある。それを見て、「神の恵み」という言葉が思い浮かんだ。自分の一部が浮き上がって、ぼんやり霞んだ明るいところへ入っていく。そして思った。ここでは私の名は「フローラ」じゃなきゃいけなかったんだわ。「ジャネット」なんて平凡な名前、大っきらい。父さんや母さんがこんな名前をつけたから、私はこんなに卑しい人間になってしまったんだし、先のことだって、こんなに早く決まってしまったんだ（ジャネットが思い浮かべていたのは、十八世紀にスコットランドで起きたカロドン・ミュアの戦いで敗れたチャールズ・エドワード・スチュアートを、女装させ逃亡させた「フローラ・マクドナルド」という女性だったが、それとはまた別に、今しがた自分が入り込んだこの地上五センチほどの世界には、スカートの縁にぐるりと花を飾り、足もとの土くれから顔を出した花が鮮やかな花弁を奇跡のように開いている、そんな夢の人物もいるような気がした)。

ただ、ジャネットはいたって現実的な子供だから、ただの感情というものは信用しない。たった今も感情が燃え上がったが、一瞬ののちには静まって、ひとり裸足で草原に立ったまま取り残された。だから、さっきの感情にこだわることはなかったが、こういう感情、こうした瞬間は、自分の心だけに秘めておくべき大切なものだと思った。

ラクランとは違うのだ。ラクランは、何かがきっかけで怒ったり興奮したりすると、それをだれかに言わずにはいられない。だからやっかいなことも起こる。ラクランには、将来のすばらしい夢、英雄的な未来像がある。子供であるがゆえの限界がついに乗り越えられる瞬間だ。その未来像を鮮明に思い描くことさえできれば、それはやがてラクラン自身が追いつくのを先のほうで待っていてくれるだろう。ようやく場所だとか時間だとかいう実際のこまごましたことをたずさえたラクラン自身が追いついてくるのを。

おれはしかるべき年齢に達したら、探検隊を組織して、ジェミーを案内役に立て、東西横断の探検中に行方不明になったライカート博士を捜索する。途中、黒《ブラックス》んぼどもに襲われてけがをするかもしれないが、土着民だけが知っている薬草でジェミーが助けてくれて、傷も癒える。それからは、川を二つ三つ発見して、それには知人の名前をつける。山も見つける。これにはおばさんの名前を取って、エレン山と名づけよう。それか、スコットランドのどこかの地名を借りてもいい。ライカート博士も見つける。少なくとも遺骨を。帰還して、みんなが記念碑を建てようと言ってくれるが、おれは堂々と言ってのける。私の名前だけでなく、ジェミーのも並べて彫ってやってください。それが全部終わったら……

ラクランの夢は果てしなく限界もない。

それをジャネットはまともに受け取ることができない。いつかこういうことをやってのける能力がラクランにないと思っているわけではない。あまりにも陳腐な夢がおかしいのだ。ジャネットに言わせると、実際に大人になったときに、それまでの想像や、都合のいい未来像が実現するはずがない。もっとも、そう言ってラクランを説き伏せようという気持ちはもうこれっぽっちもなかったから、今回もラクランの言い分が通った形になった。

ラクランの未来の夢を共に楽しんでいたのはジェミーだった。ラクランの話に耳を傾け、内容こそ半分しかわからなかったが、自分なりにあれこれ評価を下していた。

何よりも感激したのは、ラクランの夢に自分が登場していることだった。信頼されている、ラクランが自分自身の未来像として思い描いている夢の中で、この自分もひとつの役割を与えられていると思うと、ラクランに対する愛情がどっと湧き上がってくるのだった。同時に、大事なあの人を守ってあげなければ、という強烈な思いも湧いてきたが、それに気づいたらラクランはむかっ腹を立てるだろう。

あの人は、まだほんの子供なのだ！　改めてそう気づいてみると、衝撃的ではあったが、ほっとするような気もした。ここでは自分が大人であることを思い出させてくれる機会があまりなかったから。

第六章

黒《ブラックス》んぼどもの扱いは、すでにほかの場所で見通しの立っているやり方でいくしかない。そんな考えを持っている連中が最初からいた。その急先鋒とも言うべきなのがネッド・コーコランで、コーコランは今にも飛び散りそうなつばを呑み込んでは、こう力説していた。「こっちから出かけてって、かたづけっちまえばいいのさ。きれいさっぱりとな。おれんちのまわりをうろついてみろ、ぶんなぐってやる」。最後の「ぶんなぐってやる」を吐き捨てるように言う激しさと、そのあとの沈黙に不気味な興奮を覚える者もいたが、あとの連中はブーツを履いた足をずらすだけで何も言わない。もっとも、口に出さないだけで基本的には反対ではない。コーコランの言うやりかたが一番手っ取り早いし、長い目で見ればおそらく一番思いやりのある方法でもあるのだ。現に友好的な村がどうなったか、皆知っている。愉快な眺めではなかった。

しかしこの村にも、もっと穏便なやりかたを試してみる価値はきっとあると主張する穏健派がいた。そういう連中が夢見ているのは、家庭を築く——そして、運がよければやがては文化的な町を建設する——という難事業を、なんとかやり遂げられる定住地だ。仮の定住権が得られれば、農作業や家事の手伝いに土着民を使ってやれるかもしれない。ひそかにプランテーションを思い描く者もいた。肌の黒い土着民が列をなして作物の手入れをし、邸宅の敷地には小ぎれいな白塗りの小屋が並び、母屋の磨き上げられた板張りの玄関では、老いて髪の白くなった土着民の召使いが「だんなさま」と言って出迎え、主人であるこの自分のブーツを脱がせようとする(もちろんこんな夢は実現するとしてもまだ先の、おそらく遠い先の話だ。今のところブーツのことなど口にする者はいない。自分で持っている者がほとんどいないくらいなのだから)。少なくともこの機会にあのジェミーというやつから信頼に足る情報をいくらかでも引き出して、村に飛び交っては皆を始終不安に陥れている根も葉もないうわさを少しでも和らげるべきだ、と穏健派は考えている。というのも、もしも仲間のひとりが土着民に不意を襲われ、槍《やり》で突かれたりしようものなら(そういうことはおそらく容易に起こり得る)、コーコランのような短気なやつが殲滅《せんめつ》部隊を組織しようと言い出しかねないし、そんなことになれば果てしない報復合戦になって自分たちも巻き込まれるに決まっているという不安が折にふれては頭をもたげるからだ。

ジェミーの経験ではそもそも最初からあれこれ探りを入れてくるのはコーコランのような過激な連中か、さもなければ穏健派のどちらかだった。

過激な連中は、ジェミーを味方に引き入れれば軽い勝ち戦《いくさ》に持ち込めるだろうと思っている。

こういうやつらは愛想がいい。しゃがみ込んでジェミーに噛みタバコを差し出し、何やらつぶやきながら遠くを見やる。相手がはるかかなたに何を見ているのか、ジェミーにはお見通しだ。最初のやつも、次のやつも、どいつもこいつも何気ないふうを装って、知りたいことを聞き出そうと探ってくるのだ。あっちの世界でいくつかの土着民の群がひとところに集まる習慣があるかどうか、あるとすればどのくらいの人数が集まるのか、男だけか、それとも女子供も含めて皆が集まるのか。噛みタバコを噛んでは汁をペッと吐き出したり、のんびりタバコをふかしたりして、あせる様子はまったく見せない。だがジェミーから見れば、相手の手に、その意図が出る。相手の目の中で灰色の煙がもくもくと湧き起こり、今にも降り出しそうに垂れ込めるのが見える。ジェミーなんかにゃわかるまいとほくそ笑む、ひそかな笑い声が聞こえる。ジェミーはもらった噛みタバコを噛みながら、じっとしている。

　ここに来たばかりの頃は、相手の無表情な顔と、顔よりさらに不可解な身ぶり手ぶりから何ひとつ読み取ることができなかった。皆、まるで恥じているかのように自分の考えを隠している。少なくともジェミーにはそう思えた。もっとも、ほかの者に対して恥じているのか、自分自身で恥ずかしく思っているのかまでは見分けられなかったが。どいつの目も口も、こわばった顔の中で死んでいるように見えた。しかし長いあいだじっくり観察しているうちに、やっと微妙なしるしを少しずつ見分けられるようになってきた。たとえば、あごの関節がかすかにカクッと鳴る音。よく耳を澄ましていれば聞こえる。それに、こめかみの青筋が浮き出るとか、目尻の笑いじわが深くなるとか、心の内が表われがちな赤らんだまぶたが、かすかにぴくりと動くとか、のどの筋肉に力が入って、鎖骨と鎖骨のあいだのくぼみが深くなるとか。言ってはまずいと押しとどめた言葉が、呑み込むことも吐き出すこともままならず、喉元を上がったり下がったりするとか。今ではこういうしるしも読み取れるようになったが、それがいかに多くを物語るかは驚きだ。最近では、相手があえて言わなかったことも含めて、村人の言葉が前よりわかるようになったから、表情から読み取れるものも多くなったのかもしれない。言葉がわからないと表情も理解できない。それだけのことだ。

こんな具合で、ジェミー自身も口の中で何やらつぶやきつつ噛みタバコを噛むのだった。どうしてもと返答を迫られれば、目印の位置をずらして教え、生きている者の数に死んだ者の数も少し加えて実際より多くしたり、仲間の住処《すみか》を実際よりさらに北に見せかけたりしてはぐらかした。そして、これは責任重大だぞと思った。

相手は狡猾だ。ジェミーを気に入ったふりをしている。ジェミーも狡猾だが、白人に有利になることを一切漏らしていないという確信がいまひとつ持てない。だから心は鉛のようだが、ぴょんぴょん跳びはねて、少しばかり冗談も言って見せる。すると相手は目を細め、にっこりする。「いいやつだな、ジェミーは」。ネッド・コーコランはそう言うが、その声には、この野郎、脳天ぶち割ってやる、という思いがこもっている。

しかしジェミーを本当に困らせるのは、もうひとつのグループ、つまり穏便なやりかたを望んでいる連中だった。自分たちの知りたいことを、ジェミーがなぜ教えてくれないのかが理解できない。おれたちは平和を望んでる。流血の惨事を避けたいんだ。それがわかんねえのか。ネッドたちとの違いがわからねえのか。こういう輩《やから》は、あせって死に物狂いになる。ジェミーに向かってわめき立て、仲間内でも大声で言い合いをする。

それに、穏健派の連中が知りたがっていることの多くは、たとえ教えたくても教えてやれない。その理由は簡単——村人たちの言葉では言い表わせないのだ。それでいて、時にしかたなく土着民の言葉で説明してやろうとすると、相手の目つきがにわかに険しくなる。まるで、知らない言葉を聞かされると、それだけで震え上がって、手も足も出ない気分になると言うふうに。こちらにそんなつもりはないのだが、それもあり得ると思う。この土地で生きていきたければ、うまくやっていきたければ、この土地のあらゆる部分をつないでひとつにしている音を自分の中に取り込んで、それが息とともに吐き出されるようにならなければだめだ。そうでなければ、目も耳も役に立たない。ジェミーも土着民と共に暮らし始めたばかりの頃は、そんな状態だった。それでは、強力な精霊が魔力を働かせている場所もただの穴にしか見えず、まごつくばかりだ。こういう精霊は何とかなだめてやらなければならない。うまく助けを乞う方法さえわかっていれば重宝するのだ。こんなふうに、本来は明るく輝き生命の息吹にあふれているものの半分が、かすみに覆われて白人たちには見えていない。

そんなわけで、穏健派の連中は自分たちの言葉でジェミーをどなりつけるし、ジェミーはジェミーで土着民の言葉を口走ってはいけないと歯をくいしばる。相手が怒れば怒るほど、ジェミーは確信を強める。こっちの連中にも、知りたがっていることを明かさずにおいたほうがよさそうだ。

ただ、ひとりだけ例外がいた。風変わりな例外が。

フレイザー牧師だ。牧師だから、ジェミーのほうでも当然恐縮してしどろもどろになってもいいはずだった。村人はほとんどがそうなった。強硬派のリーダーのようなやつでさえフレイザー牧師が近づいてくるとかしこまって口がきけなくなるのを、ジェミーは見逃さなかった。もっとも、そういうやつは牧師が行ってしまうとあざけって見せて、強硬派としての面子《めんつ》を保とうとするのだが。しかしジェミーは学校で事情を聞かれたあの最初の日に、フレイザー牧師には人を理解する才能があると見て取った。どういうわけか、ジェミーが言いたいことをたちまち見抜いてしまうのだ。自分が何を言いたいのかをジェミー自身が意識する前にわかってしまうことさえたびたびあった。だからジェミーはフレイザー牧師を信頼し、喜んで心を開き、二人だけの寡黙な心の交流を楽しんだ。フレイザー牧師流に言えば「植物の実地研究をしに」、まだ涼しい早朝、ときには夕方にも、肩を並べて出かけていく。そして小川の向こう岸の雑木林へ踏み込んだり、東へと流れ下る急流の、薄暗い回廊のような茂みを上流に向かってよじ登ったりした。

「実地研究」に行くとき、フレイザー牧師は縁がかなりすり切れたフェルトのつば広の中折れ帽をかぶり、携帯用のインク壺を肩からつるし、その上から分厚い小冊子を数冊入れたキャンバス地のかばんをかける。そしてジェミーにとってはなんとも嬉しいことに、ジェミーの見せる植物を、根、葉、花など部分ごとにスケッチし、そこから右や左へサッと線を引いて矢印をつけると、その植物の名前をジェミーに言わせ、自分でも口の中で幾度も言ってみてから、線の端に注意深く書き込む。

最初、ジェミーはとまどい、してはいけないことをしているのではないかと思った。フレイザー牧師が教えてもらいたがっているのは、マッキバー家の姉妹に教えたこと、つまり女の子に教えるべきことだったからだ。ほかの男たちがこれを知ったら何と思うだろう。フレイザー牧師のためを思ってジェミーは恥じ入ったが、そんな心配もやがて消えてしまった。こうしてまた自由に歩き回れることが心底嬉しかったし、「実地研究」でフレイザー牧師の手となり目となって——植物の名前を教えるときにはフレイザー牧師の息ともなって——協力できる満足感が大きかったのだ。一方牧師は土着民の世界をいわば「翻訳」する仲介役で、この「翻訳」というのが汗まみれ泥まみれになって行なう大変な作業だった。指で土をかいて掘り出したり、とげを刺したり、ひっかき傷を作ったりしながら植物を観察し、線画で写生する。物も言わず一心に集中して描き上げた、植物の精そのものだ。

作業はいつも同じ手順で進める。フレイザー牧師が「いちじく系」だとか「りんご系」だとか呼んでいるたぐいの果実なら、まずジェミーがその名前を言ってもぎ取り、ガブリとかじったり半分に割ったりして果肉を見せる。ベリー類であれば口に放り込んで噛み、果汁に染まった舌や唇を見せる。それから、その果実やベリーを牧師に渡す。牧師はにおいをかぎ、唇を尻の穴のようにすぼめて慎重に味を見、うまければほほえんで見せ、まずければ叫び声を上げて吐き出す。そして、その植物の名前を自分でも言ってみる。芋類はジェミーの見ている前で、見よう見まねでまず皮を親指でこすり、泥の下から出てきた模様や皮のきめを調べる。名前はうまく言えないことのほうが多い。口の開きかたが足りなかったり、舌の位置が違ったり、オウムのような舌足らずな言いかただったり、息の出しかたが強すぎたり弱すぎたりするのだ。ジェミーは世話になった土着民の仲間が近くで聞いていなくてよかったと胸をなでおろす。

妙な発音になると、こっけいで笑えるが、罰当たりな言葉になっていることもある。あるときは「老人の睾丸」を意味する言葉がフレイザー牧師の口から飛び出してきたし、「芋」のつもりで「糞」と言ってしまったこともある。もちろん牧師自身もしくじったことにすぐ気づいて何度も言ってみては直すのだが、一度など、とてつもなく罰当たりな言葉を吐いた形になったので、ジェミーはびっくり仰天しておそるおそるあたりを見回した。男が絶対口にすべきではない言葉で、周囲にいる精霊の耳に入ったらそれこそ大変だ。それに、こういう言葉をフレイザー牧師がうっかりノートに書きつけてしまってもまずい。

ジェミーは名前と精霊のこうした関係には敏感だった。自分が見えるものの多くをフレイザー牧師に明かさずにいるのは、二人の身に危険が降りかかるのを恐れているから、また、周囲のすべてに畏怖の念を抱いているからだ。どのみち明かさなくても牧師は気づかないだろう。たとえば手を触れてはならないもの。今二人が横切っている土地の持ち主が守っているものだからだ。それから女だけしか近寄れないものや、ジェミーには扱えないほど強い力を発するもの。こうした世界のこういうものは無闇に手出しをしなければ別にどうということもないが、余計なことをすればジェミーも牧師もおそらくほかの者も取り返しのつかない傷を負いかねない。

だから小さな谷の、頭上に垂れ下がる大枝の下を二人して腰をかがめて進んでいくときや、かつて住み慣れた土地を北と西にはるばる見渡せる地点を目指して、日に灼けた岩だらけの斜面を這い登っていくとき、ジェミーは生命力あふれる素晴らしい世界を通り抜けているのだった。中には、ほかのどこよりも暗い物陰にあるにもかかわらず目を細めたり手で目を覆ったりしなければならないほどまばゆい光を発しているものがある。その全体がパチパチと音をたて、きしり、ふくれ上がり、はじけながら成長しているのだが、フレイザー牧師には、それを何ヵ所か部分的に教えるだけで、あとは明かさずにおく。

こういう「実地研究」で、一、二度、土着民の姿を見かけたことがあった。見ず知らずの男で、雑木林の中で凍りついたように立ちすくみ、全身で警戒していた。

ジェミーはそうした相手に大っぴらに合図を送るようなことはしない。とにかくフレイザー牧師に気づかれるような合図は一切しない。開拓地の白人たちが自分のことをうさんくさく思っているのを知っているからだ。しかし通り過ぎるとき、こちらを油断なく見張っている相手に対して、土地の所有者としての立場を認めるしぐさを丁重にして見せる。すると相手もそのあいさつを受け入れ、通してくれる。

また、だれも見えないのに腰のあたりがひやりとし、道の片側だけ急に暗さが増したので、だれかに見張られているらしいと気づいたこともある。このときも相手が本当にいるかいないかに関係なく、ジェミーは相手の存在を認めるしぐさをして見せた。

フレイザー牧師はまったく気づいていない。相手がはっきり自分の姿を見せようとしているときでさえ、周囲の草木やちらちら戯れる木漏れ日と、そういう相手の姿とを区別できない。息を切らしたり妙な歌を歌ったり蠅を追い払ったり、ジェミーにあれを見ろこれを見ろと呼びかけたりしながら、がむしゃらに進んでいく。ジェミーもあえて土着民の存在を教えたりはしない。

土着民の目に自分がどう映っているかはわかっている。フレイザー牧師の写生の線のようにくっきりとした光で縁取りされているはずだ。それは今かき分けて進んでいる精霊たちにジェミーの魂が触れた、その接点で発せられるエネルギーの輝きだ。

フレイザー牧師はどうかというと、何の特徴もない薄い影としてしか映っていないはずだ。この土地全体が牧師をそう見ている。そういう影が一瞬、かすみか雲のように闖入《ちんにゅう》してくるが、周囲の土地はまたすぐ完全な輝きを取り戻し、その人影は消えてしまう。まるで、この土地の長い歴史の中で、あまりにも些細な存在であるために、ほんの一瞬しか存在できなかった、いや、存在さえしなかったとでも言うように。

第七章

「ああ、ジェミーのことじゃ心配はかけねえよ。害のねえやつだから」

マッキバー家の主《あるじ》、ジョック・マッキバーが近所の仲間に言っている。こうして折を見ては坂の上の、三つの農場が境を接する場所に集まる。申し合わせて行なう会合のたぐいでは決してない。一日のきつい野良仕事も終わった夕暮れどき、坂をぶらぶら登っていっては一服しながら互いの様子を尋ね合うのが暗黙の習いとなっていた。この土地での厳しい暮らしの合間に、ほっとひと息ついて仲間との気楽なつき合いを楽しむひとときなのだ。今、ジョックは隣人のバーニー・メイスンが口にした不安に応えてやっている。「不安」であって「苦情」ではない。仲間内では苦情は言わないのが決まりだ。それは、もう長いことバーニーを悩ませてきた不安だった。以前は土着民全体に対するものだったが、最近では白人とも土着民ともつかないあのジェミーに焦点が当たってきていて、それがジョック・マッキバーにとっては悩みの種になっている。

ジェミーとひとつ屋根の下で暮らすようになって、もう五ヵ月になるが、ジョックはまだジェミーになじめずにいた。最初の日の午後、あの場の混乱と興奮に巻き込まれ、子供たちに大声でせがまれ、今度だけは例外で甘いところを見せてやってもいいんじゃないのと無言で訴える妻のまなざしに負けて、ジェミーを引き取ることに同意したが、心の中ではそれとは逆の、もっと賢明な判断を下していた。それを承知で事を進め、こうしてジェミーと生活を共にするようになったものの、あればばつの悪さからやったことだった。妻のエレンとの意見の相違という、ごくプライベートなことを他人の目にさらしたくなかったのだ。それにつけ込むエレンもエレンだ。

反対もしてはみたが、いまひとつ説得力に欠けていた。うちは今でさえ大変なんだぞ。それなのにもうひとり引き取るなんて、そんな必要あるのか。「でもねえジョック」とエレンがそっと言った。「あの哀れな子を見て！　あの子なら大丈夫。ラクランが面倒を見てくれるだろうし」

ジョックもそれ以上は言わなかった。何よりジェミーに感じる違和感がわれながら理不尽に思えて恥ずかしかったのだ。

ひと目見た瞬間、ひどい嫌悪感が湧いてきて拭えなくなった。心理的なものだろうが、肉体的な反応となって表《おもて》に出る。ジェミーとの暮らしにも慣れ、ジェミーが懸命に家や畑の仕事を手伝おうとし、子供たちにも実によくしてくれるのを目にして、何とも哀れを誘うやつだとわかった今でも、最初の日のあの違和感と、ラクランに追い立てられて谷をよたよた歩いてくるのを初めて目にしたあのときの印象とが、いまだに振り払えない。そしてジェミーに間近に寄られるのが耐えられない。情にもろいジェミーは、たとえばちょっとした思いやりにも感謝したがり、近づいてきて触れようとするが、ジョックはうろたえて叫ぶ。「そんなことしなくていい。もういい！　頼むから、あっちへ行ってくれ！」。今度はジェミーが面食らい、すかさず妻のエレンがあいだに入って取り持とうとする。「だいじょぶだよ、ジェミー。もういいから。いい子だね。外へお行き。ね。そうして薪《まき》をひとかかえ持ってきておくれ」

こんな具合だったから、ジェミーは害のないやつだと言ってバーニーの矛先をかわしたときのジョックは、ある意味では本当のことを言っていた——たしかにジェミーは身体的な危害を及ぼすようなやつではない——が、心の奥底にある思いはそれを裏切るものだった。

なにしろ心配性なのだ、バーニーという男は。心配の種を次から次へと見つけ出しては、くよくよぐちばかり言っている。まだ三十を少し過ぎただけだというのに、眉間にしわがくっきりと刻まれている。何年も前に、だれかが、あるいは何事かが、そこにぱちんこで石でもぶつけて、傷をつけたかのようだ。もっとも、その痛手を実感するのはまだこれからなのかもしれないが。ジョックは同情もしていたし、内心ひそかにバーニーの不安には根拠があるかもしれないと思ってはいたものの、なあに大したことないさと言っておくのが一番だと判断した。

不安を口に出して言うのがバーニーのやりかただ。ジョックなら心配事はぐっと押さえつけて、自分の心にしまっておく。バーニーのやりかたより効果的かどうかはわからないが、このほうが自分らしい。バーニーがジェミーはどうもあやしいと言い始めたとき、ジョックはこの窮地をどう逃れたらよいか分からなかった。このことで二人のあいだにできてしまった溝《みぞ》も、バーニーがこちらに投げかけてくる訴えるようなまなざしも、何もわかっていないくせにジョックに失望したような顔をするのも、たまらなかった。こうやって二人のあいだがしっくりいかなくなったことがほかの者にばれるのは、もっといやだった。つらいし、いろいろなことがぶち壊しになる。

つらく厳しい生活を強いられるこの土地では、隣人は大切だ。それにバーニーとは、ここ何年かのあいだに、ただの隣人以上の間柄になっていた。なかば開墾の進んだ森をはさんで、互いの小屋が見える。というか、少なくとも灯《あか》りが透けて見える。バーニーの妻のポリーはエレンとはとても親しいし、子供たちも家や畑の手伝いがなければ一緒に森へ遊びにいったり宝物を交換し合ったりしている。けんかをすることもあって、そうなると一、二日は互いに知らん顔をしているが、すぐに仲直りをする。境界に柵を立てるなど、考えたこともない。こういう関係だったから、マッキバー一家がジェミーを引き取ると、当然メイスン家にも影響が及び、それがバーニーは気に入らない。ジェミーをおれの土地に入らせないようにしてくれと言ってきた。ジョックの知るかぎりジェミーは言いつけを守っているが、心配性のバーニーは境界のあたりを始終行ったり来たりして、入り込んだ跡がありはしないかと目を光らせている。もっとも、地面にはっきり境界線が引いてあるわけではないから、「入り込む」というのも、おそらくはバーニーの妄想にすぎない。そんな妄想に、どう対処すればいいというのか。できることと言えば、ならわしのようになってしまったバーニーのぐちに対して、これまたならわしのように大丈夫さと請け合ってやることしかなかった。そして、近頃ではちっとも弾みがつかず、途切れがちになってしまった会話をなんとかもたせられまいか、新しい話題が見つかるといいが、と願うばかりだった。今もジョックは分《ぶ》が悪い。

「いやね」とネッド・コーコランが長い沈黙を破った。「おれなんかにゃ、わかんねえけどよ。このことじゃ、ジョック、おめえさんとバーニーの判断が一番あてになるだろう。あいつがいかに害のねえ野郎かってことじゃさ。なんせ、すごく身近なところで暮らしてるんだから。ただ、おれんちにゃ、あんなやつはいてほしくねえなあ。夜も眠れねえよ。今だってほとんど眠れねえんだから。あいつんとこに仲間がよ、来てんじゃねえかってよ、考《かんげ》えちまって。昔の仲間がよ」

皆がブーツを履いた足をちょっとずらし、ジョックが肩を落とした。ヘクター・ゴスパー——あの最初の日に金づちの奪い合いをしてからというもの、うらみのような気持ちを拭えずにきた若者——は、うつむいて薄笑いを隠した。

ヘクターは、よろず屋のベランダにたむろしている年長の少年グループをつい最近卒業して、大人の男たちの仲間入りをしたばかりだった。新入りだから口を出すことはめったにないが、何でも油断なく観察している。ここしばらくのあいだに、自分に皮肉屋の一面があることに気づいた。その皮肉屋の自分が、今まわりにいる男たちの一見のんびりした会話——というか、むしろ皆が口をつぐんだときの沈黙の底——に見え隠れする駆け引きを見守って楽しんでいる。たとえば、この小さなグループの主な一員であったはずのジョック・マッキバーに対して、ほかの仲間が用心し出したところが面白い。それはまるで、ジョックが皆と違うことを示すあざだか肉体の異常だかが、もう以前から出ていたのに、今の今までだれも気づかなかったとでも言うようなのだ。

ヘクターの興味をそそったのは、常に仲間の受けがよく、それが穏やかな自信にもつながっていたジョックが、そうした魅力を失い始めたことだった。かすかではあったが、弁解じみたとげのある言動を見せるようになったのだ。それが仲間を驚かせ、おれたち、なぜだかこいつを見誤ってたんじゃなかろうか、という疑念をさらにあおった。

皆の心の動きをこんな具合に鋭く読み取れるのはこの唇のおかげだろう、とヘクターは思った。しかし、みつくちでも、自分はなかなかのしゃれ者なのだという自信が揺らぐことはない（とくに口ひげを生やし始めてからは目立たなくなった）し、今にブリズベンへ出ていかれれば、きっとすばらしい伊達男になれる。ブリズベンでなくたっていい。床屋と玉突き場があって、通りを馬車が行き交って、暮れ方には街灯に照らされた歩道にご婦人がたの靴音が響くような、そんな町ならどこだっていい。深いブーツを履き、帽子の後ろにリボンをなびかせた自分の姿が目に浮かぶ。しかし今のところ、まだ裸足で、うつむいたまま鼻の下のひげをなでている。その横で、執念深いネッド・コーコランが、そもそも皆の関係がこじれる元になった問題へと、またぞろ皆を引きずり戻そうとしている。

「いやね。女房の心配をするだろうって思うわけよ。おれだったらさ。わかるだろ？　おれの言ってること。女房のグレイシーのことだよ」

さあさあ、とヘクターは心の中で言う。ジョック・マッキバー、何と答えるね？

ジョックに対しては悪意もうらみも持っていない。ヘクターはそんな男ではない。目の前で繰り広げられている見物《みもの》に引きつけられているだけだ。それは、どうやら世の中にはとっくり考えなきゃいけないことが山ほどあって、自分のことばかりにかまけている暇なんかないんだ、という新鮮な発見だった。

ジョックはぐっとつばを呑み込んだ。おめえんとこのかみさんは、うちのやつとは違って気が小せえからな、という言葉と共に。それでも悲しかった。今回のことすべてが。喉もとのしこりが、不当な運命の固い小さな塊のように感じられた。不当な運命というのは、ほかの仲間が助け船を出してくれないこと。たとえばジム・スイートマン。ジムはばつの悪そうな表情で顔をそむけただけだった。それから、日頃皆から敬意を払われることなどまったくないネッド・コーコランのような男が、どうだ図星だろう、だからこそみんなもおれの言葉に耳を傾けてるんだぞ、と言いたげに生意気な顔で皆を見回していること。

ほかにもまだあるが、どれも目新しいことではない。それでも傷ついた。どいつもこいつもつまらねえ野郎どもだ。だが、少し前まではそれにも気づいていなかったのだから驚きだ。気づいていたら、みんなの考えが容易に読めることに気安さを感じたはずだろう。最近、ジョックは批判的になってきた。ジム・スイートマンに対してさえ。そんなふうになりたくはなかった。親しくしていた仲間を、こうして一歩さがって観察し、敵味方のように向き合っている構図に気づくというのは、いつになくいやな経験だった。自分が以前とは違う目で仲間を見ているということは、つまりこの自分も向こうから子細に観察されているということだ。あいだにできてしまった距離は、むこうにも影響しているはずだから。何より、こういうことで浮き彫りにされる自分自身の姿にとまどった。まるで、皆から探りを入れられるのは、この自分に何かもっともな原因があるからだ、自分は見かけほどざっくばらんな男ではないのかもしれない、とでも言うように。

ジョックがジェミーをすんなり受け入れられず、哀れなジェミーの大げさな感情表現に滑稽なほど恐れをなすのを見ていて、妻のエレンはここ何年かの厳しい生活で忘れかけていた昔のジョックを思い出した。当時エレンは、たくましい体格にそぐわないジョックの性格に惹かれていた。ああいうところはほかの女たちにとっても魅力だっただろうと思う。力強さと乙女のような内気さとが入り混じっているのだから。

戸外での農作業で鍛え上げられた今のジョックは血色がよい。そでをまくり上げたときに現われる腕は、大理石のような生気のない青白さとは無縁だ。兄たちのあの青白さ、太陽のない地下の世界からエレンが連想する白さとは。ジョックの肌には燃えるような輝きがある。シャツを通して、その熱が感じ取れるほどだ。その熱は、エレンが生まれてからずっと恋いこがれてきた草の香りと清潔な太陽の光とを含んでいる。いや、自分はそういうものに恋いこがれていたと、あの陰鬱な世界で生まれ育ったエレンがそう思い込んでいるだけかもしれない。あらゆるものが炭塵にかすみ、よごれ、ふだん吸っている空気でさえざらつき、口の奥のほうでいつもタールの味がする、あの世界で。

ジョックは当初、エレンと二人でカナダへ行きたいと考えていた。エレンに自分を売り込んだとき、カナダへの移住も提案した。しかし手続きを始めてみると、オーストラリア行きのほうが見込みがありそうに思えてきた。オーストラリアには土地があり、太陽がある。太陽と聞いて、エレンは待ちきれないと思った。それに広さ。ここスコットランドじゃ想像もつかないような広々とした所なんだ。ジョックはそう言ったが、エレンには想像がついた。日の光と広さこそ、エレンが何よりも先にジョックの中に見たものだったのだ。

ブリズベンには、一月の猛暑のさなかに着いた。ぬかるみに踏み板を渡して、どうにか歩けるようにした道。つやつやした深緑色の葉のいちじくに囲まれた家々。家というより、樹皮と鉄で造ったにわか作りの小屋だ。じめついた無気力な空気にどっぷりつかった、およそ活気のない町。何に手を触れてもじっとりと湿気を帯び、皮膚そのものが一番湿っている。あたりには腐敗の一歩手前の甘ったるいにおいが漂い、通りでは絶望的な顔をした酒浸りの男女に行き会うので、エレンはいぶかった。こんなに広々とした土地で、男は怒り狂ってるし、女はやせ細って青白い顔をしてる。いったいどうしたっていうんだろう。二人は期待を裏切られ、ジョックはふさぎ込むようになった。それでエレンは悟った。これまで自分がジョックの中に見ていた明るさは、ジョックの本当の性格ではなかったのだ、と。そこで今度はやむなくエレンのほうが繰り返し言って聞かせることになった。この暑さだって、滝のように降る蒸し暑い雨だって、捨てたもんじゃないよ。マングローブの生い茂る河口の島から押し寄せてきて、人のまぶたを刺しては腫れ上がらせる蚊の大群も。それから、どの窓だろうと開いていれば飛び込んできて、暗がりで人の顔を這い回る、小鳥のように巨大なゴキブリも。移民への土地の割り当ての遅れも。こうして、移住して来たばかりのこの時期に、二人の関係が以前とはまた違ったものになっていった。地球を半周してたどり着いた先が、新天地というよりはむしろ新しい間柄——互いの本性に馴れる時期——であったかのように。

土地の割り当てはひどく遅れ、二人の手持ちの金も減ってきた。そこで男女別の大部屋に寝泊まりする安宿に移らなければならなかったが、それでもまだ約束の土地はもらえそうになかった。しまいに、他人はあてにできず自分で行動を起こすしかないとわかって、ブリズベンからダーリングダウンズへ移った。ここでジョックは農場に雇われ、エレンは女中になった。ジョックは、結果的に大風呂敷を広げた形になってしまったことへの恥ずかしさもあっただろうが、失望のあまり次第に頑固で冷たく気むずかしい男になり、過酷とも言えるほどの自制心を身につけた。こうした自制心はどうやらこの土地そのものが要求するものらしく、おかげで、強烈な日差しが照りつけるにもかかわらず、ジョックの中に残っていた最後の明るさまでがすっかり消し去られてしまった。やがてジャネットが生まれたが、続いて生まれた弟と妹は幼いうちに死んでしまった。それでも一家は粘り抜き、できる限り貯金もして、バーデキン以北の未開地域の開拓が始まったので、北へやって来た。エレンは女中として働いた屋敷の部屋の数々に、自分でも意外なほど未練を感じた。たわしでごしごしこすって洗った広いベランダ。毎週毎週、月曜になると屋敷じゅうの洗濯物を放り込んで煮立てた洗濯用の大釜。何よりも後ろ髪を引かれたのは、二度と再び訪れることはないと知りながら、ヒロハノナンヨウスギの小さな森の黒土を掘って作った二つのちっぽけな土饅頭だった。

ジョックは土地を得て失うものが増えたことで、かつてなく厳格になり、自分自身にも子供たちにも厳しく臨むようになった。ジャネットのほかに、その後生まれたメグがおり、さらに新しく家族の一員となったラクランもいる。エレンは夫の中にかろうじて残っていた若々しさが、森林火災の多いここの暑い夏を幾度か過ごすうちに燃え尽きてしまうのを見た。森が燃えると、空全体が真っ赤なかまどと化して何日も燃え続ける。エレンは、アニー・マクダウェル、レティー・デイビッドソン、ミニー・カイルなど、兄たちから聞いて知っていた、かつての恋がたきの名前を並べてはジョックをからかったが、それは夫だけでなく自分のためにも、昔の快活なジョックを少しばかり思い出そうとしているからだった。しきりに否定しながらも内心喜んでいる夫を見るのがうれしい。内気だが無鉄砲だった昔の自分が呼び覚まされ、女の気を引こうと躍起になっていた若き日に連れ戻され、初めてエレンの家を訪れたあの夜、酔っ払って居間の入口でおどけたように頭をぴょこんと下げて見せた、あの色白な若者に戻って喜んでいる夫を見るのが。そのうち、こうして夫をからかうことが、二人の幼い娘を楽しませるショーのようになったが、それは同時に、ふだんは厳格な父親のまた別の一面を娘たちに少しでも見せてやれる機会でもあった。娘たちは、かつての恋がたきの名前を聞くと大喜びをした。知り合いが数えるほどしかいないから、娘たちが知っている名前もほんの少ししかないのだ。「どんな人だったの?」と娘たちはしつこく訊く。「レティー・デイビッドソンって人。レティーのこと聞かせて」

「ああ、そのことなら父さんに訊きな」とエレンは言う。「そのはすっぱ娘には母さんも会ったことないよ。ジョック、あんた話してあげて」

ジョックは情けない顔でエレンに言う。「ばか言うな! そんな女、いなかったよ」

「くわばら、くわばら！」とエレンは笑う。「大うそつきなんだから。ごらん、父さん真っ赤になってるよ。ほうらね、男がどんなにひどいほら吹きか、わかるだろ」。そうしているうちに、ジョックの心もやわらいでくる。

ジョックは口にこそ出さなかったが、望郷の念に駆られることがよくあった。この大地は一瞬たりとも眠らない。ほんの一日だけでいい、ある朝目が覚めたら外は一面の雪景色、なんてことになってくれたら！　ジョックが恋いこがれているのは変化のしるしだった。編隊を組んで空高く飛んでいくシギの鳴き声。冬が終わりを告げ、春が息を吹き返した北を目指して、何千キロという距離を渡っていく。その声を聞くと、ジョックの胸はうずき出す。ナナカマドの粘っこい新芽が顔を出すところが見たくてたまらないのだ。その後何日も、いやに怒りっぽい。まるで、ほんの一瞬でいいからあの輝きを見せてくれ、と吼えずにはいられないと言うふうに。

ジョックのように望郷の念に駆られる余裕などエレンにはなかった。それにジョックほど気まぐれでも一本気でもない。ヒエンソウの花模様の古い野良着を洗っていて、鮮やかな青が灰色に褪せてしまったのを目にしたときなど、あの色はもう二度と見られないのだと寂しくなることはある。このプリント生地は、目のさめるような青がとても気に入って何年も前に自分で選んだ。だが、青春時代らしい青春時代がなかったせいか、あとにしてきた世界を恋しく思うことがほとんどない。二人の娘やラクランの世話など、目の前の務めを果たして日々を過ごしている。また、威勢がよくしっかりした女だから、主婦仲間の評判も気にしない。

仲間の女たちは昼下がりにつくろい物を手にしてエレンのところへやって来る。そして針仕事が始まると、手元から目を離さずに問いかけてくる。不安でしかたがないのだ。

質問はジェミーのこと。いつもそうだ。あたしら、前はいったい何を話してたんだっけ、とエレンは思う。ジェミーがうちにやって来たために、みんながこうしてせっぱ詰まった顔をして話し合うようになる前は。この狭い小屋が暗くなってしまう以前は。その暗さたるや、目をどんなに細めても針穴が見えず、糸が通せないのではないかと思うほどひどくなるときがある。皆が勝手にこの部屋いっぱいに影を呼び寄せては、自分で自分を、互いを、震え上がらせているのだ。

一緒に食べててつらくなるようなときもあるんじゃない？　裸で走り回ってたほうが幸せだったんじゃないかって。だって、ほら、あの最初の日のあの子の姿ったら！　あんたが洗ってやるシャツなんか着てるより——ああ、もちろんシャツだけじゃなくてズボンもだけど——それより裸でいたほうがよかったんじゃないかって思うようなこと、ない？　それに食べ物だって——どんなもの食べてんだろうね！——お芋やマトンなんかじゃないほうがよかったんじゃないかって。もっとましなもの食べてたんだったらの話だけどさ。自分のじいさんの肉を食らうっていうじゃないか。あんた、ちょっとでも恐ろしくなることないのかい？　いやね、あんたはこわがったりしないってわかってるけど、あたしらならおじけづくと思うよ。あんたがこんなに平然としていられるなんて、ほんと驚きだよ。ジェミーが子供たちと一緒に過ごすことがさ。たとえばジャネットとメグのこと。それにラクランも。とても元気がいいし、感じやすいところもあるだろ？　ジェミーからどんな影響を受けるか、心配になることなんて、ないのかい？　あと、ほんとにジェミーに薪割りを任せてるの？　斧《おの》を勝手に使わせて？

「おの」という言葉が実体を帯び、形を取る。凍りついたようになった皆の耳に、刃がヒューッと空を切って振り下ろされる音が聞こえる。カトリック教徒のグレイシー・コーコランが胸元で十字を切った。

お忘れのようだね。エレンは冷たく言い放つ。ジェミーが白人だってことを。

自分をひそかにやり込めようとしている仲間の仕打ちは軽蔑に値する。それに、子供らの身を十分案じていないと暗に非難されているのが、とくに腹立たしい。みんなの言葉に動揺していることは絶対表に出すまい。私が冷静だって？

私らみんなが暮らしてるこの土地は、安全の保証なんてまるでない所なんだよ。冷静なんてはずないじゃないか！　おびえるどころじゃない、それを通り越して生きた心地がしないようなときだって、もちろんあるさ。たいていはそんなことないけど。それに、こんなふうに弱気になってるときは、それを押し隠してるし。

ゆっくり浅い息をしながら、恐怖が退《ひ》くのを待つ。

当然ふだんの生活が続くものと思っている。そう固く信じていれば、そうなるものだ。一日三食、きちんと食卓で食べられる。洗い上げた皿が、ざるの上で乾いていく。洗濯物がひもからさがっている。シャツ、子供の服。今は空っぽのままぶら下がって待っている。やがて取り込まれ、身につけられて、ボタンやフックをとめられ、汗やどろでよごされるのを。

しかし、エレンでさえ暗闇で身をこわばらせ、胸を轟かせ、体の両脇で拳を固く握りしめたまま横たわっている夜がある。不安にとりつかれて。

暗闇で眠っている三人の子供の寝息に意識がいく。二人は我が子で、三人目は兄一家からの大切なあずかりものだ。寝息は三人三様——声や、元気ですばしこい体と同じように。この子たちはどうなるんだろう？　ここでどんな生涯が送れるというんだろう？

ラクランには故郷《くに》にいるよりもずっとましな機会を与えてやりたかったけど、なにしろ言うことを聞かない子だから、猫の目みたいにくるくる変わる気まぐれなこの国じゃ、どうなったっておかしくない。まるっきり予想もつかない。みんなが言うように、ジェミーの影響なんだろうか。

隣人たちの疑念がエレンの心をがっちりつかんで放さなくなるのは、こういう寝入りばなの夢うつつのときか、それよりもっと悪いとき——どうにも眠れず横たわっているしかないようなときだ。

エレンの心は、赤い毛布を巻きつけ体を丸めて眠っているジェミーのところへとさまよっていく。みんながこうして寝ている小屋の脇の物置だ。エレンのすぐそばの、この壁をへだてた向こう、ここから十センチも離れていない所。

ときおり、夜更けにジェミーが叫び声を上げることがある。ジョックがびくっとして目をさましたかと思うと、もう猟銃に手を伸ばしている。子供のひとりが身じろぎし、叫び声に答えるかのように寝言を言う。そして、一瞬の間。

エレンは夫の腕に手をかける。それで夫は落ち着き、子供も静かになる。エレンは横になったまま弾む息を静めようとし、ジェミーが棲んでいたあの暗い世界のいったい何が夢に現われてジェミーを連れ戻そうとしたんだろう、それともあの子のほうから会いにいったんだろうか、といぶかる。寝入る寸前に、意識が薄れてむき出しの無防備な状態になったとき、その何者かは、ひとりの人間の頭から別の人間の頭へと飛び移る力を持っているのかもしれない。たとえばエレンのすぐ横の枕にのっている夫の見慣れた頭へ。夫は仰向けで口をあけ、胸の上で両手を軽くにぎって眠っている。あるいは子供の金髪の頭へ。子供が動くたびに、わら布団がさらさらと音を立てる。

それから、息の詰まりそうな闇が延々と続く。それはどんなに長い昼間よりも長い。空間も、高さと幅と奥行きがまったくなくなっている。エレンは真っ暗闇の中で起き上がって土間に足をつき、片手を前に突き出して、天水桶《てんすいおけ》が置いてある場所——小屋の扉から十歩離れたところ——を目指してふらふら歩いていく。大陸を一歩一歩横断するようだ。前方に暗闇が無限に広がり、目印になるものは右にも左にも見えない。やっと手の甲が木の壁にぶつかる。ひしゃくを見つけ、唇がおなじみの冷たさに触れる。頭蓋骨の中心がきらりと光るような感覚。

こんな夜を過ごしたあとで、ふだんの生活に戻るには、いつもの手順で家事を始めるにかぎる。マッチの炎。木っ端からかろうじて顔を出す炎のゆらめき。マグカップを六個、フックからはずして食卓に置く。むくんだ顔で起き出してきた子供たちはまだ半分夢の中だ。声をかけ、少しずつ目覚めさせる。いまだに乳臭さの抜けない幼いメグは、こんなときにはまだ母親にしがみつきたがり、ジャネットはおさげ髪の端をしゃぶっている。ぼうっとして、むっつり顔のラクランは、見慣れた物が並び、かぎなれたにおいのする、このすすけた小屋は、スコットランドでは予想もしていなかったし、今はとうてい我慢がならない、とでも言いたげだ。ジョックはいつものように寝起きが悪く、食卓にひじをついて座り、くしゃくしゃになった金髪の頭をむくんだ両手で支えている。むき出しの首の後ろは、きめの粗い肌がたるんでしわが寄り、哀れを誘う。食卓に沿ってのろのろと席を移り、娘たちに場所を空けてやる。押し黙ったまま。娘二人は素直に席に着く。父の不機嫌には慣れっこなのだ。「ラクラン」とエレンは繰り返すが、夫の注意を引かないよう、小声だ。

ラクランはのろのろとズボンを履きながら、顔をしかめて聞こえないふりをする。こうやってぐずぐずしていれば、やがてジェミーが代わりに行って薪を割ってくれるだろう。そうすればおれはやらずにすむ。

「あんたはいいの、ジェミー」とエレンはなおも言う。もうろうとしたジェミーは、そこいらをぼんやりとよろめき歩く。エレンに言われれば、いつでも手伝おうと思っているようだが、あわてふためくばかりで、かえって邪魔だ。ゆうべ連れていかれた暗い世界のことなど、かけらも感じさせない。「ラクランの役目だよ。ラクラン！　もう一度言わなくちゃいけないんなら……」

ジョックが顔を上げる。ジェミーはエレンの声が険しくなったのに気づくと、拳骨が――自分にではないが――飛んでくるのを恐れて顔をゆがめ、苦しげに跳び回る。「お願い、ジェミー」とエレン。「静かにして、お茶を飲みな」

あてにはならないが、これでいちおういつものリズムが取り戻せそうだ。ともかくじきに今日という一日がぐらつきながらも滑り出し、何とかいつものように進んでいってくれるだろう。「さあ、ほら」と少し口調をゆるめてせき立てる。「がんばって薪を取ってきて」

第八章

夕方、本を一冊、ふつうフランス語の本を一冊持って外出する。それが学校教師ジョージ・アボットの習慣だった。フランス語など使う機会もないこんな土地にいても、すでに身につけた知識と能力を鈍らせたくない。表紙でキューピッドが飾り文字の表題を掲げているその薄い本は今もポケットに入っている。おかげで自分の卑しい本能やいたらない学校教師であることの屈辱やふがいなさを、つかの間でも忘れていられる。いや、もっと大事なのは、一人前の教師にふさわしい才能を磨いていけば、それなりに未来も開けるという希望が持ち続けられることだ。

お気に入りの静かな場所がいくつかあった。そういう所へやって来ると腰を下ろし、膝の上で本を広げる。ブーツを伝って地面から這い上がってくる蟻には注意を怠らない。熱帯の夕暮れ前の、胡椒を思わせる刺激的な香りに包まれ、かっと照りつけるうっとうしい日差しを浴びながら座ってはいるが、頭の中ではまったく別の場所——たとえばパリ——へ行っている。そこでは、sensibilite（感受性）、coeur（感じやすさ）、paradis（楽園）といった心を躍らせる単語が、自分の熊のような鈍重さや植民地風の無骨なブーツのことを忘れさせてくれる。周囲のやぶは「景色《ペイサージュ》」とまじないを唱えれば、たちどころに新たな、それでいてなつかしい色合いを帯び、やがて目の前に広い並木道が開ける。道のはるかむこうの端では、巨大な円柱の立ち並ぶ寺院が樹間に輝いている。そこを訪れ、ヒロインと言葉を交わすうちに、卑しい欲求もおさまってくる。わがままだが、ときにいじらしいところも見せるヒロイン。この上なく優美な手首と、麗しくあどけなく抜け目のない小さな唇をしている。その名はユルシュール。それかビクトリーヌでもいい。

ある日、そんな自分だけの世界に浸れるお気に入りの場所へ向かう途中、後ろから声をかけられた。振り向くと、茶色い服のずんぐりした老女が立っている。頭には何もかぶっておらず、ブーツはぶかぶかだ。正式に紹介されたことはないが、だれだかすぐにわかった。

「運のいいこと」。老女は大声で呼びかけてきた。袋をかつぎ、木から折れて落ちたのだろう、三メートル半は優に超える大枝を引きずっている。アボットは本を手にしたままそこに立ち止まり、老女が追いついてくるのを待った。

「はい、これを受け取って」。女はアボットに近寄りながらそう言うと、大枝の端を渡して寄こした。

「あとはなんとか自分で運べるから」

このことはもう聞いていた。老女は名前をハッチェンスという。村を出てボーエン・ロードを五キロほど行ったところに住んでいるが、その家がただの小屋ではなくて立派な屋敷なのだという。そしていつも、運んでほしい荷物や、片づけてもらいたい家の雑用がある。ヘクター・ゴスパー、ジェイク・マーカット、コーコランの上の息子たちなど、幼い連中も年かさのもひっくるめて村の少年たちは、ハッチェンスばあさんにまたつかまりはしないか、引っ張っていかれてどぶを掘らされたり、重い家具を動かす手伝いをさせられたりしないかとびくついている。アボットは、おれならそんなことはやらされまい、こっちの素性を知らなくたって、おれがコーコラン兄弟やヘクターみたいな農家のせがれと違うことぐらい一目見ればわかるから、気やすく声をかけて物を言いつけるなんてことはしないだろう、と高《たか》をくくっていた。だが、いざこうしてつかまってみると、どうしたら恥をかかずに断れるのか、見当もつかない。気がつくと、皆と同じようにいとも従順に、本をポケットにしまい、やんわりと、しかしおおっぴらに面目をつぶされたこともぐっと忍んで、大枝を引きずりながら老女と並んで歩いていた。

大枝は重い。このばあさん、こんな重いものをここまでどうやって引きずってきたんだろう。おれは力があるから問題ない。そうは言っても、アボットは厚ぼったい上着の下で大汗をかき、一度ならず立ち止まって額をぬぐわなければならなかった。

「だいじょぶ」と老女は言った。「ゆっくりでいいからね、ジョージ。みんな、たしかあんたのこと、ジョージって呼んでんのよね?」

見かけによらず手ごわいばあさんだ。「謎めいた」と形容するにはあまりにも所帯じみているが、おや、と人に首をかしげさせるところがある。どこの出身なのか、だれも知らない。手がかりになるようなことを夫人が何ひとつ漏らさないのだ。また、本物の屋敷を建てる金をどうして持っていたのかも、よりによってなぜこんな場所を選んで建てたのかも、同居している若い女が縁続きの者であるなら、どういう関係なのかも、一切わからない。その若い女の名がレオーナであることはアボットも知っていた。噂によれば、なんでも二人は南太平洋の島だかマカオだか、マラッカだかからやって来たのだそうだ。家の建築工事が終わるまで、ボーエンで未亡人の家に間借りしていた。その頃のことにしても、家具を一式全部持って汽船でやって来たということしかわかっていない。その家具がまた、皆の見たこともないような本物の家具で、彫刻をほどこした大型の収納箱や柳細工の長いす、精巧な鳥かごが三、四個といった具合なのだ。物静かで、身分もかなりよいようだが、夫人だけになまりがある。

屋敷が完成すると、ボーエンの住人が大挙して見物に押しかけてきた。ボーエンは町とはいえ、夫人の屋敷のように立派なものはまったくないから、それだけでただもう驚きだ、と言って見に来た者もいれば、家が完成したからには、籐いすはもう全部しかるべき場所に置いてあるだろうし、彫刻をほどこした収納箱も、さあ蓋を開けて中身を見てくれと言わんばかりだろうし、ベッドもシーツやカバーをかけて整えてあるだろうし、絵も一枚や二枚は飾ってあるだろうから、あの女たちが頑として明かそうとしない正体もわかるだろう、と期待してやって来る者もいた。ところが今回でさえ期待は裏切られてしまった。そもそも屋敷そのものが、皆が名前だけかろうじて聞いたことがある程度の、はるか北にある港町からはるばる飛んできて、ドシンと着陸したと言ってもよいほど、ここでは珍しい存在だった。だから、たとえこの屋敷に何か手がかりになることがあったとしても、土地の者にはとうていわからなかっただろう。わけのわからない外国語で書かれた「手がかり」なのだから。

繊細で優雅で、とても開放感のある屋敷だった。籐の家具がくつろいだ雰囲気を醸し出していたが、見物人たちは落ち着かなかった。いすはがっちりしたやつでなくっちゃなあ。こんな女っぽい趣味の軽々しい家具じゃさ……と言いかけるが、さて、そのあとの言葉が続かない。それ以上は頭が回らないのだ。とにかくそのいすに腰を下ろし、部屋じゅうがよく見渡せるその場所から四方のさねはぎ造りの壁を見回すが、壁にはほとんど何も飾られておらず、手がかりはひとつも見つからない。今おれたちが見てるのは過去なのか、それとも未来なのか。過去だとしても、見物人の過去ではない。未来だとすれば、そんなものにはたいして関心がない。関心がないと言えば、ハッチェンス夫人は完成した自宅に落ち着いてからは、ブレインズ家に間借りしていたときと違ってちっとも身なりにかまわなくなったが、そのことについても人々は何とも思っていなかった。夫人のボンバジーン地の服は泥のはねだらけだし、おまけにブーツを履いている。いや、皆もほとんどがブーツを履いてはいるが、五つもの部屋とベランダと籐の家具のある屋敷に住んでいて、磁器、それもおそらくバイエルンのボーンチャイナのカップでお茶を飲み、娘だか名づけ娘《ゴッドドーター》だか姪だか、さもなければ話し相手の住み込みの女だかと一緒に暮らしている夫人とはわけが違う。その、娘だか何だかわからない女が、髪にくしを差し、黒い大きな目をした人形のように美しいときている。

　こうした噂話のいくつかはアボットの耳にも届いていた。ひとりふたり、地元の少年からも話を聞かされていた。屋敷をひと目見るなり、どういうわけか反感を覚えた、あのばあさんにとっつかまったときには何とも思わなかったのに、と。しかしこれは冗談めかした話だった。変なアクセントでしゃべる奇妙な老女だと一笑に付そうとしているのだ。だが、そんな老女に連れていかれた屋敷は、支柱に乗って地上二メートルもの高さからそびえ立ち、周囲の風景はもちろん、日当たりも風通しもとびきりいいんだぞと、おつに澄ました感じがしたので、少年たちは、なんでおまえらみたいなのが来たと露骨にはねつけられたような気がしたわけだ。

玄関には鉄細工の靴の泥おとしが置いてあった。裸足の少年たちはそれをじっと見つめ、ハッチェンス夫人がブーツをこすりつけているときには恥ずかしげに目をそらしていたという。

中に入り、あいかわらず裸足のまま歩いていくと、磨き上げられた床板が気色の悪いことに足の裏にひっつくようだった。何より、ハッチェンス夫人の娘だか姪だか知らないが、だれもが物腰も服装も一流だと認めざるを得ないあの若い女、レオーナがいったいいくつなのか、だれも訊く勇気がない。「若く見積もったって、せいぜい三十ってとこさ」。後日、屋敷へ行った話をしているときに少年たちはそう言ってあざ笑った。レオーナのやつ、物をいただくときにはきちんと座ってなきゃだめよなんて子供あつかいしやがるけど、平気、平気、お茶を飲みながらしゃべりまくってやったよ。

少年のほとんどは一度行ったきりで、そのときのことをできるだけ茶化して、家も住人二人も要するに時代遅れなのだという冗談に仕立てていた。しかし、靴の泥おとしを見せつけられたときの屈辱感や、振り向いて、床に丸々とした指の泥の足跡がついているのに気づいたときの驚きとばつの悪さが入り混じった妙な気分については、ひとことも触れなかった。今ではハッチェンス夫人から呼びかけられると――夫人はどの少年の名前も顔も絶対に忘れない――皆そろって突然耳が聞こえなくなったふりをする。

「さあ、着いた」

目の前の屋敷はうわさに聞いていたほど立派ではなく、ペンキも塗っていないトタン屋根が未完成な感じでしっくりこないものの、たしかに本物の屋敷ではあった。それが、草木を取り払って表面をならしたにもかかわらず、この炎暑の中で、もう雑草がまた顔を出し始めた敷地に立っている。ベランダの屋根の支柱は縦の溝を面取りし、四角い柱頭までつけるという念の入れようだ。柱と柱のあいだには格子のアーチをつけ、広い木の階段の両脇には壺も置いてある。まだ空《から》だが、花輪模様をあしらった古典的なデザインの壷だ。

アボットは夫人に命じられるまま縁の下の薄暗がりへ大枝を引っ張っていったが、頭上で小走りの足音がしたのには驚いた。それから夫人を追って階段をのぼり、ベランダへ上がり、ひんやりした屋内に入っていった。なんとそこは、もう一年以上も目にしなかった本物の立派な部屋だった。夢にまで見た場所へ戻ったような感じ。と言っても、籐のいすや竹の小卓はなつかしいというにはあまりにもエキゾチックだし、郷愁を覚えたというのも、たぶん何かの本で読んでいいかげんに思い描いていただけの場所をなつかしがっていただけなのだが。だから夫人に導かれて食堂へ入り、自分が皆のお楽しみの場に踏み込んだことを知ったときには大いに驚いた。むこうはそろって、すぐさま口をつぐんだ。ひとりを除けば全員が知った顔だ。

ジェミー・フェアリーにマッキバー家の幼い姉妹。ヘクター・ゴスパーもいる。ヘクターは赤くなって、急にとげとげしい表情になったようだ。トタン板で囲って炉をしつらえてある一角のすぐ前に立っているのが「ミス・ゴンザレス」。そう紹介しておいてから、ハッチェンス夫人はすぐ「レオーナよ」とつけ加えたので、どうやらレオーナと呼びなさいということらしい。それから夫人は一同に「こちらはジョージ」と告げた。

「アボットです」。思わずつけ加えた。

ヘクター・ゴスパーはうつ向いて笑いを隠した。幼い姉妹はひどくばつの悪そうな表情で、茶を飲むふりをしてカップで顔を隠した。ジェミーは途方に暮れたような身ぶりをし、何やら口の中でもぐもぐ言い訳をしながらアボットを押しのけて脇をすり抜け、逃げ出していった。

「ジョージのおかげで本当に助かったのよ」。ハッチェンス夫人は皆に言った。「おかけなさい、ジョージ。いい薪《たきぎ》を見つけたわ、レオーナ。運びましょうってジョージが言ってくれてね。ジャネット、カップを持ってきて。あなたが選んであげてちょうだいな。どれでも好きなのを」

アボットが松材のテーブルに着くと、ヘクターはいすをずらして詰めたが、表情は相変わらず固い。マッキバーの姉のほうが、上等なティーカップと、そろいの受け皿を持って戻ってきた。見ると、皆はマグカップを使っている。ヘクターもそれに気がついた。

「さあて」。ヘクターはむすっとして言った。「行くかな」

すかさずレオーナが引きとめにかかった。

「あら、どうして？　アボット先生は私たちが楽しくやってたって、別にお気を悪くなんてなさらないわよ。ね、アボット先生？　ここじゃ、みんな気楽にやってるんですのよ。さっきまでは運勢を占ってましたの」

ヘクター・ゴスパーは耳まで赤くなった。実は、今の今までヘクター自身がその午後のお楽しみの中心人物で、我ながらその役をうまくこなしていると思っていたのだ。だが、それを先公《せんこう》の前でばらされるとは。占いなんてごまかしで、本当はレオーナとひそかに恋の戯《ざ》れ言《ごと》を楽しんでいただけなのだ。マッキバーのちび助どもならわかるまいと思って。

だがそれは思い違いだった。ヘクターのほうこそ若すぎたのだ。二人が何をしていたのか、ジャネットはすべてを見抜いていて、ただもう夢中で見とれていた。ヘクターはまだせいぜい十七ってとこなのに、レオーナは、ええと、たしか二十五は越えてるはずだもの。ジャネットがレオーナのおおよその年齢を知っているのは、蜜蜂の世話を手伝っているときにハッチェンス夫人が問わず語りに思い出話をするからだ。夫人はレオーナと二人で移り住んださまざまな土地の話をした。だからそれをつなぎ合わせれば、二人のこれまでの人生をほかのだれよりも知ることができたはずだ。しかし、なにしろまだ幼くて経験が足りないから、船長だとか賭博場の男だとか本物のブラウンスープがどんなものか知りもしない料理人だとか、旅先で出会った男たちだとかのことを聞かされても、ぴんとこなかった。今は、それよりハッチェンス夫人が見せてくれる物のほうがよほど面白い。たとえば食器、それもボーンチャイナ。つまり、優美な握りを持って灯りにかざせば、光が透けて見える磁器のことだ。それから、いくつもあるくすの箱にぎっしり詰め込まれた色絹の反物《たんもの》。箱そのものがこれまたすばらしい。どの面にも人や木が彫刻してある。深い浮き彫りだから、目をつぶって指で触れるだけで、桜や柳の植えられた庭園を優雅に進んでいく行列の様子がわかる。葉陰で小鳥がさえずり、かなたには小さな東屋《あずまや》まである。

「そんなら」とヘクターが、最後まで同席することにしぶしぶ同意した。ばかにしやがって、と言うようにすずのカップをひっつかむと、それで不快感と上唇とを隠した。急に自分のみつくちを意識したのだ。

それを察したレオーナは、ヘクターがマグカップをテーブルに置くと、それを取って、なだめるような——ヘクターから見ると挑発するようにも思える——目つきでヘクターを見た。そして炉から大きな青い磁器のポットを取ってきて、茶を注ぎながら身を屈め、ヘクターの耳元にささやいた。それからようやくアボットのティーカップに茶を入れた。

「無視無視!」。レオーナはヘクターにそうささやいたのだが、その言葉は皆に聞こえ、それがヘクターの心に湧き上がらせた喜びが手に取るようにわかった。ジャネットにもわかった。ヘクターは好きだけど、やっぱりあの先生はあんまり好きじゃないもん。

部屋の空気が少し張り詰めた。黒っぽい髪を編んだ、首の長いレオーナが、テーブルの脇にそびえるように立っている。こんな気楽な集まりにしては、ずいぶん大げさな服装をしているな、とアボットは思った。おれと同じだ。おれたち二人、なかなかお似合いじゃないか。

レオーナは軽やかな木綿のワンピースを着ている。「洗いたて」という言葉がアボットの頭に浮かんだ。その青い色に心が躍った。しかし、何よりも印象的なのはレオーナが香水をつけていることだった。その香りが、レオーナのワンピースの大きな襟に刺繍されている咲きかけの薔薇のつぼみと結びついた。白に桃色のしぼりの入った小さなつぼみ。刺繍の繊細な針目のつやを見ていると、胸が熱くなってきた。こういう洗練されたものには、もう二度とお目にかかれないと思っていた。刺繍や、レオーナの胸のほのかなふくらみを見ていると、ここ数ヵ月、自分がどれほどわびしい生活をしてきたか、いかに粗野な男に成り下がってしまったかが、改めてひしひしと感じられた。なつかしくてたまらない「庭」や「夏」や「わが家」を象徴する、こうしたささやかなものの優美さを、アボットは喜んでレオーナに結びつけた。「英国らしさ」も。ただ、英国的と言うにはレオーナは少し色黒すぎたが。

　レオーナがたじろぎ、首をかしげた。今まで会ったことのある男の子とはまた違ったタイプだわ、この先生は。そりゃ、ちょっと見じゃ、ヘクターみたいな子よりダサいけど、学歴があるみたいだし、世の中のことにも通じていそうだし。レオーナは、子供相手のお遊びをアボットに見られたことが恥ずかしくなった。ヘクターだって、口ひげをなでてそっくり返ったりしてるけど、子供は子供だもの。

　アボットは、レオーナが自分に少しでも興味を持ったらしいのに気づいて、自信が湧いてくるのを感じた。その自信をそぐものがあるとすれば、それはワイシャツのそで口だ。ひどくきたない。背広のそでを引っぱって隠した。その拍子に目に入ったばかでかい手も、甲が泥で薄汚れている。ヘクターの手さえ、これよりはきれいじゃないか。おれはなんてだらしのない人間になってしまったんだ！たとえば髪の毛。指ですいてみる。まるですずめの巣だ。それにひきかえヘクターはと見ると、手足はいやに長いしみつくちでもあるが、全体としては実にきちんとした服装をしている。それに裸足ではなく、新品の粋なブーツを履いているではないか。

こうして社交の場に戻ったことで、自分がいかに鋭敏になるかには我ながら驚いた。かつての気力が戻ってくるのを感じ、心の中で一足飛びに自分とレオーナの未来を思い描いていた。いや、レオーナというよりミス・ゴンザレスだ（とりあえずは、こうやって想像しているだけのときでも、礼儀正しくそう呼んだほうが、おれたち二人をほかのみんなからもっと切り離せるような気がする）。将来二人は気を許し合い、優しく心から寄り添える仲になるのだ。そんな仲になった二人の会話が早くも頭の中で始まったので、身も心も一気に舞い上がった。すっかり忘れていたポケットの本までが自分と共に変身して、食卓の上をひらひら舞っているかのようだ。無邪気でふくよかな顔から虹色の翼が生え、煩悩を生む体の部分がまったくないキューピッドになって。

一方のレオーナはその場をすっかり仕切っていた。学校の先生みたいだな、と内心面白がりながらアボットは見ていた。おれのまねをしてからかっているのか？　そうだとしても腹などまるで立たなかった。むしろその逆で、教師であることをしばし忘れ、レオーナの命令に従うことが、おどけて親分風を吹かせるレオーナの言いなりになることが、どれほど快いかを知って驚いた。たとえそれでへクターと同レベルに成り下がるとしても。不意に、このみつくちの青年に対する親愛の情が湧いてきた。すると、今の今まで二人のあいだで燃えさかっていたライバル意識がたちどころに消えてしまった。そして、皆をやんわり押さえ込み牛耳っているレオーナのおどけた調子に、二人そろって応じ始めた。若者同士、通じ合うものがあったのだ。ヘクターも勢いを取り戻して少し警戒をゆるめた。

事態が一変したのを見て、マッキバー姉妹は仰天した。こうした夕方に、ヘクターかだれか大きな男の子がやって来て――たいていはヘクターだ――それをレオーナがからかって楽しむ、というのには慣れっこになっていたが、レオーナがアボット先生まで同じように扱うとは夢にも思っていなかったのだ。おまけに先生までがそれに応えて楽しむとは。しかし、少しして気がついた。これはレオーナとヘクターがやっていた「占い」と変わらない、相手がヘクターからアボット先生に代わっただけだ、と。

もうひとつ、気がついた。先生もヘクターと同じように、レオーナを相手にしているときには、ほとんど何もしないということに。先生もヘクターもそれぞれ自分の役割をしっかり演じているつもりらしいが。つまり、レオーナが実に如才なくひとりで二人分のせりふを引き受けて、先生やヘクターの言うべき言葉まで全部しゃべっているのだ。そのことがはっきり見分けられたことに、ジャネットは自分で驚いた。そして思った。このごろまわりの世界が私にしきりに手を差し伸べて、いろいろなことを見せてくれようとする、私の注意を引こうとしている、新しいことを教え込もうとしている、と。

「その調子よ、みんな」とハッチェンス夫人は言った。「それでなくっちゃ」。それまで夫人自身は一言も口をはさまず、ただ座って耳を傾けていただけだった。しかしそうやって夫人が聴いていることで、すべてがひとつに包み込まれている感じがしていた。夫人が聴いていてくれなかったら、また違ったふうになっていただろう。

しばらくすると、ハッチェンス夫人とジャネットは席をはずして蜜蜂の世話をしに行った。あとにはアボットとレオーナとヘクターが残されたが、正確にはほかにまだもうひとりいた。マッキバー家の下の娘のメグだ。ジャネットと一緒に行ったらというレオーナの勧めに耳も貸さずに居座ったようだ。メグはテーブルの端から思案顔で三人をじっと見つめていた。そして、ハッチェンス夫人とジャネットがベールをつけた日よけ帽をかぶって、家の下に広がる森の中を動き回っているところを見ようと、三人が裏のベランダへ出ていくと、メグもついてきて木の足台に腰かけ、両肘をひざにつき、あごを左右のにぎりこぶしにのせて、一言も聞き漏らすまいと三人の会話にじっと耳を澄ました。こんなに夢中で聴きたがるなんて、ただの子供っぽい好奇心からなんだろうか、それともやきもちをやくほど好きだからだろうか、とアボットは首をかしげた。やきもちをやくほど好きなのだとしたら、相手はレオーナなのか、それともヘクターなのか？

　会話が弾まなくなってきた。レオーナは二人にあきてしまったのかもしれない。話が途切れるたびにアボットは途方に暮れた。ここですかさず、相手の気を引く言葉や、ちょっと気のきいたことでも言ってのけられれば、さきほどレオーナが自分に与えてくれた、この家での「居場所」を確保できる、それはひとえにおれの腕次第なんだが、とでも言うように。しかしさきほどアボットが頭の中で始めたのは、レオーナと自分の遠慮のない親密な会話で、それはまだこれから先に起こるはずのことだから、今はそんな口調でしゃべるわけにもいかず、かといってこの沈黙はあまりにも午後の日差しとメグの目とにさらされていて、なんとも耐えがたい。あわてふためいて、ついうっかりぶしつけな質問をし、身の縮む思いをするはめになった。質問そのものは別にどうというものでもなかったが、訊きかたがあまりにもあけすけで、下品と言ってもよいほどだったのだ。それは自分でも、言葉が口を突いて出た瞬間にわかった。「ミス・レオーナ」はひどく傷つけられた顔をした。わたし、この人のことをかいかぶっていたのかしら、というような表情だ。アボットはアボットで、せっかく昔の繊細さを取り戻せたと思っていたのに、こんな失敗をしでかすなんてとうろたえている。

これほど狼狽しているときでも、アボットはヘクターの唇の端に満足げな薄笑いが浮かぶのを見逃さなかった。ヘクターはそれを隠そうと、ぴかぴかに磨き上げたブーツをじっと見つめるふりをしている。そして両手をポケットに突っ込んだまま、重心を前へ後ろへと移すので、ブーツの革がキュッキュッと鳴る音だけがあたりに響き渡った。アボットは考えた。こいつのほうが本当におれより冷静だっていうことか？　それとも、ここに何度も来ているうちに、レオーナのやっかいな要求にうまくつき合えるようになっただけか？

しかしレオーナは寛大だった。アボットがこのちょっとした失敗を気にやまないようにと、話し始めた。「母さんはね……わたし、あの人のことを母さんって呼んでるのよ、血のつながりがあるわけじゃないんだけど。母さんはね、ジョージ、あなたのことがとても気に入ったようだわ。いつでもだれでもすぐ気に入ってしまうような人じゃないのよ。でも、驚きでもなんでもないわ。母さんって、鋭いの。とっても。人を見抜く力がすごくあるから、びっくりさせられるわよ。それもひと目見た瞬間に見抜くの。だから、あなたの中にも母さんは何かを見たのよ。ヘクターもそう。だれに対してもそうなわけじゃないのよ。みんなに優しいってタイプじゃないんだから。人の心を見通してしまうのね。才能だわ。見られる側も、ふつうすぐに気がつくわ。ヘクター、あなたのときもそうだったでしょ？　だから母さんの前では気楽にしていられるわけ。だからこそ、ここじゃみんな気がねなしなの。わたしは違う。母さんみたいに人の気を楽にしてあげることはできないわ。母さんにはできる。どうしてだかね。それに、やさしいの。すばらしく。わたしにもすばらしくやさしくしてくれる」

レオーナが何を言おうとしているのか、アボットにはさっぱりわからなかったが、ヘクターを見ると、どうやらヘクターもわからないらしい。だが、レオーナがこうして話してくれたことで気が楽になったし、単に「母さん」のすばらしさをたたえるためだけの話でなかったこともわかっていた。

三人で手すりにもたれて立っているベランダから、アボットは遠くにぼんやり見える人影と、その横の小さな人影が動き回るのを見つめた。四角い巣箱のあいだを歩き回り、夫人のそで口からは煙がもくもくと湧き出ている。見ているうちに快い眠気に襲われ、ふだんは強すぎるほどの自意識が薄れたのを感じた。もう帰っても大丈夫、また来てもいいのよ、そのときにはここに必ずあなたの居場所があるからね、と請け合ってもらっているような感覚だった。

「おいとましなくては」とアボットは言った。レオーナをヘクターと二人きりにして立ち去ることにも、まったく抵抗感がない。それにヘクターはやはりアボットが帰るのを待っていたのだから。

「そう？」とレオーナは言った。「でも、またいらしてね」

アボットはうなずくと、でこぼこした庭を突っ切って帰った。振り返って確かめるまでもなく、へクターと、足もとにマッキバー家の幼い少女を従えた背の高い若い女とが、帰っていく自分の姿を見つめていることはわかっていた。昔の快活さがよみがえって、それが身内にみなぎっている。鈍重なほうの自分は、体のどこかで眠らされてしまい、別の自分が目をさましたのだ。その快活なほうの自分が、西に傾いた太陽の光を大喜びで受け入れた。道端のさえないやぶでさえ、その夕日に照り映えて美しい。葉という葉がきらめき、下の地面はうねのように盛り上がったところが生き生きと輝いている。空を見上げると、雲が刻々と形を変えてショーを、カーニバルを繰り広げていた。身近な物にそっくりな形を取るかと思うと、何かになぞらえることはできないが同じように面白く親しみの感じられる形にもなる。そういう雲をどう名づけたらよいかは分からないが、それで親しみの念が薄れるわけでもない。この世にはまだまだこれからおれが出会えるものがたくさんあるんだ。そんな気がした。

夫人の屋敷にいたとき、頭の中で始まったあの会話が、また聞こえてきた。木や空に気を取られていたので意識しなかったが、その会話は実は心の奥底でさっきからずっと続いていたのだ。それに身を任せると、たちまちその心地よい網にからめ取られたようにとりこになった。そのとき、道端にだれかがうずくまっているのが目に入った。初めはぎょっとしたが、相手がだれだかわかると、思いもよらない感動を覚えた。

それはジェミー・フェアリーだった。マッキバー姉妹を家へ送っていこうと待っていたのだ。あいさつをしたいところだったが、手を上げて合図をしようにも、ジェミーはうなだれたまま顔を上げようともしないから、がっかりした。

第九章

ジェミー・フェアリーが村に来てから一年近くが過ぎた。ある日の午後、ジェミーはひとりで小屋の壁に新しい板を打ちつけていた。すると襟足の毛が逆立つような感じがしたので、かなづちを振り上げたまままさっと振り返った。二人はすでに真後ろに来ていた。土着民の老人と若者が、すぐ後ろに静かに立っている。足音は聞こえなかった。ジェミーは白人が見ていたとしても気づかないような合図をすると視線を落とし、ぎこちなくあぐらを組んで座り、待った。あとの二人もそれにならって腰を下ろし、その場で車座になった。

バーニー・メイスンが雑用の手伝いとして雇っているアンディ・マッキロップもジェミーの合図には気づかなかった。アンディは三人から一〇〇メートルも離れていない、尾根の一番高くなった所で柵の杭を打ち込む穴を掘っていた。合図には気づかなかったが、それ以外は全部見た。それまで、たっぷり十分はあの黒《ブラックス》んぼどもから目を離さずにいたのだ。

やせてやたらに背の高い、滑るように歩くじいさんが先に立ち、若いのと二人でセンネンゾクの沼地から出てきたのを見たとき、どこへ行こうとしているか見当はついたから、アンディはかなてこを放り投げて銃に手を伸ばした。そして、二人が谷を下りきるまで目を離さず、分厚い岩棚が張り出して視界をさえぎっているその先はしばらく待ち、やがて予想どおり斜面を上っていく姿を再びとらえた。斜面では、ジェミーの振るうかなづちの音が夕暮れの澄み切った静寂を破っていた。

「いただき」とアンディはささやいた。

ほんのちょっとでもメイスンさんの側に踏み込んでたら、狙い撃ちしてやってたところだ。当然のことさ。だが、踏み込んではこなかった。

途中、二人は見通しのきく所で立ち止まり、ずうずうしく目を上げてこちらを見た。物陰にうまく隠れているつもりでいたアンディをまともに見たのだ。たしかに見た。どの道を行くにしても、アンディがここにいることを頭にしっかり刻みつけたのだ。それから大胆にもこちらに背を向けて、アンディに見られていようがいまいがもはやどうでもよいという様子で、宙に浮くような足取りの怒り肩のじいさんが相変わらず先に立って歩き続けた。鉄面皮野郎！　しゃらくせえ！　ざけんなよっ！

一拍おいて金槌の音がやみ、ジェミーがさっと振り向くのが見えた。それから三人で座り込むと、額を寄せ合って何やら相談をしている。周囲から丸見えの場所で。小屋の陰に隠れようともしないで。小屋の陰なら人目につかないから、白人だったらそこに隠れただろうに。そうやって、丸見えの場所に二十分は座っていただろうか。いや、もっと長いあいだだったかもしれない。

「ああ、やつらからは目を離さなかったさ。それはまちげえねえ！」（皆に知らせるニュースができたものだから、アンディは興奮のあまり、もう口の中でそのせりふを言い始めている)。「どんな動きも見逃さなかった。たしかだ。どんな動きもな。しまいにゃ黒んぼ二人が立ち上がって、来た道を戻ってったんだ」

ジェミーはそのあとも少し座ったままでいた。それも見た。それからゆっくり立ち上がると、くぎをひとつかみ取り、またかなづちを振り上げて打ち始めた。その最初の音が谷を渡って響いてきた瞬間、アンディはようやくはっと我に返った。それまで、三人が車座になっている場所へさまよっていって、いってえ何を相談してやがるんだ、としきりにかぎ回っていた意識が急に戻ったのだ。気がつくと足が猛烈にしびれていて、悪態をつきつき跳ね回らなければならなかった。

ようやくしびれもおさまると、猟銃を持って、仕事を再開したジェミーのところへ向かった。ふつうに歩いていく。急ぐことはない。かなづちの音が山腹にこだまして、耳を激しく打つ。

アンディは激昂状態だった。さっき見たようなことになるんじゃねえかって——とアンディは心の中でわめいた——このおれはなっからずうっとあやしんでたんだ。あのくそったれ野郎、昔の仲間と連絡を取り合ってやがった。いつもはこっそりやってたが、いよいよ準備ができて、大っぴらにやってもかまわねえってとこまで来たんだろう。白昼堂々と！　だが待てよ、まずメイスンさんに知らせなきゃ。

メイスンさんのとこで働き出してから二年近くになる。親しい間柄じゃねえが、メイスンさんのことなうわかってる。あのくそったれジェミーをどう思ってるかはわかってる。おれと同じさ。仲間のジョック・マッキバーに義理立てしちゃあ生返事ばかりではっきり認めようとしねえが、頭ん中で考えてることが顔に出てる。思ったことがすぐ顔に出るんだ、メイスンさんって人は。いつものように、あの心配の虫にとりつかれりゃ、もう見え見えよ。そりゃ、友達を大事にするのはいいことだ。おれだって、だれよりもそう思ってる。でも――とアンディはまた心の中でわめきちらした――そんなら、おれはどうなる？　このおれは？　おれが来る日も来る日もやってることとって言やあ、メイスンさんのために身を粉にして働いて、いつもメイスンさんの側について、メイスンさんのために油断なく目を光らして、いつもメイスン一家の幸せを考えてってなことばかしじゃねえかよ。それなのに、なんでおれんとこへ来て、白人らしく思ってることをはっきり言ってくれねえんだ、メイスンさんよ。本音を言ったって、別にそれだけのことじゃねえか。

プライドをずたずたにされた怒りに加え、日頃皆から受けている不当な仕打ちに積もり積もった恨みつらみまでが吹き出して、いきり立ったアンディはどすどすと大股に坂を下りていった。

ブリズベンに所帯を持ってて、女房に逃げられた直後は、いろんなやつと衝突した。おまわりとやり合ったこともある。雇われてた雑貨屋に押し入って、金の入ってる引き出しからちっとばかし――正確には六ポンド――盗んで、一年臭い飯を食わされたこともある。逃げた女房のせいだ。それと、あのカリフォルニア野郎だって悪い。えらく悪がしこいやつだった。大風呂敷広げやがる。いや、おれだってあいつはいいやつだと思い込んで一時期言いなりになっちまってたけど。

女房のやつ、最初はあいつを毛嫌いしてた。ねたみさ！　それが、しまいにゃ、あいつと駆け落ちしやがるんだから。どう思う？　信じられるか？　そいで、おれはってえと、女房に逃げられた直後の一週間は飲んだくれて、ありとあらゆるけんか騒ぎを起こしたあと、ある晩マクダウェルの店の裏口から押し入って六ポンドちょうだいしたんだが、なんでそんなことしたのかも、そんなことやらかして、なんで無事逃げおおせると思い込んだのかも、さっぱりわからねえ。同じぐれえわけがわかんねえのが女房のローリーのことさ。カリフォルニア野郎のアール・ホイットニーは偉そうなことばっかり並べ立てる詐欺師だとか、ほら吹きだとか、何ヵ月もそりゃあすげえ悪口言ってやがったのに、なんでそいつといきなり駆け落ちするかって。だがおれにゃ、はなっからわかってたんだ。お上《かみ》に追っかけられるようなはめになるのは、だれよりもまずこのおれだってな。人間、どこまでばかをやりゃあ気がすむんだろうなあ。

世の中、わかんねえことばかりさ。自分のことさえわかんねえんだ。二年前、ひょっとしたら仕事にありつけるかもしれねえと思って、ぶらりとこの土地へやって来た。そいで、カリフォルニア野郎の真似して、あることないことまくし立てて――あの男は今でもまだおれの心をがっちりつかんで離さねえ――メイスンさんを説得して、使ってもらうことになった（メイスンさんは雇い主としちゃあまずまずだが、弱腰なのが玉にきずだ）。雇ってくれたことはありがてえと思ってる。だから雇ってもらったそのときに誓いを立てた。メイスンさんをがっかりさせるようなことは絶対にすまい、と。たまについカッとなっちまうのを除けば、その誓いは守ってきた。怒り狂うとあとで情けなくなるし、みじめにもなる（アンディの心の中ではいつも激しい怒りの炎が燃え盛っていて、その炎を少しでも弱められるのは酒だけだ）。メイスンさんとは「ダチ」の間柄になれるようがんばってきたし、ポリー奥さんのことも子供たちのことも、おセンチなくれえ大事にしてきた。けど、向こうはこっちが期待するほど好いちゃくんねえからがっかりだが、そういうのには慣れっこだし。

あのジェミーのことはどうかってえと――黒んぼどものことは知ってる。つき合ったことがあるんだ。ブリズベンでどん底の暮らしをしてた頃、あの辺の黒んぼどもと酒を酌み交わしたことがある。自慢できることじゃねえが、まあ、いいじゃねえか。一度か二度、やつらがみんなで野宿してるとこへ出かけてったことだってある。これも自慢するようなことじゃねえが、経験は経験さ。おかげでやつらのことがわかるって寸法だ！

「おっす《グッダイ》」。小屋のところへたどり着くと、アンディは声をかけた。口がすっぱいような、いやな味がする。さりげなく肩で壁に寄りかかったが、シャツを通してでも陽に焼けた壁が猛烈に熱く、飛びのいた。このちょっとした災難にひるみはしたがすぐさま立ち直り、おれはみんなの代表としてやって来たんだったと大層いかめしい気分になって切り出した。「おめえんとこに客人が来てたのを、おれは見たぞ」。どうだ、この控えめなユーモア、なかなかしゃれてるだろ、と悦に入って。

くぎをくわえてしゃがみ込んでいたジェミーが、こちらを見上げた。

そう、この目さ、とアンディはジェミーの黄色っぽい白目をじろじろ見ながら考えた。あいつらとおんなじだ。濁った、疑り深い目。

ジェミーは目を伏せると、今自分と一緒にここにいるのはコオロギだけだと言わんばかりに悠長な動作で歯のあいだからくぎを取り、かなづちで打ち込んだ。その激しい音がアンディの頭蓋骨をもろに襲った。くぎの頭が壁の板の中でぎらぎら光っている。

「昔の仲間だろ?」

ジェミーは板に沿って目を走らせた。その板、曲がってるぜ、とアンディは言ってやりたいところだった。ジェミーは箱からもう一本くぎを取り出した。

目の前にいるいやなやつを無視したいとき、ジェミーは相手がそこにいないかのようにふるまう。今もこいつが、このアンディが、透明になったつもりで向こうを透かし見ているうちに、相手は消えてしまった。壁の強烈な照り返しの中に消え失せてしまった。

アンディはカッときた。この手は知ってる。前にもやられたことがあって、どんな気がするかもわかってる。ぎらつく日差しに目を細め、片腕を猟銃にからませ、怒りのかたまりになって両足を踏ん張った。ジェミーは目を細めて板を調べ、くぎを打ち込んだ。

いいよ、相棒。ゆっくりやんな。こっちも急《せ》いちゃいねえさ。

しかし、村人の「代表」としての怒りに、大っぴらに無視されたことへの個人的な憤りが加わった瞬間、突然わかった。ジェミーがどういうつもりでいるのかが。そんな二人の黒んぼなんかいなかったし、見なかった、アンディ同様黒んぼなんて存在すらしなかった、この暑さでできたかげろうだったのだろう、と知らぬ存ぜぬで通す気なのだ。それとも、アンディがあやしいと言うつもりか……またいつもの弱味につけ込まれ、やり込められそうだと思うと胸がむかつき、ここには村の代表としてやって来たんだ、これでみんなもおれを仲間として認めてくれる、という確信が薄れていった。照りつける太陽にうなじを焼かれ、頭がずきずきしだした。このままこんなとこでうろうろしてたら、やつめ、きっとこのおれをくぎで壁に打ちつけるぞ。メイスンさんを見つけなきゃ。ずる賢いジェミーの野郎が行くより先にメイスンさんのとこへ行かなくちゃ！

アンディはぐいっと向きを変えると大股に立ち去った。自分の言い分をなんとしてでも通さなければといきり立ち、バーニー・メイスンを探し当てたときには爆発寸前だった。まともにしゃべることもできない。

「アンディ」。バーニーは言った。「落ち着け。な？　もっとゆっくりしゃべってくれよ。だれが来たって？」

「黒んぼどもっすよ。どうなるんすか？　クソ黒んぼっす！」。言葉が口の中で沸き返り、顎をぐいっと谷のほうへしゃくった。目がらんらんと燃えている。片手を握りしめ、もう一方のてのひらにパンチをくらわせる。黒んぼどもをやっと頭ん中から追い払えた。せいせいしたぜ。「クソ野蛮人！」

バーニーの口がぽかんとあき、眉間にしわが寄った。

しめた、とアンディは思った。しめた。黒んぼどもが、今度はメイスンさんの頭に入《へえ》り込んだぞ。

「やつら、あいつに何か持ってきたんす」。アンディは叫んだ。「ただ、おれが駆けつけて見せろと迫ったときにゃ、あのずる賢いジェミーのやつ、隠しちまってましたけど」

言いながら目をぱちくりさせた。こんな細けえことまでおれのこの口から勝手に飛び出してきやがった。今の今まで、あんときおれがこんなことを見てたなんて気がつかなかった。だが、三人があそこで輪になって座ってるとこへおれの心が飛んでって、三人のまわりをふわふわ回って目撃したにちげえねえ。今じゃものすごくはっきり見えるんだから。アンディの眼前に、あの出来事全体がくっきりと描かれた絵のように展開し、それとともに興奮も収まってきた。

「あのですね、メイスンさん」。アンディは静かに言った。「おれ、あいつを信用したことなんて、一度もねえんすわ。あんただってそうだってこと、わかってますけど」

「信用」という言葉が、アンディにとっては大事なのだ。その言葉を口にした途端、涙がこみ上げてきた。これからはおれたちの関係も変わってくるだろう。おれを信用してくれ、メイスンさん。信じて大丈夫さ。それはあんたもわかってるよな？　アンディの激しい沈黙が、そう語っていた。

しかし、たとえその訴えが耳に届いていたとしても、バーニーはそれにには応えなかった。

「いや、わかんねえぜ。ジェミーは害のねえやつだからさ」。またそのせりふか。そりゃジョック・マッキバーの言い草じゃねえか。アンディは逆上した。

「くそっ、メイスンさんよ。おれの言ったことを聞いてなかったんすかい？　やつらがジェミーのとこに来たんすよ。ずうずうしく。なぜか？　なんで来たのか？　ジェミーに何を持ってきたのか？　ジェミーの野郎は無害かもしれんが、やつらは違う。あいつらは無害なんかじゃぜんぜんねえっすよ」

そう言われてバーニーは激しい不安に襲われたが、アンディのことのほうが、もっと不安だった。

この話を繰り返すたびに、アンディの怒りがどんどん激しくなっていくようなのだ。

実際にはここ何週間か、事態は落ち着いていた。ジョックがジェミーに何を言ったかは知らない。こちらからジョックに尋ねることはないし、ジョックがわざわざこちらに気まずい思いをさせてまで知らせようとすることもない。だが、ジョックがジェミーに何か言ったことはたしかだ。ジェミーがこちらの土地へ踏み込んでくることもなくなったから。とにかく昼のあいだは。もっとも、夜寝る前に外へ出てみて、一度か二度は……

もちろん、だからといって問題がすっかり解決したわけではない。ジェミーが村にいるだけで、ある事態へとつながる門を開いてしまうのだ。その「ある事態」というのがどういう事態なのか、バーニー自身具体的にこうだと言って見せることもできないし、だれかに訊きたいとも思わないが、そのことを考えるだけで震え上がってしまう。だが、ジョックのために口をつぐんできた。そんな自分の胸の内を、だれよりも明かしたくない相手がアンディだった。バーニーは、話はこれでおしまいだという意味でアンディに背を向けたが、運の悪いことにジム・スイートマンが長い坂を上ってこちらへやって来る姿が目に入った。アンディはよたよたとスイートマンのところへ駆けていった。

「あの野郎んとこに、やつらが来てたんだ」。アンディはまたもや息も絶え絶えになって叫んだ。「おれもその場にいて、この目で見たんだ！　あいつんとこへ来やがった。ずうずうしいのなんのって。野蛮人のくそったれ野郎が！」。言っていることはさっき自分に話したときとほとんど変わらないが、今スイートマンに向かって話しているのを聞いていると、その言葉がまた違った色合いを帯びてくるようにバーニーには思えた。

「別にどうってことないって言うやつもいるが、あいつら、何のために来たんだろうな？　何が目的なんだ？　今度来たのが二人なら、来週は二〇人来るぞ……」

スイートマンは眉をひそめた。きゅっと結んだ口元に、アンディの露骨な物言いへの嫌悪感が表われている。こいつ、いつだって半分気が触れたようなんだから。このアンディってやつは。スイートマンはアンディを無視してバーニーのほうを向いた。「こいつ、何のこと言ってんだ？」

「黒んぼどもだよ」。アンディは完全にいきり立ってわめいた。「黒んぼさ。くそったれ野蛮人のことだよ」

無視しようったって、そうはさせねえぞ。アンディは是が非でも自分の言葉を皆に信じさせたかった。だが、それにはまず、このおれ自身を信用させなくっちゃなんねえんだが、例によって冷たい反応しか返ってきやがらねえ、とくじけかけた。スイートマンの顔にいつもの表情が浮かんでいる。おれは生まれてこのかた、いろんな場面でみんなからこの表情を見せつけられて生きてきた。だが、今度ばかしは事情が違う。しっかりした証拠があるんだから。アンディはごくりとつばを呑み込むと、あの話をまた最初からやり出した。今度は、あの黒んぼ二人のことも、細かいところまで全部話せた。頭の中に浮かんでくるイメージには我ながら驚いた。まるで話そうとするたびにどんどん鮮明になってくるかのようだ。二人がジェミーと一緒に腰を下ろした場面に来ると、右肩が燃えるような気がした。まるで自分が透明人間になって連中のすぐ近くのあの小屋の壁にもたれかかり、動作のひとつひとつを目撃し、言葉を――たとえそれが黒んぼどものわけのわからない言葉であっても――一語一語漏らさず聞いているかのように。神がかりになって。

バーニーが仰天して言った。「さっきと話が違うぞ。最初話したときにはそんなこと言わなかったじゃないか」。スイートマンがアンディと自分の言葉を聞き漏らすまいと耳をそばだてたからたまらない。「ちゃんと聞いてくれなかったじゃねえすか」。アンディがやり返した。「おれは話そうとしたけど、あんたのほうで聞く耳持たずだったたんっすよ！」。声が震えて、今にも泣き出しそうだ。

スイートマンはかなたに細長く伸びる灰色のやぶの方へ目を向けた。あのやぶのところまでは、なんとか安心していられる。このうさんくさいやつ、狂ったような目をして、いつも顎をガクガクさせて口から泡を飛ばしているこいつの言葉を信じるなら、あのやぶの向こうから黒んぼが二人、我が物顔にこっちへ入り込んで、また出ていったことになる。

スイートマンの土地は村はずれにあって、一番向こうの端は、土着民が昔から狩り場にしてきた土地の一部だった。だから今でも連中にとっての「季節」になると、得体の知れない土着民が独得の不気味なやりかたで、たいていは音も立てずにそこを横切っていく。スイートマンと土着民のあいだにいざこざが起きたことは一度もない。ただしそれもスイートマン側の見方にすぎないし、こちらが背を向けているあいだも土着民は信用できると言い切れればの話だが。土着民よりよほど信用できない白人どもが、村にはかなりいる。たとえばこのアンディがそうだ。今もこの男の顔など見たくもない。不吉なニュースを大喜びで触れ回るようなやつなのだから。とは言うものの……

「あんたはどう思うね?」とスイートマンはバーニーにさりげなく尋ねた。スイートマンは幼い孫娘のことを考えていた。今の自分の世界は、あの子を中心に回っている。あの子が、たとえばひらひら飛んでいく蝶を追いかけているうちに、物干しをしている母親のまわりの安全な所から離れていって、丈の高い草の生い茂った野原へさまよい出てしまう様子が目に浮かんだ。ところが、バーニーが答える隙《すき》も与えずにアンディがまた口をはさんだ。「やつらがジェミーの野郎に渡すのを、おれは見たんだ」

効果は絶大だった。「何を渡したと?」とスイートマンが尋ねた。

「石さ」とアンディはささやいた。ジェミーの掌にぴしゃりと置かれた石が、その大きさやすべすべした表面にいたるまではっきり見えたので、自分でも仰天した。「包んであったようだ。木の皮にな。でもよ、たしかに見たんだ。おれの握りこぶしくらいの大きさだった」。そして二人に握りこぶしを突き出して見せた。

石。おいおい、なんでこんなこと思いついたんだよ? なんでこんなこと言っちまったんだ? 冷や汗が吹き出してきた。内心ひそかに舌打ちし、悪態をついた。石を探せなんてことになったら見つかるはずがねえ。スイートマンみてえなやつは石を見せろと言い出しかねねえ。

そもそもありもしねえことを見たとジェミーに責め立てられる心配があったってのに、また何てことしでかしちまったんだ。一切合切がおれの嘘だと決めつけるチャンスをあいつに与えちまったじゃねえか。いつものとおり、やりすぎだ。石を探して見つからねえとなりゃ、みんな疑いやあざけりの混じった口ぶりになるだろう。こっちは、ほんとに石を渡すのを見たんだと言い張るしかなくなって、いよいよ深く墓穴を掘るって寸法だ。「おまえさん、また幻を見たのかい？　その空想癖も困りもんだねえ」。同情のかけらもねえ。
まあ、おれはあくまで自分の説を押し通して、あとはおれとあの黒んぼ野郎のどっちの言い分が正しいか、みんなに決めさせよう。どっちかって話になりゃ、みんなこのおれを選んでくれるだろう。選ばざるを得ねえさ。しかし、アンディに確信があるわけでもなく、考えただけで腹の底から力が抜けていった。

そして石はいったん投げられるや、命を帯びた。四方八方へ飛び、どんどん数を増やし、加速し、人を傷つける力を得た。石そのものは実在しなくても、それが当たってできた傷は本物で、おまけにその傷がさっぱり癒えない。最初の犠牲者はこのおれだ、とアンディ・マッキロップはしょんぼり考えた。うなだれて村をうろつき、愚かにも、自分のしでかしたことにおびえ、ときおり腰を下ろしては固く握った拳を見つめてつぶやいた。この拳を開けば、魔法かなんかで中から本物のがっちりした石が出てくるぞ——だが、そんな魔法など自分でも信じていない。ほら。見てくれ。これでおれのこと、信じてくれるだろ。なあ？　これでやっとみんなにわかってもらえる。もうひとつの、もっと重い、もっと致命的なやつ、想像の生んだ幻ってやつ、そんなものが存在しないことの証《あかし》なんだ。
だが一番いいのは——とアンディは考えた——仰向いて、このくそいまいましい石を呑み込んじまうことだろう。はなっからあんな石のことなんか言い出さなかったみてえにして。

第十章

土着民がジェミーのもとを訪れてから一時間もしないうちに、マッキバー家の主《あるじ》ジョックにそのことが伝わった。まず深刻な表情の妻エレンから聞かされた。そのエレンに告げたのは隣人のポリー・メイスンで、ひどくうろたえていたという。それから案の定、ポリーの夫バーニー・メイスンからも聞かされた。バーニーは激しい怒りをなんとか抑えているふうだった。

バーニーには気の毒なことになったとジョック・マッキバーは思った。今のバーニーはまさに四面楚歌だ。妻のポリーに、ジム・スイートマン。そしてお決まりの取り越し苦労――どいつもこいつもおれをとことん追い詰めようって手ぐすね引いてやがる、という思い過ごし――にさいなまれている。しかしジョックは、物事には道理というものがあるのだからという論法で、できる限り押し通そうと決めていた。とはいえ自分もここ数ヵ月は気の安まるときがなかった。ジェミーが何かしでかしはしないかと恐れていたわけではない。仲間が示し始めた反応が恐ろしいのだ。

バーニーはみじめな顔をしている。ジョックのところへやって来るのはたいてい慰めてもらいたいときで、今でさえそうしてもらいたがっている。さっき聞かされた話に動転しているのだ。妻のポリーが動転していたから。しかし、何よりもジム・スイートマンの前でアンディに恥をかかされたことへの怒りのほうが強かった。だからどすどすと大股に歩いてきたのだが、ジョックの落ち着き払った顔を見た途端、坂をのぼりながら頭の中で用意してきた言葉が喉の奥ですっかり干上がってしまって、いざ口を切ると穏やかな声が出た。

「うん」とジョックは応じた。「おれもそう聞いたよ」

「それで?」とバーニーは促したが、その声には鼻を鳴らして訴える子供のような哀れっぽい響きがあった。心の重荷をすっかり下ろしてしまいたいのだ。「みんなが前々から心配してきたことだ。それはおめえもわかってるな。しらばっくれたって無駄だぞ」

「しらばっくれてなんかいねえよ」

「だって、やつら真っ昼間にすたすた歩いて来やがったんだぜ。ずうずうしい」。それ、アンディのせりふだよな、知ってるぞ、とでも言いたげにジョックがバーニーをにらみつけた。それに見えすいた言い訳をするときのアンディの口調が混じってもいたとバーニー自身も恥じ入り、今度はもっとふだんに近い声で言った。「つまりだな、やつら、だれに見られようとかまわねえって感じだったんだよ。ジェミーだってそうさ。アンディの話じゃ……」

「アンディだって?」

バーニーは喉元がカッと熱くなった。「なあ、おい、ジョック。おれをいいようにあしらおうったって、そうはいかねえぞ。おれだけじゃねえんだ、わかってるだろ?」

ジョックは顔をそむけた。アンディのことなら無視できる。だが、自分は皆の代弁をしてるんだというバーニーの態度が気に入らない。孤独感が襲ってきた。事態がいやな方向へ進んでいこうとしている。

しかしバーニーはバーニーで、ジョックのおかげで窮地に立たされたと思っているから、ほとんどけんか腰で言った。「ジョック、今度ばかりはごまかされねえぞ」

バーニーと、ひどく離れてしまった。こんなことは初めてだ。この分では、これからひどい孤独に耐えなければならなくなるかもしれない。これまでの友情に頼っても埋められないほどの距離だ。友達のよしみでわかってくれなどと言えば、仲たがいの危険を冒してまでこうしてやって来たバーニーの気持ちを軽んじることになり、それは侮辱というものだ。互いに心底大事な友人なのだから。

「わかったよ、バーニー」とジョックはできるだけ冷静な声で言った。「ジェミーと話してみる。ポリーに心配するなって言ってやれ。おれを信じてくれよ」

友情に訴える口調でそう言ったところで口をつぐんでしまってもよかった。しかし、腹の中にくすぶっている苛立ちと、自分が受けた痛手もせめてバーニーには知っておいてもらいたいという気持ちに駆られて、また口を開いた。「やつら、帰ってったんだろ?」

「帰った。たしかに。帰ったよ。でも、やつらがジェミーに持ってきたものがあるんだ。石さ」

「石って?」

「あいつら、ジェミーに石を持ってきたんだよ。知らなかったのか?　アンディが言うには……」

またアンディか！　ジョックはカッとなった。「バーニー、頼むからアンディが言ってたことなんて、おれに言ってくれるな。アンディは知ってのとおり抜け作だ。そんな野郎の言ったことなんか、言うな！」。それから怒りを抑えて言った。「で、その石って何のことだ？　どういうことなんだよ？　魔術だって？　それ、ポリーの考えか？　なあ、頼むよ。おめえ銃持ってんだろ?!」

今や互いの怒りを直視せざるを得なくなった二人は、いくらか衝撃を受けつつにらみ合い、そろって目をそらした。

たった今バーニーにぶつけたけんか腰のあざけりは本心ではない。それは自分でもわかっていた。銃のことを持ち出したのも、今回のことで生じた脅威を打ち消したかったからなのだが、まるで効果がなかった。むこうとこちらの勢力が拮抗《きっこう》しているわけではない。ジョック自身もバーニーもそう見ていたし、ポリーの場合はなおさらだった。ジョックは自分をもメイスン家の人々をも、ぎりぎりまで追い詰めてしまった。開墾し柵で囲った開拓地や、ジョックの言う「道理にかなった」もの——たとえば自分やバーニーが受けた教育、これまでに身につけてきた生活のすべや知恵、そう、そして銃——がとても太刀打ちのできない、そんな世界の間ぎわにまで追い詰めてしまった。太刀打ちできないって、いったい何に対して？　自分たちの中に呼びさまされる恐怖によって推しはかるしかなく、現実にもそうやって推しはかってきた、そんな世界に対して？

「バーニー」とジョックは言ったが、暗闇が自分の内部を満たし、周囲にもたち込めてくるのを感じて、頭の芯が冷たくなった。こりゃ、突拍子もねえ話さ。おめえにだってわかってるだろ？　アンディなんて、頭のおかしな厄介者じゃねえか。なあ、頼むよ、これまでだってアンディの言うことなんか聞いたりしたか？　おれたちゃ石なんかこわくねえ。そこがほかのみんなとおれたちの違いだと思ってたがな。どのみち、その石とやらが何をするってんだ？　牛の乳をすっぱくしちまうのか？　それとも干し草の山を燃え上がらせるってのか？

つまんねえことにくよくよしやがって、という具合に持っていきたくて出したたとえだったが、言っているジョック自身の口が乾き、声もいつもの自分の声とは似ても似つかぬものだったから、しまった、言うんじゃなかったと後悔した。どれほど「つまらねえこと」であっても、今この場でどうしてもバーニーをやり込めてやりたいから言ったのであったとしても、バーニーやほかの男たち同様ジョック自身にもとうてい太刀打ちのできない力を「あっちの世界」で本当に動き出させてしまったかもしれないのだ。単なる可能性にすぎなかったものを実際に言葉にして吐き出したことで。

「なあ、バーニー」。おれたちこんなとこまで来ちまったのか、とうんざりしながらジョックは言った。「おれがジェミーに訊いてみるよ。な？　それだけはさせてくれるよな？　それから、もうおれには言ってくれるな」。この先の言葉は繰り返すのもいやだったが、あえて言った。「野蛮人だとか、魔術だとか……」

だが、そうした言葉を、ジョックはその後も聞かされることになる。ネッド・コーコランから。聞いた途端に怒りを爆発させ、それを後悔する——ほかの男たちが顔をこわばらせるのを見て。皆はジョックの怒りを、変化を裏づける恐ろしい証《あかし》として受け取ったのだ。ジェミーを守って、おれはこんなとこまで来ちまったのか、とジョックは思った。

おれは変わったのか？　変わったに違いない、と今では思う。ほかのみんなはこれまでと変わらないのに、そのみんなとそりが合わなくなったのだから。

いつから変わり始めたのか？

ジェミーを引き取ることで家族の意見が一致したとき。それが一番簡単な答えだろう。ジョックとほかの男たちのあいだに違いが、疑いが生まれたのはその瞬間だったから。だが、考えれば考えるほど、その違いが以前から常にあったことがはっきりしてくる。というのは、ジョック自身も今までどおりで変わっていないから。ただ、以前はその違いに気づいていなかったか、あるいはよくある話だが、仲間からよく思われたい、仲間はずれになりたくないという気持ちから、見て見ぬふりをしていただけなのだろう。

もともと物事を深く考えるたちではないし、今さらそうなったわけでもないが、前には抱いたこともなかったような思いを抱くようになった。

その中には辛辣な思いもある。自分と同じ、ごくふつうの男たちである仲間の心を読み取ろうとするようになった今、読み取ったものに対して辛辣な思いを抱くのだ。以前はこんなふうに人の心が読み取れなかったのだろうか、と首をかしげる。ほかにも、以前の自分には縁のなかったような思いが浮かんでくることがあるが、なぜそんな思いが浮かんでくるのかは自分でもわからない。

まるで前は自分の目で物を見ていなかったかのようなのだ。ほかにはない、たったひとつの自分の目ではなく、ひとりのときでさえいつもそばに「相棒」がいて、その「相棒」の目を通して見ていたような。その「相棒」は、自分の中でも人当たりのよい部分のことで、いつも友情や共感の温かみにすっぽりくるまれていたから、暗いことや、逆にあまりにもまぶしすぎて目もくらむようなことから守られていたのだが、同時に「あっちの世界」には本当の自分がしっかり独り立ちしていられる場所があることを知らずにきた、と、そんな感じだった。

腰ほどもある丈の高い草をかき分けて進んでいくと、驚いたことにどの草の葉先にもひとつひとつ緑の玉がついていた。見たことも聞いたこともない新しい植物が誕生したかのようだ。

目をこらして見ると、それは明るい色をした、ごく小さな虫の大群だった。ジョック自身の小指の爪ぐらいしかなく、金属的な虹色をしている。こんな虫を見つけたおかげで、虫たちがこの場にもたらした新たな光のおかげで、驚いたことに心が軽くなった。それは、苦労の末やっと手にしたすばらしい知恵のようだった。言葉では何とも表わしようがないので不安だが、それでいて爽快でもある。一瞬、喜びでいっぱいになった。

しかし我ながら驚きでもあった。四十にもなる大の男が、なすべき務めを持つ大人の男が、こうして夢見心地で立ち尽くし、宝石のような輝きに小さな命を宿して草の葉先にとまっている虫どもの背に掌をかざしているなんて。

また別の折にはこんなこともあった。小川のほとりで――自分では何気なくだったと思うのだが

——目を上げると、一羽の小鳥が目に入った。丸い石にとまって、軽やかに流れていく水にくちばしをさっとつけては、またさっと頭を起こす。ずんぐりした灰色の体はスズメに似て平凡で地味だ(が、この辺にスズメはいない)。頭も灰色で、羽が少し乱れている。

ジョックも、もっと大きいがこれまた丸い石に腰をかけ、ブーツを履いた足は泥の上に下ろして、サンドイッチの最後の一片を食べ終わろうとしていた。

しかし、ジョックの穏やかな心が見たのは、もつれ、寄り集まり、流れていく無数の糸から成る川の中心から、その小鳥のくちばしが長い銀の糸を引き出す様だった。ブーツも、食いかけのパン切れを持つ手も、心も、すべてが重みを失い、身内には安らぎに満ちた強烈な歓喜が溢れ返った。風が頭上で木の葉をそよがせる様子も実にすばらしい。一枚一枚が小枝にしがみつき、くるくる回るが落ちることはない。層をなして小鳥の頭を覆っている灰色の羽も美しい。そしてこの長い長い水の糸もはるかかなたからこんなにするすると流れてきて、どこへ向かうにせよ、当然どこかここからは見えないところへ、からまり、ほどけ、自由に流れていくのだから、さぞかし長い糸に違いない。しかし、このときに感じた強烈な歓喜にも、どこか不安をかき立てるところがあった。

こうして意識し始めた物事は、どれほど新鮮で無垢なものであっても、日常のありふれたものとは違う次元にある。少なくとも自分ではそう感じた。こうやって見たものについて、たとえだれかに話したくても、それを伝えられるような言葉がない。言葉で言い表わせるのとは違う次元のものなのだ。

夫の変化を、妻のエレンは見逃さなかった。仲間とのあいだがしっくりいかなくなったことも、これほど悩まなければならなくなってしまったことも、ジョックの性格からしてさぞかしつらいだろうと思う。エレンはジョックが思い悩む姿に心を痛め、こうなってからの夫がいかに気むずかしくなったかを目の当たりにしては、また心配するのだった。門が開《あ》いたので夫がそこを抜けて行ってみると、予想以上に暗い場所に来てしまった、あるいは、存在することさえ知らなかった暗い場所に来てしまった、そんな感じなのだ。

エレンも近所の人々とのあいだに大きな隔たりができてしまったことを悩ましく思っていた。ここでは隣人はとても大切なのだ。皆の態度が変わったことには夫より早くに気づいていたが、平然と無視していた。エレンはそういう性格の女なのだ。おかげで多分、かえって事をややこしくしてしまった。妻がひどく傷ついていることに気づかなかければ、ジョックもあれほど簡単に、あれほど早く、仲間を違った目で見るようにはならなかったのではないだろうか。その意味では、むしろ自分の怒りがきっかけになってしまったのかもしれない。そのことではジョックにすまないと思っている。つらい立場に追い込むつもりはなかったのに。

しかし、皆からひどい仕打ちを受けているという思いが二人を引き寄せた。それはまんざら悪いことでもない。互いの存在が慰めになるし、いつも悩みそのものについて話し合うわけではないが、交わす言葉が多くなった。おかげで、厳しい労働に明け暮れるここでの生活で失われてしまっていた親密さが二人のあいだに戻ってきた。

夫は私をまともに見つめるようになった。エレンはそう感じている。今のジョックは、実際に自分の目に映るものや日常の当たり前のもの——洗い、しぼり、しわをのばして干してある洗濯物や、食卓に並んだ料理といった家のこと——以外に、妻のエレンが日々をどう生きているかを知りたがっている。エレンの愛情を探ろうとしている。ジョックのおずおずした自信なげな様子は、妻をこれほど知らずにきたなんて、これほど見ずにきたなんて驚きだ、という気持ちを物語っていた。夫から一心に見つめられて、エレンは頬を赤らめることさえあった。

今の二人はまるで交際を始めたばかりのようで、妙に意識し合っている。ジョックのほうはおどおどしていると言ってもいいほどだ。そういえば、とエレンは思う。昔、知り合ったばかりのジョックはこんなじゃなかった。私の心をしっかりつかまえたと確信してたから。それか、そうだってことを私があまり早く知らせすぎたのかも。だからこそ、どちらも相手の本当のところを知らずにきたのだ。今のエレンは昔より賢い。夫には夫の好きなようにさせておいて、自分は交際し始めた頃よりも若い、少女のような感覚を味わっている。それに、相手の心がつかめるかどうかにかけては、あの頃より希望が持てる。

「故郷《くに》のことなんて、よく思い出すかい?」。ある夕方、ジョックに訊かれた。

二人して尾根の一番高くなったところまでやって来たときのことだ。このごろはよくこうやって一緒に散歩をする。ここで自分たちの土地のはずれに立つ。最近のごたごたのせいで、境界を前より意識するようになった。ちょうど日の入りだった。西の空全体が燃え上がり、まばゆい輝きの中に色のない、透明に近い下弦の月がかかっているので、見ている自分たちが小さく、ひどく小さくなったような気がする。こちらを振り向いたジョック自身が透き通って見えた。

なぜこんなことを訊くのか、エレンにはわかっていた。ここ何週間かのあいだに夫の心の中でひとつの疑問がしきりに頭をもたげるようになっていたのだ。ここに来たことは間違いだったのだろうか、夫婦二人の、そして子供たちのこれまでの人生の方向を決めたあの重大な、今となってはもはややり直すことのできない行動、あれは間違いだったのだろうか。故郷が、ジョックには不意にとても近いものになっていた。

ジョックはエレンから目を離すと、今度は手に持っていた小さな花をじっと見つめた。ここへ来る途中、摘み取ったに違いない。このあたりでよく見かける茂みに咲いていたのだ。今も二人は野放図に伸び広がった同じ花の茂みに立っていた。豆の一種で、繻子《しゅす》のようにつやのある白い花弁の小さな花だから容易に見過ごしてしまいそうだが、ジョックが大事そうに持っている様子や、無骨な指先の可憐な花の優美さや、それに見入るジョックの熱意にエレンは胸を打たれ、花の白さがいっそう輝きを増すように思えた。ふと周囲を見回すと、一面に同じ花が咲いて斜面全体が輝いていた。

何て言ってあげればいいんだろう?

ここでの暮らしは故郷《くに》では思いもつかないほど厳しいものだった。まるきり違うのだ。広々と開放的なところも、発つ前はあこがれていたが、いざ暮らしてみると恐怖の種であることがわかった。薄汚れた窮屈な古家で大勢が暮らす騒々しい毎日もそれなりによいものだったのだと、離れてみて初めて気がついた。ここの広大無辺な空の下に茫漠と広がる大地では、すぐに道に迷い自分を見失ってしまうものだが、それは壁から壁までが五歩ぐらいしかないちっぽけな小屋の中でも起こり得る（このことは、どの女も身にしみて知っていた）。すぐ目の前にある寝台の柱と自分とのあいだに吹き込んできたサイクロンの烈風に、今にも吸い出されてしまいそうなとき――火のしも役に立たない、唇に浮かんだ我が子の名前もだめ、上へ上へと巻き上がる巨大な息にさからって自分を地上にとどめておいてくれるものなど、とにかく一切ない世界へ飛び出していってしまいそうなとき――かごの中の鳥のように小屋の中を右往左往し、温かいティーポットだの、怯え切った子供だの、汗くさいシャツだのなんだの、手近にあるものならなんでも引っつかんでなんとか気を鎮めようとするのだ。

そんな場面はもう何度も何度も経験した。それを子供たちは母親の中に見出し、避けて通る。エレンを何より揺さぶるのは、この土地の恐ろしいわびしさ、幽霊すらいない孤独なのだ。

二人がやって来て生活を始めるまで、この辺は人間が一度も住んだことのない土地だった。その分、空気も希薄で、息がしづらい。前にだれかが住んでいたというだけで、自分を取り巻く世界の感触がどれほど変わるか、ここに来るまで、まるでわかっていなかった。故郷《くに》では、前の世代が跡を残していったし、空間にもまだ息のぬくもりが残っていた。敷居は出入りする足に踏みつけられてすり減り、畑を仕切る生け垣は、もう千年も前からそこにあった。人の名前となると、もっと古い。とりわけ古いのが墓石に刻まれた名だった。しかもそれが、今を生きる自分たちの名でもある。墓石の下には、そんな自分たちに骨を、息を与えてくれた人々の骨が埋まっている。

エレンと夫はここで最初に死ぬ人間になるのだ。死はその分さらにわびしくなり、生もいっそう孤独になる。

いつもではなく、日にもより天気にもよるが、エレンには恋しくて恋しくてたまらなくなるものがある。それは、あのダウンズの丘に残してこなければならなかった二つの墓だ。異郷の見慣れぬ大木の下で、掘り返したばかりの黒土に埋めて造った、参る者もない二つの墓。あのときは本当につらかった。二度と戻れないと知りながらスコットランドのエアドリーに別れを告げて海を渡ったときよりももっと。

二つの墓へ、エレンは幾度も足を運んだ。さび色の落ち穂を踏みしめチリマツの照り返しを浴びて、娘二人を連れてきたにもかかわらず孤独にさいなまれながら立ち尽くし、墓石をじっと見下ろす。雨の跡が筋となって残り、名前と日付が刻まれている、二つの石。ふと目を上げると、そこに夫も来ていた、ということになればどんなにいいだろうと思う。だが、そうなったためしはない。たとえ夫が時々来ていたとしても——来ていただろうと思う——偶然顔を合わせたことは一度もなかった。このことについて夫と話したことは一度もない。ここでは物と物とのあいだに大きな隔たりがあるように、言葉と言葉も——ごく簡単な言葉でさえ——離れすぎているのだ。

だがそれも変わった。地面に造った二つの小さなこぶの前に夫と並んで立っているような気がすることが時折あるのだ。ちょうど今のように。

「ケイトが生きてくれたらねえ」とエレンはささやいた。「アレックスも」

夫がうなずいた。小さな白い豆の花を指のあいだでくるくる回している。それから身を屈めると、その花を片方のこぶの上にそっと置いた。

「そうそう、昔、見たんだけどね。綱渡りの人……」。急に話題を変えても、いっこうにおかしいとは思わない。「その人、通りのこっちから向こうまで綱を張って、その上を歩いたの。だぶだぶのズボンはいて、手に棒持って……」。エレンは片手を横に差し出してバランスを取りながら、地面の上を一、二歩、歩き、言った。「すごいものを見るのって、すてきだよね」

とても珍しいもの、奇跡とさえ呼べるようなものを、娘たちに見せてやりたいのだ。自分の父親がしてくれたように(ズック靴を履いたその男が綱渡りをするのを、固唾を呑んで見守っていた幼き日のエレンが握っていたのは、父の手だった)。

「どこで見たんだい?」

「エアドリーだよ」

「いくつのとき?」

「七つ。八つだったかもしれない。メグよりは大きかった」

「どういうふうにやったって? もう一度やって見せてくれよ」

エレンはやって見せた。両腕を大きく広げ、片足を上げ、それを下ろすと、もう片方を上げ、という具合に、枯れ枝や枯れ葉の散り敷いたでこぼこの地面の上をごくゆっくり三歩進んだ。まるで地上十メートルのところを歩いているかのように。

それをジョックが目で追った。それから、落ちたら大変とでもいうように片手を伸ばして妻の手を握った。

「おれも見せてもらえるんだったら、何をやっても惜しくはなかったろうなあ。いや、おめえが綱渡りするのを見せてもらえるんならって意味だけど」

第十一章

ジェミーの昔の仲間が訪ねてきたのは木曜日のことだった。その直後の数日間、マッキバー家でちょっとした問題が立て続けに起きた。どれもよくある小さなトラブルだったが、今、この時期に続けて起きたということが不気味だった。なに、偶然だ、と主《あるじ》のジョック・マッキバーは自分で自分に言い聞かせた。たまたま重なっただけさ。ジョックは、今や村中にどうしようもなく広がりつつある恐怖と猜疑の波に押し流されまいと、努めていつもどおりの生活を続けた。家の周辺で起きているちょっとしたトラブルが土着民のしわざだとは思わなかったし、ひょっとしたら隣人がやったのかもしれないという考えもまだ浮かんできてはいなかった。柵の壊れてしまったところは甥のラクランと二人で修理し、ジェミーには手伝わさずにすませた。そのあと、身のまわりでまたひとつふたつ問題が生じたことにも気づいたが、だれにも言わずにおいた。しかし、妻のエレンが飼っているガチョウのうちの三羽が喉を掻き切られて死に、裏庭の石にその血が塗りたくられ、そこにハエがぎっしりたかってうごめいているのを見つけるに至っては、もはや事の重大さを隠し切れなくなった。殺されたガチョウには名前までつけていた。ヘリウォード、ジェマイマ、ルーシー。子供たちは嘆き悲しんだが、怯えてもいた。こんなこと、いったいだれが？　幼いメグに泣きはらした目で見つめられ、父親であるジョックは胸を突かれた。おれはジェマイマを守れなかった。メグも、あとの二人も守ってやれねえかもしんねえ。

そう思うと、ひどく不安になった。だれなんだ？　あんなこと、だれにできる？　村人たちの顔をひとり、またひとりとのぞき込むが、わからない。それよりも、村人をいちいち疑うようになってしまったことのほうがこたえた。おれはへなへなと腰を抜かしちまった獣だ。こうやってひるみ、よろめき、この重荷でつぶされちまうかもしれねえ。ジョックは今こうして起きていることを仲間の前で——バーニーやジム・スイートマンの前でさえ——認めることに耐えられず、出歩かないようにした。

ラクランは怒りと反抗心のかたまりになって言い放った。「黙ってる手はないよ」

叔父に命じてほしいのだ。叔父のおれに全幅の信頼を置いていることを身をもって示してみろ、と。そう言ってくれれば、おれは叔父さんの家族だろうが名誉だろうが一族の血だろうが何だろうが守ってみせる。「何をすればいいか言ってよ」。ジョックはラクランの荒々しいまでの忠誠心にホロリときた。「言われたとおりにするから。やったやつらを殺してやるんだ」

だが言ってしまってから、ふとその意味に気づいて、ラクラン自身も口をつぐんだ。目に見えない盾の後ろに皆で身を寄せ合い、何もされなかったような顔をするのは、ラクランにしてみれば恥ずべきことなのだ。しかし、ジェフ・マーカットやコーコラン兄弟の前で、自分たちが孤立してしまったこと、あからさまな脅迫が功を奏していることを認めるのは、もっと耐えられない。

ラクランもこのおれがかばってやらなくちゃ、とジョックは思った。おれはいいが、ラクランはこういうことにはまだ若すぎる。

エレンも同じ思いで、「ラクラン」とやさしく、だがやはり悔しそうに言った。「あたしら、間違ったことは何もしてないんだよ。それはあんたにもわかってるね。恥ずかしいことなんて、何ひとつしてないんだ」

「やったやつらを殺してやる」とラクランは繰り返した。「まず犯人を見つけ出すんだ」

ジェミーはというと、姿を消してしまった。やぶの中に、ではない。そうするだろうと言っていた者もひとりふたりいたが。自分の殻に閉じこもってしまったのだ。どんより濁った、怯え切った目の後ろに。だが、何が起きているのかも、その原因が自分であることも、わかっていた。

ガチョウが残忍な殺されかたをしてから三日後。朝早く、ジョックが谷へ向かう坂道を下りていくと、谷からジェミーが小走りに登ってきた。だれかに、あるいは何かに追いかけられているかのように、必死の形相でよろめきつまずき駆けてくる。ジョックは片腕を差し伸べて止めようとしたが、ジェミーはこちらをちらりと見ただけで走っていってしまった。死に物狂いの目つきだった。背後から呼びかけたが、ふり向きもしない。ジョックがそのまま坂を下っていくと、何かまた別の仕打ちが待ち受けていることを警告するかすかなにおいをかいだような気がして、恐怖に襲われた。それは、坂を下り切ったところにあった。

坂道から逸れて谷へ入るところに小屋がある。昔の仲間が訪ねてきたとき、ジェミーが修理していた小屋だ。壁に新しい板が何枚か打ちつけてあり、風雨にさらされて黒ずんだ古い板とは対照的に、新しい釘の頭が際立っている。その壁がどろどろに汚されて一面にハエがたかり、うようよと沸き返っている。猛烈な悪臭が鼻孔を襲った。だれかが自分の大便をなすりつけていったのだ。そしてまた別のだれかが――おそらくジェミーだろう――草をむしり取り、それで拭き取ろうとしたが、かえって広げてしまったようだ。

見つめているうちに、胃袋がひっくり返りそうになった。干からびた草をひっつかみ、人糞を食らっている忌まわしいハエどもを憎々しげにたたきつぶす。おぞましいのはおめえたちだ、とでも言うように。大半が飛び去ったが、腹いっぱい食って動きの鈍っていたのが数匹、逃げそこなってつぶされた。ジョックはよごれた草を放り投げて地面にへたり込んだ。気が遠くなり、食いしばった歯のあいだからうなり声を上げ、体を揺する。

ハエどもが舞い戻ってきた。互いに折り重なるようにして壁の汚物をむさぼり食っている。なんでこんな生き物がいるんだと逆上したジョックは、またたたきつぶしてやると突進しかけて思った。だが、こいつらに何の関係がある？　こんなことをしたのは人間だ。それこそがとんでもない行為なのだ。しかもおれの知ってるだれかが。そいつの目を、おればのぞき込んだはずだ。それも最近。たぶん、これをたくらんでる、まさにそのときに。そいつはここに、この辺のどこかにしゃがみ込んで（ジョックはまたぐいっとふり向いた。逃げていく後ろ姿が見えるかのように）、そして満足げなうなり声を上げて放《ひ》り出した便を自分の手ですくい取ると、小屋の壁になすりつけたのだ。白日の下で悪臭を放つ、公然たる侮辱の印。便をいっぱいに握った手が壁をこするのが目に見えるようだ。ふと、どうやら便で字を書いたらしいことに気づいた。何て書いたんだ？　いいや、やめるんだ、と激しく首をふる。考えたりしてみろ、何と書いたのか、字が見えてくる。読めちまう。おれ以外にもうひとりだけ、これを見たのがジェミーでよかった。あいつは字が読めねえから。何と書いてあったか、ジェミーの頭の中に刻まれちまったら最後、絶対消せねえ。そうなったらあいつ、衝撃のあまり正気を失っちまうかも。今でさえ……

立ち上がり、手負いの獣のように苦しげにあえぎながら小川に駆け寄ると、滑らかな流れによろめき入り（それは、あの小鳥を見たのと同じ場所だった）、両手をごしごしこすり合わせて洗った。着ている物をすっかり脱いで全身を洗い清めたいところだったが、水の清めの力をもはや信じられなくなっている自分に気づいた。

何より恐ろしいのは、こんなことをやった人間とまともに顔を合わせるかもしれないということだった。そいつの汚物のにおいが、この手に、この頭の中にこびりついている。そいつだけのものすごく個人的なにおいだから、会えばすぐわかるだろう。そしてそのにおいが形を取り、壁に書かれた文字となって二人のあいだに浮かび上がる。もう一度、激しく後ろをふり返り、思った。よごされちまったのは空だ、大地だ、水だ。空にも大地にも水にも、あの文字が染みついている。昔から万物の奥底にうごめいている暗黒が殴り書きされて、永久に消せなくなってしまったのだ。

第十二章

アンディ・マッキロップの眼力は、本人が思っているほど弱くはなかった。二人の土着民がジェミーに持ってきたものが本当にあったのだ。石ではなかったが。

三人は車座になると、まずはこういう場面にふさわしいあいさつをきちんと交わしてから、二人が尋ねるべきことを尋ね、それにジェミーが答えた。それがすむとそろって口をつぐみ、その沈黙がまた別の種類の会話となった。三人が囲んで座っている直径一メートルにも満たない乾き切った地面——蟻どもが新たにやって来た見知らぬ生き物のにおいをかぎ分けながら、木の皮などのかけらをくわえてせわしなく走り回り、人間とはまた別の生活を営んでいる地面——が不意に大きくなったかと思うと、夜の星空のもとに広がる「あっちの世界」になった。ジェミーが共に暮らしていた土着民の仲間の土地だ。そこへ足を踏み入れ、自分の魂のこもった足跡と、吐いた息の目に見えない波紋とを残しながら進んでいく。池や小川、地下の水源、岩山の尾根ややぶ、果実や木の実、鳥や獣の群。すべてが魂のこもった名前と来歴とを伴って生き生きと迫ってくる。

丘のいただきから見ていたアンディはほんの十分程度だと思ったが、それよりはるかに長いあいだ、三人はこの「あっちの世界」のなじみの場所を肩を並べて歩き回った。ジェミーは、ここでは前にこんなことが起こったとか、あそこでは奇妙な出会いがあったとか、ここにはこんな逸話があるとか、これはみんなと一緒に食べていた質素な食べ物だなどと、なつかしい「あっちの土地」の特徴をひとつ、またひとつと思い出すうちに、身内に力がみなぎってくるのを感じた。こうして急に力を取り戻したことで、ここ何ヵ月かのあいだに空咳《からぜき》や腹の不調で自分がどれほど弱っていたかを実感した。

村の空気はよくない。食い物も。地面にしても、踏みしめるたびにいやな音を立ててきしむ。だが、むこうのあの土地はおれの母、生まれてこのかた知っている、たったひとりの母だ。おれのものだし、おれもあの土地のもの。生まれつきそうだったわけではないが、あとからそうなった。授かった。そのことは、おれが生きているあいだだけでなく、時の続く限り変わらない。あの土地が時の続く限り存在し続けるからだ。おれもあの土地とひとつである限り存在し続ける。これこそ二人の仲間が万一の場合にとジェミーに持ってきてくれたものだった。村へ来て、幽霊のような白い生き物のあいだなどで暮らしていたら、魑魅魍魎《ちみもうりょう》のうようよいる、あの恐るべき世界に逆戻りして、またやせ細ってしまうのではないか、と心配してくれていたのだ。林の中で共に暮らしていたとき、ジェミーはあの恐ろしい世界から完全にではないがいちおう逃げおおせていた。二人はジェミーに元気だけでも取り戻させてやろうと、魂の栄養を持ってきたのだった。

二人はジェミーの前に「あっちの土地」を広げて見せ、その清水を飲ませてやった。ごくりごくりと思う存分に飲むジェミーの全身にみるみる力が満ちてくるのを見守った。そしてその水を浴びるのを、両手一杯にすくってはかけ、すくってはかけるのを、笑いながら見守った。それから、自分たちが取り囲んで座っている小さな地面の上で、三人は踊り、雲を呼び集め、互いの頭上に虹をかけ合った。やがて立ち上がると別れのあいさつを交わし、二人は立ち去った。「あっちの世界」へ帰り着くまでに一昼夜はかかるだろう。その「あっちの世界」の途方もない生気に包まれて、ジェミーはハンマーを取り上げるとくぎを打ち始めた。澄んだ音が響きわたり、心が解き放たれる。こんなに澄んだ音は五十キロは先へ飛んでいっているかもしれない、と思った。二人の仲間がたどる家路を照らしてやろうと、はるか彼方の尾根の向こうまで、星々を力一杯投げてやるみたいに。

そのときだ。アンディのやつが姿を現わしたのは。ゆがんだ顎ときょろきょろ落ち着かない異様な目をして茂みからよろめき出てくると、何でも、どんな狂気でも入り込めそうな、あの虚ろで奇妙な表情で、何か言いたげに、問い詰めるように、小屋にもたれかかった。その途端、周囲の空気が汚《けが》され、アンディが踏み込んできただけで生じた空洞に吸い取られてしまった。ジェミーはついさっき仲間が取り戻させてくれた健康が、また損なわれていくのを感じた。まるで、水たまりをのぞき込むと、そこに映っているはずの自分の顔がちりぢりばらばらで、いつまでたっても焦点を結ばないかのように。こいつが、アンディが割り込んでくると、いつもこんなふうになる。

懸命に目をそらす。すると、アンディ——というか、猟銃を抱えている以外は表情しかなく、しきりに人間の形を取りたがっている、中身のない憤怒のかたまり——は動きを止め、消えてしまった。

そういうやつなのだ。このアンディという野郎は。こちらがアンディに目を向けるのを拒めば、口の中で何やらもぐもぐ言い、そわそわし、そのうち自分自身のどうしようもない無能さに激怒して、影が薄くなり、消えてしまう。

しかし、しまいにアンディが口の中で捨てぜりふを吐き、きびすを返して大股に立ち去っていくと、ジェミーはがっくり肩を落とした。あんなやつでも存在だけは十分している。あのものすごい空っぽさで、おれをこんなに落ち込ませられるんだから。その残忍さゆえに村の底辺でジェミーと肩を並べているアンディは、ジェミーに対してどうしても敗北を認められないのだ。

ここ何ヵ月かのあいだに、ジェミーはこういう輩《やから》をあしらうこつを徐々に身につけてきた。相手の体に忍び込み、その全身をすばやく探り回って抜け出し、そうやって相手を素裸のような状態にしてあしらってやればよいのだ。

これに勘づいてジェミーを避けるようになった者もひとりかふたりいる。ジェミーの目はおろか、自分の目にさえ、自分自身がさらけ出されるのを嫌ったのだ。それ以外のやつらは、ジェミーに探られているのを感じはしたが、どういうことなのかわけがわからなかった。わからないやつほどあからさまに敵意を募らせる。こういうのこそ要注意だ。ジェミーは、思い違いは禁物だぞと自分に言い聞かせて注意を怠らなかった。もっとも、表立って残忍な行動を取ることは許されないという合意のようなものが村人のあいだにあった――少なくともジェミーにはそう思えた――から、生きながらえることができた。

ここにはジェミーをとことん痛めつけるような者はいない。最も敵意をあらわにしている連中でさえ、からかっているふりをする（ジェミーはすぐ見破ってしまうが）。どんな悪事を企んでいようが、遊び心を抑えきれずつい度を過ごしてしまったという顔をするのだ。やり過ぎて、「冗談」というよりは「乱暴」になってしまったときでも、悪いのはジェミーということになる。手を取って立たせ、泥をはたいてやり、おめえ、ケガなんかしてねえからな、おめえはいいやつさ、そんなおめえを痛めつけるつもりなんか、おれたちにはなかったんだからよ、と言う（たしかにそのとおりではあった。けがをさせる気なんかないんだと連中は思い込んでいた）。

ジェミーを本当に苦しめるやつらは、ジェミー自身の頭の中に棲んでいる。最近は、そいつらに追いかけられることが多くなった。記憶の中でそいつらの姿がいよいよ鮮明になり、真夜中の夢の中で顔や拳骨までがはっきり見えるようになった。例によってモウジーとアイルランド野郎。一番いやなやつらだ。モウジーは甲高くてか細い声をして、金髪のヤギひげを生やした優男《やさおとこ》だ。アイルランド野郎はあばた面で、右手の指が二本ない。

「さて、ここにとっつかまえた、こいつはいったい何者だ？　ぼうずかいな？　ジェミーちゃんって名の。うん、ぼうずだと思うよ。ぼうやさ。だけんど、なんてやせっぽっちの、細っこい首の、ちっぽけなぼうずだろうねえ」。それから、あざけりの文句を怒鳴っては、そのたびにジェミーを小突くので、ジェミーの体はモウジーとアイルランド野郎のあいだを行ったり来たりする。

「あぐらっ鼻の……」

「耳の赤《あけ》え……」

「口のでっけえ……」

「垂れっ尻の……」

「わに足の……」

「ぼうずのまがいものさ！　古チーズの切れっ端って言ったほうがいい……」

「それか、おれの靴底のはがれたの……」

「さもなきゃ、歯も立たねえほどコチコチになっちまった、かびくせえパイ皮の端っこ……」

「そうさ、ぼうず、ぼうず、ぼうやなんかじゃなくってさ！」

二人は意地の悪い目つきで片足を踏み出しては歌うように言葉を投げ合い、ジェミーを突き飛ばし合う。二人のあいだで言葉とジェミーが行ったり来たりし、やがて二人がジェミーのシャツの下に手を突っ込んで、つねったり突っついたり握ったりひねったりしながら突き飛ばし出すと、ジェミーは子供の泣き声を上げ始める。だがその痛みは、成長した男であり夢を見ている今のジェミーのもので、激怒しながらも何ひとつできず、ただただ横に突っ立って、しまいまで見ていなければならない。いかに激しくわめこうと、悪鬼どもを追い払うこともできなければ、目を覚まさないとじきに取り返しのつかないことになりそうな事態を止めることもできない……

　こんな悪夢から目ざめる。すると、じっとり汗ばんだ手で口をぴったりふさがれている。もうひとつ、暗闇で間近に口がある。自分のものではない口があえいでいる。ジェミーはもがき、半ば目を覚まして身をふりほどこうと全身を激しく動かす。しかし今度も悪夢はなかなか覚めてくれず、情け容赦のない腕が胴をぐいぐい締めつけてくる。悪夢は眠りよりひと呼吸分だけ長く居座る。だがその吸い込んだひと呼吸があまりにも深くて、今度は追い払えないかもしれないという恐怖が湧き上がってくる。そして思う。長いあいだおれの頭の中に隠れていやがった悪鬼どもが近頃しきりに顔を出すようになったが、そいつらが今度という今度は自由の身になって現実の世界に現われ、昔のようにおれと同じ本物の人間になってしまったら、こっちにはもう手の打ちようがない、と。

そのとおりだった。今度は本当に起こっている。ジェミーは完全に目を覚ました。自分以外に何人かがいて、そいつらのごつごつした手やら肩やら、髪の乱れた頭やら息やらが物置にぎっしり詰まって、押し合ったり小声で指図したりしている。一度など、くすくす笑いさえした。

がっちり羽交い締めにされ、頭から袋をかぶせられた。もみ殻だらけのざらざらした袋が口に貼りついて息が詰まる。悪夢の中でのように口がからからだ。そのまま引っ立てられて砂利道を下っていく。つまずいて倒れそうになると、周囲を取り囲んで一緒に小走りに進んでいく体のないささやき声の群に、ぐいっと引っ張り上げられる。とうとう悪鬼どもがジェミーの頭の中にある夢の空間で互いを見つけ出し、共通の獲物を発見して、力を合わせ、暗黒の片隅へとジェミーを引っさらっていくかのようだ。その暗い片隅で続けざまに平手打ちを食らわしてきた。顔を守ろうと両手を上げた拍子に倒れた。引き起こされ、倒れ、そうかと思うと、ふらふらと倒れる寸前のところを執拗にいたぶられ、もてあそばれる。殴る蹴るの逆上した暴力ではない。手で小突き回すだけだ。もう一度叩いて転ばしてやろうとジェミーを引き起こすときに、ひと声うなる以外は音も声も立てず、四方八方から襲いかかってくる。それ以外に聞こえる音と言えば、いくつもの口が吐き出す激しい息の音だけで、それがずた袋をかぶせられた耳にも大きく響く。

不意に足首まで水につかった。今度はよろめくとバシャッと水音がし、頭の中で月光が飛び散った。両腕をぐいっと後ろに引っ張られ、頭を押し下げられた。袋の中でわめく頭が水に突っ込まれ、袋の中の暗闇が泥水に変わる。泥水の中であえぐ。押さえている腕がゆるんで顔を上げたと思う間もなく、また水中へ。さらにもう一度。やめろと叫ぶと、まわりの連中は「シーッ」と言うが、これで事態が変わり、両腕を握っていた手がゆるんだ。

腕が自由になり、流れに両膝をつく。と、そのとき、聞き覚えのある声がした。ジョックの声だ。叫んでいる。

周囲の体が暗闇で入り乱れぶつかり合う。次の瞬間、ジェミーはあえぎあえぎまっすぐ立った。袋で息が苦しい。水の流れ落ちる泥だらけの袋が顔から引きはがされた。

第十三章

エレン・マッキバーは身じろぎをした。壁のむこうから、また悪夢にうなされるジェミーの叫び声が聞こえてきたのだ。最近ではほとんど毎夜のことになっていたから、エレンも初めは夢うつつのまま、子供たちが目をさましはしないかと耳を澄ましただけだった。ところが今夜はそれだけではすまなかった。ドスン、ドスンと続けざまに壁にぶつかる音がして、すっかり目がさめてしまった。手を伸ばし、暗がりで夫の腕にさわると、夫も猟銃を手にしてがばっと起き上がった。ベッドから出て窓辺へ行き、すばやくもうひとつの窓へ移る。エレンも胸を轟かせながら土間に足をついた。子供のひとりが目をさました。ジャネットだ。エレンは「シーッ」と言うと、すぐ腰を上げた。

ジャネットは暗闇の中で目をみはり、半身を起こして、窓辺にうずくまっている父のほうを見た。外から差し込むかすかな光で、父のこわばった顔と鈍く光る猟銃の銃身が見える。「どうしたの?」とジャネットはささやいた。

「シーッ」。またエレンが制した。

ジョックは小首をかしげている。何人か、かたまってこっそり出ていくのが見えた。この小屋に近づいてきたのではなく、遠ざかっていった。それもなぜか足を引きずるようなぎこちない妙な歩きかたで。四人か、たぶん五人、一緒に。

エレンに猟銃を渡し、モールスキンのズボンとブーツを履く。そのあいだ、エレンが夫に代わって窓辺に立ち、猟銃をかまえる。窓の外には何も見えない。夫の言う小人数の群というのは、坂の下の暗闇に呑み込まれてしまったようだ。こんなに不安がるなんて、いったい何を見たんだろう?

ジョックは猟銃を受け取り、薄闇の中でエレンの手に軽く触れ、静かにという意味の目くばせをしてから、扉のかんぬきをはずした。

「どうしたの?」。ジャネットがまた訊いた。

「シーッ。あとの二人が目をさますよ」

エレンが戸口へ行って扉をほんの少し開けると、月の光が、それから雑多な夜の音が流れ込んできたが、あとは何も起こらなかった。

「何でもないよ。また寝なさい」

扉は人がひとり通り抜けられるほど開けたままにしてあった。寝巻姿で裸足だったが、エレンはそのまま外へ出、背後でかんぬきが自然に下りるように扉を閉めた。

ジャネットは横に寝ているメグと、もうぶつぶつ寝言を言い始めたラクランとを起こさないよう土間にそっと降り立ち、すばやく戸口へ向かった。注意深くかんぬきを上げ、母と同じように裸足のまま、昼間とはまるで違って見える庭へと、思い切って踏み出した。

庭は月の光と、夜の虫や獣の声とで、見慣れぬ場所に様変わりしていた。頭上に浮かぶ大きな雲が、昼間より近く見える。裸足で踏みしめる地面も、日光のもとで見るのとは違って、何やら妙な、不穏な感じだ。小石もひとつひとつがいやに目につく。

母は坂を半分ほど下ったところで身じろぎもせずに立っていた。寝巻がかすかに揺れ、体が黒い影になって透けて見える。その体のずっしりした存在感に打たれて、母への思いが不意に湧き上がってきた。いつも感じるわけではないし、表に出すこともめったにない感情だったが、それがしめっぽい塊になって喉元にこみ上げてきたので、思わず母に声をかけた。母の寝巻はいっぱいに月の光を浴びて揺れているが、中の体は黒々と大きく、どっしり根を張ったようだ。むき出しなのに無力ではない。ジャネットの頭に、自分自身の体が思い浮かんだ。寝巻を透かして見える黒く細い影。だが恐ろしくはなく、むしろ胸が弾んでいた。

父は影も形もない。父を、そして母を、さらにはジャネット自身を、こうして誘い出したものが何であれ、それもまったく見えない。

ジャネットは息もせずに立っていた。少なくとも自分ではそう思えた。ふだんの昼間の感覚がすっかり失せてしまって、落ち着き払っている。それは、周囲の世界がいつもとはちがって張りつめた移ろいやすいものになったような印象を与えているからだった。ジャネットは思った――まわりがこんなふうに見えるのは、月の光をさえぎっては流れ、さえぎっては流れしていく雲のしわざというよりは、むしろ私が夢の世界から引きずってきた感覚のせいかもしれない、と。

このすべてを見ているのが、この私なんだ。

こういう思いも他の何事にも劣らず、ジャネットの目に映る周囲の世界に大きく影響していた。そして、こうも思った。見ているのはラクランじゃなくて、この私。

ほかの二人が家の中で眠りこけているときに、自分は外の暗がりにいる。そのことに突然気がついた。

しかし、危険だとは一瞬たりとも思わなかった。

母が振り向いて坂を登って来かけたが、ちょっと立ち止まって向こうを振り返り、それからまたこちらへ登ってきた。ジャネットが暗い中で扉の外に立っているのを見ても叱りはしなかった。

二人肩を並べて立ち、父とジェミーが坂を登ってくるのを見ていた。ジェミーはよろけ、父が片腕で抱きかかえるようにして支えてやっている。父が顔を上げてこちらを見た。その顔に浮かんだ表情は、絶対に忘れられないだろう。

父はジェミーを連れて二人の前を通り過ぎ、いつもジェミーが寝ている物置へと向かった。

「ジャネット、もう行きな」。母がジャネットに軽く触れて——たしか、さっきもこうして触ってくれたのではなかっただろうか——なだめるように言った。「さあ、寝床に戻って」

坂を下り切ったところでジョック・マッキバーが見たのがだれであったにせよ、逃げていくおぼろげな後ろ姿だけだった。皆、小川を渡ってしまっていたのだ。向こう岸のやぶをかき分け、踏みしだいて駆けていく音が聞こえた。追いかけても意味がない。それにジェミーを見てやらなければ。びしょぬれでぶるぶる震えている。結局、ジョックはジェミーを抱きかかえるようにして坂を登らなければならなかった。

猛然と坂を駆け下りてきたとき、まずジョックの頭をよぎったのは、あいつらと対面しなければならないときがついに来ちまった、とうとうやつらの化けの皮がはがされる、という恐怖に満ちた思いだった。しかし相手は逃げ去ることで、自分らをも、ジョックをも救った。臆病者めらが、とジョックは心の中で吐き捨てるように言った。だが、そういう自分だって、ほっとしてるじゃねえか？　自分でも震えていたが、できるだけジェミーを慰めてやった。そして、ジェミーに腕をつかまれ、すがりつかれたときにも、初めて身を引かずに受け止めてやった。

見上げると、坂の中ほどに妻が立っていた。今は顔を合わせたくない。それが妻にもわかったとみえて、くるりと後ろを向くと、ジャネットが裸足で立っている戸口のほうへ歩いていった。

そのときだ、ジョックが本物の恐怖と怒りに襲われたのは。なんだってこんな真夜中に、うちのやつや娘があんなとこに立ってなきゃなんねえんだ？　頭の上をでかい雲が流れてく、あんな暗い隅っこなんかに。ばかげたいじめにあって動転してる無力なやつを引きずって、おれが坂を登っていくのを、二人して身を寄せ合って眺めてるなんて。おまけに、いたぶった連中――近所のやつらだ！――はこそこそ家へ逃げ帰って、無事ベッドのかみさんの横にもぐり込もうとしてやがる。

ジョックは妻と娘の前を通り過ぎて、ジェミーを安全な物置へ連れていった。銃を脇へ置き、かびくさい暗がりへ二人で這い込み、一週間前なら、いや、一時間前でさえ、死んでもできないと思ったであろうことをやってのけた。暗闇で体を丸めて座り、震えているジェミーを引き寄せると、虫食いだらけの古毛布を二人の体に巻きつけたのだ。そして、自分にもたれたジェミーの体を感じ、激しく震える息づかいを聞き、そのにおいをかいでいた。外では小屋のまわりの空き地を月の光が照らし、小屋の中では妻や子供たちが待っている。

ジャネットは眠れぬまま暗い中に横たわっていたが、ずいぶん経ってから父が入ってきた。父が服を脱いでベッドに入り、声を殺して一瞬母と言葉を交わすのが聞こえたが、何を言っているかはわからなかった。翌朝、いつもと変わらず気むずかしい表情に鈍い動作の父は、何も言おうとはしなかった。それで、何が起きたにせよ――ジャネットはそれを見たとも言えるし、見なかったとも言える――それについて尋ねてはならないことがわかった。

ただ、昼間、一度だけ母がそっと近づいてきてキスをしてくれた。ほかのだれにも、ラクランにさえ教えない二人だけの秘密があることを確かめるかのように。しかし何があったのかはわからなかった。期待をこめて見上げたのだが、母は教えてくれなかった。

おそらくあれは慰めのつもりだったのだろう。それにしても、何の慰め?

ジャネットの額の、母が乾いたくちびるを押しあてたところが輝いていた。その後長いあいだ、ジャネットはそれを意識した。まるであの瞬間に、ある種の知恵が母から授けられたかのように。

のちのち思うようになった。あのときこそが、真の意味で自分が大人になった瞬間なのだ、と。その後ほどなくして経験した、もっとふつうの、しかしもっと恐ろしかった瞬間でさえ、あの瞬間ほど重要ではなかった。

第十四章

「イチジク系またはスモモ系の小型の果実。葉は楕円形で深緑色。若枝から得られる乳状の樹液に、傷を癒す効果あり。また別の、土着民が『オウライ』または『グレヴィア』と呼ぶ植物は、根の表皮をこそげて湿布に用いる。全体が楕円形で縁が鋸状の大きな葉が互生。通常、対になった小さな茶色の漿果《ベリー》が、細く短い果軸より下垂」

「『バーカバー』。広葉のリンゴ系の木。花は桃色と白色。果実は内部に種《たね》がぎっしり詰まり、味は幾分ドライ・バナナに似ている」

「草地に生える豆科の小さな匍匐《ほふく》植物。土着民は『カードロ』と呼ぶ。農耕用の茶の木に似た青い花をつけ、一本の茎から先のとがった細長い葉が三枚伸びている。根はニンジンに似ていなくもない」

どれもフレイザー牧師がフィールドノートに記したものだが、これを見ただけでは書いたときの様子は知る由もない。くっきりとしたカッパープレート書体の文字を見ても、イングランドはバークシアの畑に整然と並ぶキャベツの列のように几帳面に引かれた直線を見ても、説明に添えられた写生の細部に目をこらしても、その植物が今なお未開の原生林のものであることや、それを記録したのがどんな風体の男なのかまではわからない。どんな男か。その男、つまりフレイザー牧師は襟なしのシャツを着た大男で、つば広のフェルトの中折れ帽を今は脇へ置いているが、先ほどまでかぶっていた跡が汗まみれの額に赤い筋になって残っている。この一時間、起伏の多い斜面を猛然とよじ登ってきて、今ようやく熱帯雨林の中に切り開かれた空き地で丸太に腰を下ろし、新たな発見に胸を弾ませながら、ジェミーに教わったばかりの植物を記録しようと張り切っている。

細部まで念入りに写生し、学者気取りとも言えるほどの綿密な説明を書くためには、心をも手をも静めて集中しなければならない。それはまるで、自制の必要なこの厳しい作業を続けているうちに、心の中に切り開かれた空き地にようやくたどり着いて、見るとそこにはこれから記録しようとしている植物がガラス箱にきちんと収められていた、といった感じなのだ。

そんなフレイザー牧師を、ジェミーが感心し切って神妙に見守っている。ジェミーの舌が、自分も作業を手伝っているのだと言わんばかりに、牧師の手の動きに合わせて唇の隅でしきりに動く。牧師の絵はジェミーから見ると神秘的な意味を持っている。この絵は、おれが教えてあげた木や草を、フレイザー牧師さんが、この変な白人が、色や重さやにおいだけじゃなくて大本《おおもと》のたましいのところまで全部わかってしまったことの証《あかし》だ。ジェミーは先のふくれた球根、果実、葉といった具合に、ひとつの植物が徐々に姿を現わすのを、息もつかずに見入っている。自分自身の魂の動きをしばし止めて、本物の食べられる果実からその魂が抜け出し、幻影となって真っ白なページへ移るのに見とれている。

フレイザー牧師がこんなふうに集中して正確に作業を進められるのは持ち前の根気強さのおかげだ。

自分がのろまだが地道な性分であること、また、複雑でややこしい世の中についていくためには細かいところまで逐一、人一倍注意を払わなければならないことは、この土地の植物を初めて記録した日以来、承知してきた。しかし、夜、日記帳を取り出して、ランプの燃えるシューッという音を聞くともなく心を解き放ち、思いをめぐらすときには、昼間とはまったく違う心持ちになる。このときには字も行もくねくねと曲がったりよじれたりして、まるで別人が書いたようになる。思考と共に飛びはね、いきなり脇道にそれたかと思うと、身をひるがえして逆戻りし、何かを発見しては仰天して立ち止まり、踊り、足を蹴り上げ、大喜びで転げ回るのだ。

「この大陸は自然環境がきわめて厳しく、動植物にも恵まれないため、並々ならぬ克己心と不退転の決意と気概とをもって臨み、土地を切り拓き、祖国から持ち込んだ種をまき、羊や牛やウサギを運び入れ、空を飛ぶ鳥まで連れてこなければ、人の居住に適する土地にはなるまい、というわれわれの見かたは誤っている。ここは初めから人の住める土地なのである。初期の先輩入植者のことを振り返ってみると、種々の食物が豊富に見出し得る沿岸地帯であるにもかかわらず、死ぬほど腹を空かせていた。英国人の目でしか物を見られなかったがために、獣にも鳥にも果物にも恵まれた大自然のただ中にいるにもかかわらず、それを認識しそこない、真価を見出せずに終わった。既知のもの、予測可能なものに対するわれわれの認識や理解を助けてくれている習慣と能力そのものが、きわめて明白なものも含めて他の形態を有するものへの感受性を鈍らせてしまっているのである。われわれは目をこすって見つめなおし、自分が見たいと望んでいるものを心の中から追い払って、現実に眼前にある物をこそ見極められるようにしなければならない。この地の開拓の歴史を顧みると、未知の土地を探査する探検家たちが喉の渇きと空腹に倒れる一方で、その前後や一、二キロ離れた脇を進んでいく土着の民は、過去何世紀にもわたってやってきたようにこの土地のものを飲み食いして元気に生きているのだから、妙ではないか。かくあるべしとわれわれが思い描くとおりにこの土地がならないのであれば、あるがままを受け入れるよりは死んだほうがましだ、などと言い張るのは、どうしようもない思い上がりではないか。というのは、子らに必要なものをお与えくださろうとする神のご意志と御恵みは、どの大陸にも等しく向けられているという真理があるのだから。神は庭師であられ、その神がお創りになるものすべてが庭なのだ。この土地もいつの日にかわれわれに豊かな実りをもたらしてくれるものと私は信じている。その豊かな実りを持ち寄った大晩餐会の席にわれわれ皆が招かれ、共に祝うのだ。アメリカ大陸がトウモロコシやトマトやピーマンやルバーブやジャガイモを生んだように。ジャガイモは、もとはアンデスの高地に自生していた植物の苦い根であった。地元の女たちが幾星霜にもわたって実験と交配を重ね毒を取り除き、万人の食用に適する芋に育て上げた(この地のユリ根も、水に浸せば食用になることを土地の女たちは知っている)。

ここの子供らは、この地のために生まれてきた。この地がそういう子らのために創られたのと同様に。しかもこの地は、ここで生まれた子供にとってはすばらしい実りに恵まれた豊かな住処《すみか》なのである――たとえその豊かさの大半が依然われわれの目に見えないとしても。とはいえ神がアブラハムとその子孫に約束したカナンの地の『実り』も同様であった。豊かな実りどころか、土地そのものがどう見ても干上がって、見込みなど皆無だったのである。われわれも謙虚に頭《こうべ》を垂れ、アブラハムらを見習わねばならぬ。われわれにも、小麦や子羊やきゅうりの瓶詰めばかりでなく、この土地そのものの産物にも養われるときが来よう。そうした産物の素朴なうま味がようやくわかるようになり、それに含まれるミネラルや大地の秘密がわれわれの血となり肉となることを受け入れられるようになるときが来るだろう。そのとき初めて、われわれの体内に染みわたるものが、この地の真髄に対する深い理解へとつながり、不可知であるはずのものがどれも体内でなじみ深いものとなるのだ」

一瞬ペンを止め、いやはや、先走りした手に意外なところまで連れて来られてしまった、とたじろぐ。我に返ると、ランプの燃えるシューッという音が再び聞こえ出し、雲のような蓬髪《ほうはつ》の頭をうつむけて楽譜を読んでいる妻の姿が目に入った。戸口のむこうに広がる夜は、鳥の羽ばたきや、パッと種《たね》の弾け散るかすかな気配や、行き当たりばったりではあるが、それなりの秩序を持った獣の交尾と捕食の音にざわめいている。それは、祖国で慣れ親しんでいたものとはたしかに違うが、同じ自然という意味ではまったく変わらない。

ごく幼い頃から、自分にとって植物採集は絶対に裏切られることのない心の逃げ場だった。八人の兄姉と大きく年の離れた末っ子であった寂しさもあって、人間界では決して得られない秩序を植物の世界が与えてくれることを発見したのだ。植物を分類する「科」の概念にさえ、いたく感動した。リンゴとバラのように、一見驚くほどかけ離れた植物でも同じ科だというのだから。

よく夜中に歩き回った。暗がりへ忍び出ると、夏の森をさまよって、夜に花を開く植物を探したり、人間界が寝静まっているあいだに自分同様随所に出没する動物の生態を、なめらかな夜気と独得な色合いの澄んだ光とに包まれ、物陰から息をひそめて一心に観察したりする。そういう行為そのものが喜びの種でもあった。ほかの者の目が皆、閉じられ、あるいは夢という非現実的な世界にだけ向けられているあいだに、単に活動時間が違うからというだけで世界のうち人間にとって未知の部分を、自分はこうして訪れ探索している。

夜行性の動物。夜、花を咲かせる植物。それが、幼き日のフレイザー牧師の、まだ心の底に埋もれていた可能性に働きかけた。今、ジェミーと共に下生えをかき分けかき分け突き進むとき、あるいは膝まで草に埋もれながら大股に斜面をよじ登るとき、ふと思う——ある意味で、これはあの頃の続きだ。あの最初の頃の目で見れば、ここは地球の夜の側ではないか。とうとう見つけたのだ。それにここなら真っ昼間に探索できる。ここでの発見が自分にとってこれほど重みを持つのは、幼い頃のこんな経緯があるからなのか。

しばし日記に戻る。そこに見出せるのは、もはや原野ではなく果樹園だ。野生の果実だった「スモモ系」や「イチジク系」や「リンゴ系」が農業の世界に取り入れられて果樹園に整然と並び、はしごをかけて登った農園の人夫たちが背に早朝の日差しを浴びて手を差し伸べ、今にも摘み取ろうとしている。

「経緯儀をかついでこの大陸に分け入り、測量によってその広がりや輪郭を知ったところで、その結果は一面的なものにすぎない。はるか昔、われわれも——われわれの遠い祖先も——大草原をさまよい、そこから、単なる荒野から、愛馬の腹をなでる太古の野草を持ち帰っては種《たね》をより分け、実り豊かな品種に育て上げ、粉に挽いて日々のパンを焼く方法を編み出したのではなかったか？　野生のぶどうを手なづけ実らせてワインを作る方法を確立したのではなかったか？　定住地を造りあげ、男も女も隣人と共に食卓に着き、ささやかながらイエスの最後の晩餐を日々再現するようになったのではなかったか？　このすべてを、われわれもここでやり遂げることができる。これこそ、われわれがここにやって来た目的なのである。つまり、この土地をも、世界の庭の一部にすること。ただし、この土地ではなくわれわれ自身を変え、そうすることでこの世に豊かさと多様性を加えて。われらの気の毒な友人ジェミーは、その先駆者である。いかなる素性の持ち主であれ、もはや白人でもヨーロッパ人でもない。この地の真の子供なのである。今にそういう子供が大勢生まれてくることだろう。たしかにジェミーは極端な野生児であるし、自分が成し遂げたことを自覚してもいない。しかし、それすらもおそらくは主の意図されるところなのであろう。この地の真の子供の手本は、何よりも、だれよりも単純で明白な存在であるべきだとお考えなのだ。それはこの上なく感動的である。我が目で眼前の現実をしっかり見定めようとする者にとっては。『ジェミーはこの地を故郷《ふるさと》にすることによって、氏素性の境界を超えた』という偏見のない見かたをする者にとっては。むろん、臆病者ならば、こうした変化に対して……」

ペンを持つ手がインク壺の上でぴたりと止まった。ここまで自分を押し流してきた高揚感が不意にしぼんで、思考の流れが壁にぶつかってしまったのだ。

ある日——それほど前のことではない——いつものように午後の「植物採集」を終えて帰る途中、ジム・スイートマンに行き合った。丸々と太った三歳の孫娘に肩車をしてやっている。かなり甘やかされたわがままな子供で、よく肥えた小さな頬に埋もれた目は、脚をばたつかせ歓声を上げている今も、ときたまきらりと光るのがかろうじて見えるだけだ。祖父のスイートマンは背筋をぴんと伸ばし、孫の命じるままに右へ左へと円を描くように踊りながらこちらへやって来る。

「植物採集」の興奮が冷めやらぬフレイザー牧師はスイートマンに声をかけ、間近まで来ると双方でしばし立ち止まった。子供はつむじを曲げてじれったがり、祖父にまたポニー役を演じさせようと、しきりに蹴っている。その膝をスイートマンは辛抱強く両手で押さえ、孫の呼びかけに半ば応えながら——どうやらスイートマン自身も、孫との遊びに水を差されたことをいささか迷惑がりながら——牧師の話に耳を傾け、差し出された固い果実を受け取ったが、ひと口かじってみろという勧めには応じなかった。そこでフレイザー牧師が自分でひと口かじり、相手に種《たね》を見せた。

果樹園の話をしても、スイートマンの目は輝かない。それどころか、かえってばつの悪そうな顔をした。その瞬間、孫の両足のかかとがスイートマンの胸を激しく打った。

「ちょっと、やめなさい。おじいちゃんはお話をしているんだ」。思いのほかきつい口調になってしまったようだ。

子供の顔がくしゃくしゃになり、ひと息、大きく吸い込んだ。小さな体の重みのかかり具合が変わったことに気づいたスイートマンは、孫を肩から下ろして抱きかかえた。

しかし手遅れだった。子供は金切り声を上げて泣き出した。その効果に大満足の体《てい》で、あやそうがなだめようがいっこうに泣きやまない。フレイザー牧師は脇で見守りながら、子供の癇癪がおさまるのを待った。子供というものがいかにすさまじい暴君になり得るか、もう長いこと忘れていた。娘や息子が成人して、もうずいぶんになる。

子供はフレイザー牧師のほうをちらっと見てから、また金切り声を上げ、そのまま祖父の胸に顔をうずめて泣き続けた。スイートマンも打ちひしがれたような顔をして、あんたが悪いと言わんばかりにこちらを向いてかぶりを振る。このときのことを思い出すとしても、きっとこの幼女の悲嘆の涙ばかりが浮かんでくるのだろう。牧師から見せられた小さな固い果実など、何の意味も持たないのだ。

ジム・スイートマンは想像力などほとんどないような男だが、ほかの連中よりははるかにましだ。ほかの者に将来の夢を語ったところで無駄なことぐらい、フレイザー牧師にもわかっている。これまでにも一、二度、ジェミーと共に村へ歩いていく途中、村人に出会ったことがある。向こうの目に浮かんだ表情に気づき、続いて、それまで並んで歩いていたジェミーが歩調をゆるめて後ろへ離れていくのを感じた。ジェミーもこういうことにかけては目ざとい。なにしろ優しい男だから、きっとこちらの立場を守ってくれようとしたに違いない。

将来の夢に、どんなものでもいい、反応が得たければ、村人を飛び越してもっと上に訴えなければ。このことはこれまでの経験で思い知った。農民たちは自分がすでに知っていることしか理解できない。だから、だれに宛てるかもわからないまま、いちおう「報告書」だけは書き始めた。

すぐ前に座っている妻に、また目を向ける。頭を垂れて、ひざにのせた楽譜を読んでいる。ページを繰り、はらりと垂れてきたほつれ毛を手でかき上げる。

「何を弾いているのかね?」と訊いてみる。妻が頭の中で弾いている、ほとばしるような音色がかすかに聞こえたとでも言うように。「フィールドの曲かい?」。だが妻は顔を上げない。音符の波にかき消されて夫の問いが聞こえなかったようだ。

妻がピアノを弾いているとき、楽譜をめくってやるのが習慣になっている。いや、なっていた、と言うべきか。ここでは楽器のない生活に甘んじているのだ。何度も引っ越しをしたが、ピアノを持たせてやれなかったのは今度が初めてだ。妻も別に文句は言わないが、妻にとってはストレス解消に音楽が欠かせないこともわかっている。情熱的な夢想家の夫との支離滅裂な暮らしの中で、折にふれて感じるストレスの解消に。妻は――おそらくは「大の大人が夫婦そろって」と言われるような恥ずかしい事態を恐れて――夫の関心事に首を突っ込まないようにすることで、自分を守ってきた。夫も同様に、妻の情熱の対象には近づかないようにしている。たとえば娘たちや末っ子のエドワードに妻が書く手紙のことでは口を出さない。最後にあいさつの言葉を書き添えるだけだ。また、妻が定期的に受け取っている雑誌の中から好んで読む政治や経済の記事に目を通すことがあっても、それはその記事のテーマを妻と論じ合いたいからではなく、夫婦の心づかいとして、今妻がどんな考えを持ち、どんなことに関心を持っているかを知りたいからだ。妻がとくに興味を引かれた一節や、下線を引いた部分にじっくりと目を通すのは実に面白いが、どういう意味かわからないときのほうが多い。しかし音楽だけは違う。楽譜をめくってやっているとき、妻が楽譜のどの部分を弾いているかが正確にわかるし、自分だけでなく妻の感情も手に取るようにわかるから、二人の心の結びつきを実感できる。結婚して三十三年になる。夫の昇進――あるいは降格――による度重なる引っ越しで、夫と共にもう地球の裏側まで来てしまったし、本来の生活からは年々遠ざかる一方だ。「本来の生活」とは、子供たちとの生活のことだ。それは夫も知っている。妻のほうが頭がよいが、夫にそれを意識させるようなことはしない。「頭のよさ」は、夫が追い求めているもの――つまり神の啓示――とは何の関係もないことを承知しているのだ。夫の言う神の啓示とは、男女を問わず人間ひとりひとりに、動物一匹一匹に、植物ひとつひとつに、それぞれ特有の才能として表われる。まさに自然を研究している夫ならではの考えかただ。そうした天賦の才能は夫にもあるに違いない。夫だけが世界に示せる才能。夫がいなければ、この世に存在し得ない才能。

妻は楽譜をひざの上に広げて座っている。曲が終わった。夫の視線を感じてさっと目を上げ、しかめ面をして見せる。およそ六十代の女性とは思えない子供のようなおどけた顔で夫に舌を突き出し、両手を腰にあてて上体を大きく後ろへそらし、あくびをした。

村の女たちは初めて牧師の妻に会ったとき、ずいぶん貧相な女だと思った。しかし、妻が村へやって来る前に、伯爵だか公爵だかのいとこらしいといううわさが流れていたから、そんな高貴な血筋をうかがわせるものをちらりとでもいいから見たいものだと期待していた。こんな土地だから、銀のミルク入れや、紋章のついたスプーンのセットのような、ちょっとしたものでかまわない。上流階級の誇り、優雅な習慣、洗練された趣味をしのばせるものに接したかったのだ。牧師夫妻がひどい貧乏暮らしであることは問題ではなかった。それはフレイザー牧師のせいなのだから。

　ところが夫人は女たちのそんな安直な期待にまったく応えず、かえって独得のぞんざいなふるまいで皆を幻滅させさえし始めた。ほっそりとしてはいるがそばかすだらけの小女で、髪の毛がものすごく多い。かつては赤みがかった金髪であったものが今では赤さび色に褪せ、ぼうぼうと手に負えない上に、手入れも悪い。牧師の妻らしく村の子らの健康を気づかうといった務めをいちおう果たしてはいるものの、子供の名を必ずしも覚えていない。月に一度、娘のひとり――イギリスのオールダーショットに住んでいる上の娘――が送ってくる、本や雑誌の小包を受け取る（もうひとりの娘は同じくイギリスのプールに住んでいる。末っ子は息子で、カナダで教師をしている）。夫人みずからボーエンに出向いて汽船の波止場で受け取るのだが、まるで腹を空かせた子供が与えられたパンをいきなりむさぼり食うように、その場で小包のかどのところを引き破る。小包の中身に、それほど飢えているのだ。

　村の女たちは、娘を牧師の妻のところへ通わせて、刺繍や手芸といった洗練された技能を仕込んでもらいたいところだったが、夫人はごくふつうの針仕事でさえ苦手だった。それは牧師のシャツの縁のかがりかたやボタンのつけかたを見れば、すぐわかる。村の女の多くは貧しくて品の良さなどまるで持ち合わせていないが、夫人に比べれば家事にも長《た》けているし、趣味のよさを見分ける目も持っている。ただひとつ、フレイザー夫人は気取らないということだけは、だれの目にも確かだった。気取る女だったら、村の女たちは不平を鳴らしただろうが、気取らないとなると、今度は逆に、高貴な出だって話なのに、なんだか拍子抜けだわ、ということになる。こんな土地では、「高貴の出」のような一風変わった特徴のほうが、心のこもらない親切や慈善などよりよほどありがたい慰めになるのだが。

「大事な話があるんだけど」。夫人は寝台から、まだ服を脱いでいる夫に向かって言った。フレイザー牧師は驚いた顔をして、ワイシャツのまま近寄ってくると、妻の横に座った。寝る前のこうした二人の親密なひとときを心から大切にしているのだ。

「チャーリー、大変なことが起きたの。気を落ち着けて聞いてね」。夫人は一週間前にさかのぼって土着民がジェミーを訪れたことを話し、それからいきなりマッキバー家での襲撃のことに移ったので、フレイザー牧師は最初わけがわからなかった。

二つのできごとのつながりがわかってくるにつれて、頬が熱くなるのを感じた。あまりの浅ましさに憤りと羞恥心が湧いてきたことはたしかだが、現状をまったく把握していなかった自分をまたしても痛感させせられた個人的な間の悪さもあった。そんなこと、聞きも見もしなかったなあ。

「いったいだれがそんなことを?」

妻は答えない。村の男どもはおそらく恥じ入って今日は姿を隠しているのだろう。大忙しだったのは女たちのほうだ。

「あの子には悪意なんてないって、あなた考えてるわよね。そのとおりだとあたしも思う。悪気はまったくないのよ。でもね、村のみんなはこわがってて、それが問題なんだわ。みんながあの子に悪さをできない場所へ——それほど目立たないところへ——移して住まわしてあげるのがいいだろうって、スイートマンさんの奥さんが言うの。あの奥さんは物のわかった人よ。もちろん、ことはまったく別の場所へ、もし手配してあげられるならブリズベンへ行かせてあげれば、それが一番いいでしょう。でも、それまではハッチェンス夫人が引き取ってくれるって。夫人とももう話したのよ」

そういうふうに決まったのか。だれも、妻さえも、おれに相談すべきだとは思わなかったわけだ。

「チャーリー」と妻はやさしく言って、夫の手を取った。「さっさとやらなきゃならなかったのよ。これ以上マッキバー家の人たちにあの子を任せてはおけないわ。あの一家はもうずいぶん苦しんだんだし、子供たちのことも考えてやらなきゃ。ジェミーはたしかに害のない子よ。だけどね、あの子の存在そのものが危険なの。あの子が悪いんじゃないのに。かわいそうねえ。スイートマンさんの奥さんに任せるのが一番だったのよ。あの人の言うことなら、ほかのみんなも納得してくれるから。それに、ハッチェンス夫人のことなら、あなただってわかってるわよね」と明るい口調で言い添えた。「あの人相手にばかなまねをする者なんていないもの」

しかし牧師の心はいつまでも晴れなかった。唯一のなぐさめは、自分がなすべきことが何なのか、例の植物に関する「報告書」をだれ宛てにすべきなのかが、ようやくわかったことだった。

第十五章

蜂に蜜を集めさせているときには、だれも口をきかない。そんな印象をジャネットは持っていたが、実際にはハッチェンス夫人がゆっくりと、絶え間なくしゃべっていた。夫人がそんなことをするのはこの作業のときだけだし、べつに何かを伝えたいわけでもなく、ただの問わず語りにすぎない。特別な目的があるのでもない。夫人のおしゃべりは皆の気持ちを鎮めてくれる「音」なのだ。蜂と、夫人自身と、それから手伝いのジャネットがこの音に包まれ、ひとつになって作業にあたる。この作業には、蜂をも人をも包み込んでまとめてしまう、夫人の静かだが有無を言わせぬおしゃべりが必要なのだ。

もしも「あれはおもしろかったですよ。あの中国人の海賊のお話は」などと言ったら、夫人は驚いたことだろう。そして、そんな話、した覚えないわ、私の頭の中からいったいどうやってあなたへ伝わったのかしら、そういえば、たしかにそんな出来事だかその思い出だかが、あの辺にただよっていたかもしれないわねえ、と言っただろう。むしろ夫人は、黙っていたときに何か言ったと思い込むことが多くて、それがごたごたの原因になるときがあった（レオーナはそう信じていた）。逆に、本当に何か言ったのに、それと気づかないこともよくあった。

養蜂というのは独特な仕事だ。作業中は自分の一部が眠っていて、終わると爽やかに目がさめる。だからジャネットはこの仕事が心底好きで、今では蜂がなくてはならない存在ともなっている。蜂がいないと深く考えることができないとでも言うように。ハッチェンス夫人のことも、最初にして最高の友人だ、最高という点ではこれからもずっと変わらない、と思っている。

この年老いた女性はジャネットに奇妙な影響を与えていた。その影響のもとでなら、まわりの世界もペースを落としてくれるから、ジャネットでもなんとかついていかれる。つまり、ジャネットに言わせれば、物事を本当に見極める余裕ができる、見たものが自分の中に入ってきて、本来の姿を現わすのを目撃する時間ができるのだ。すばらしい影響だ、これは。これがなかったら、とうてい発見できずに終わっただろう、存在を確信できないまま終わっただろう、と思えるものがあった。

ジャネットとメグはジェミーを通してハッチェンス夫人と知り合った。ジェミーは夫人から呼ばれて、蜜蜂の巣箱を作ってほしいと頼まれた。そういうことには詳しいから、一、二度やぶへ入っていって、昔からこの辺にすんでいる針のない小型の蜜蜂の群を探し出してきた。それを夫人は自分の国から持ち込んだ蜂と共に飼っていた。

妹と共に初めてハッチェンス家を訪れたとき、ジャネットは母からことづかった贈り物を抱えていた。ボウルに入れた羊肉のゼリーで、固まった脂肪が表面を覆い、さらにその上から、ハエよけのため四隅にビーズの重りをつけたかぎ針編みのカバーがかけてあった。メグを従え、両手でボウルを胸の前に抱えて、町からの遠い道のりをそろりそろりと歩いてきた。夫人の家を見つけると、二人ともその立派なことに仰天し、ベランダへ通じる階段をのぼって暗く静かな室内に声をかけたが返事がないので、巣箱の置いてある谷へ通じる坂を下りていった。

夫人は遠くからでも見えた。ベールをつけた日よけ帽をかぶり、スカートのすそをたくし上げ、大きな長靴でのそりのそりと歩く姿は別人のようだ。そでから煙がもくもく湧き出ているから、その姿もぼんやりとしか見えない。ひと筋、斜めに差し込んでいる日の光を横切って飛ぶ蜜蜂は、まばゆい閃光のようだった。

ジャネットは夫人が何をしているかは知っていたから、理屈ではわからないことは何もなかったが、それでもその場面には心の片隅で何か引っかかるものがあった。ジャネットの考えの及ばない何かが。ボウルを下へ置き、痛む腕を楽にして、この光景と、それが自分の心の中に引き起こすかすかなざわめき——ざわめきと言っても、決していやな感じではない——とに集中したいところだが、とうていできそうにない。蟻どもがすでに足もとをうろつき回っているからだ。今は蜂の死骸を引きずっているが、早くもボウルのにおいをかぎつけて、中身は何なのかと偵察役の蟻が這い登ってきていた。それを片足で、さらにもう片方の足で、払いのけなければならなかった。

そんなわけで、ジャネットは夫人が作業をしている場所から一メートルと離れていないところで、ボウルを抱えたままメグと共に立っていた。メグはまだ蜂のことがこわくて、ジャネットの後ろに隠れていた。現に、とりわけ大胆なやつが一、二匹飛んできて、かぎ針編みのカバーにとまって歩き回っていたかと思うと、やがてジャネットの手にとまった。ハッチェンスさんったら、歌ってるわ、とジャネットは思った。だが、歌っていたのは蜂だったかもしれない。四方八方へパッと散っては点々と輝き、またいくつかの塊に寄り集まって突進する。煙のにおいが鼻をつき、メグがくしゃみをした。

「おや」と夫人が叫んだ。「あなた、どこの子?」。ジャネットひとりしか見えないようだ。夫人はこちらにやって来た。たくし上げた左右のそでのひだのあいだで、のたうちまわっている蜂もいれば、ベールに点々ととまっているのもいる。「こわくないからね」

「こわがってなんかいません」とジャネットは言った。しゃちこばっているのは、長いことボウルを抱えている両腕が痛いせいだ。

「そう?」

夫人はジャネットをじっと見つめた。

「それに、こわがる必要もないわ。蜂は煙で眠くなるの」。そう言うと、夫人は二人のほうへ煙を送った。

「あらあら、二人いたの」

その後、二人でハッチェンス家を頻繁に訪れるようになり、家の中や、そこに飾ってある貴重な品々を見せてもらうようになったが、ジャネットにとって何よりも大きな魅力を持っていたのは夫人自身と蜜蜂の巣箱だった。木々の下に置いてある巣箱は、閉ざされてひっそりとしているように見えるが、中では猛烈な活動が続いている。それは人間とはまったく別の独立した生活で、独自の組織と目的を持ち、複雑な儀式がいくつもからんでいる。そんな蜜蜂と関わっているときには、人間のほうが蜂のやりかたに完全に従わなければならず、そこのところをジャネットはいたく気に入っているのだった。

いっぽうメグは、ハッチェンス夫人と共に暮らしているレオーナに惹《ひ》かれていた。ジャネットも食卓で冗談を飛ばしたりからかい合ったりする皆とのつき合いを楽しんではいたが、巣箱のほうがもっと魅力があった。そしてこう考えた。蜜蜂の社会は全体でひとつの「心」を持っている。ほんの一瞬でいい、自分のこの心から抜け出して蜂の「心」の中に入り込めれば、天使であることがどういうことなのかが、ようやくわかるのだが、と。

こんな考えは「幻想」にすぎないと思っていたが、実はそうではなく、もっとたしかで現実的なものだった。蜂が興奮するのだ。ジャネットが無意識のうちに興奮させているらしい。これはジャネットの意志とはまったく関係のない外的なもので、夫人が作業をしているのを初めて見たときに始まった。

あの瞬間の感覚を思い起こすたびに、決まって両腕の痛みと、ボウルと、二重の覆いのことも浮かんでくる。二重の覆いというのは、固まって蓋のようになった脂肪と、ビーズの重しがついたかぎ針編みのカバーのことだ。地面を離れて、ふわりと浮き上がりたい、と思ったとしても、ジャネットはその二重の覆いで大地にしっかりとしばりつけられているのだった。だが、もっと強くあのときの感覚と結びついて思い出されてくるのは、蜂の立てる音だ。無数の毛むくじゃらの頭に鳴り響く、震えを帯びたひとつの言葉。それが全部合わさって、いっそう大きく響き渡るさまを思い出すのだ。だからジャネットは、個々の体を持つ蜂がいったい何者なのかだけでなく、なぜ存在するのかまで、即座に理解してしまった。とろりとした蜂蜜のことや、蜂がそれを周辺一帯から集めてきた花粉から作り上げる過程を。放たれた蜜蜂は、ユーカリノキやバンクシアの花、ユータクシアの茂みで蜜を吸い、花粉を集め、沼の水を飲み、それがぼってりとした黄金色の蜂蜜になる。スプーンですくい上げれば透明な糸となってゆっくり垂れ、いつまでも途切れることがない。

その後、ジャネットは夫人の助手になって、自分専用のベールつきの日よけ帽をかぶるようになり、じきにほとんど夫人に負けないほどまで腕を上げてしまった。しかしそれより前に、ある出来事が起こった。ジャネットがじっくり腰を据えて——結局、一生——この仕事に取り組むようになるきっかけとなった出来事が。

それはジェミーがハッチェンス家の小部屋に移ってまもなくのことだったから、ジャネットはもう「初心者」ではなかった。その日、蜂に蜜を集めさせる作業はすでに終わっていて、ジャネットもベールつきの帽子を脱いでいた。

いつになく蒸し暑くうっとうしい日で、ここ一時間というもの、緑の緑がかった銅《あかがね》色の雲がどんよりと垂れ込め、視界がきかない。不意に森の中で風の立つ音がしたが、こちらへは吹いてこなかった。と、ジャネットが今吸った息を吐く暇もなく、その息が叫びとなって出る間も置かずに、蜜蜂の群がわっとジャネットにたかった。空がにわかにかき曇って、いきなり夜になったような素早さだった。かろうじて自分の両手が、生きた豪華な毛皮の手袋に覆われるのを見る間はあったが、たちまち全身を覆われ、何百匹という蜂の立てる音がひとつに合わさって——ひとつの心となって——それがジャネットを激しく抱きしめた。

ジャネット自身の心は体の中でぴったり蓋を閉ざしてしまった。あらゆる感覚が失せて、自分の足が、輪郭の定かでなくなった両手が、今どこにあるのか、一瞬前にしていたように、ほの暗い森の中に今も立っているのか、それとも地面から浮き上がってしまったのか、まったくわからない。

蜂はお腹がいっぱいだから刺さないわよ、と心の声が言った。じっと立ってなさい、じっと。それはいつもの自分の心が発する声だった。

そこで、絵の中の人物のようにじっと立ち、息もしなかった。すべてをゆだねてしまった。

おまえはわれわれの花嫁だ。ジャネットのものとなった別の心が、地面の少し上でぶんぶん鳴り響き、揺れながらジャネットに話しかけてきた。ああ、そういうことなの！　蜂どもはねばっこい血の流れをかぎつけた。血を蜂蜜だと思ったのだ。たしかにそのとおりだ。

ハッチェンス夫人は、ジャネットからわずか三十センチほどのところにいた。ジェミーもそうだった。ジャネットは自分の体が立てている鈍い音のむこうから、二人が自分に呼びかけている声を聞いた。だが、こうなっては一メートル離れていようが一千年隔たっていようが、変わりがない。まったくない。ジャネットが少女であろうが、大人の女であろうが、木であろうが。ジャネットは眠りながら立っていた。まっすぐ。花嫁なのだ。それから、喉にいがらっぽい煙が流れ込んできたと思ったら、雲が晴れ始めた。そして、ほら、雲の裂け目から夫人が見えた。夫人の左右のそでから煙がもくもくと湧き出ている。ジェミーはぽかんと口をあけ、両腕で巣箱の木枠を抱えている。蜂は一匹ずつ、やがてひと握りほどの塊になって、外皮がボロボロはげ落ちるように離れていき、しまいにジャネットはまた自分の皮膚にだけ包まれて立っていた。その皮膚の、空気に触れているところが爽やかだ。今はもう、鈍重なやつらが二、三十匹残っているだけで、そいつらは足がからまったりして取り残され、大あわてにあわてて、毛むくじゃらの頭で突いたり足で蹴ったりしている。

ジャネットは夫人の両手が自分の肌に触れるのを感じた。もう何もついていない無傷の皮膚であるにもかかわらず、まったく別の新しい皮膚になったような気がする。夫人はおそるおそる介抱してくれ、ジェミーはあわれっぽい泣き声を立てていたが、そのあいだじゅうジャネットは少しぼうっとしていた。両足で地面をしっかり踏みしめ、なかば眠ったまま、蜂が行ってしまったことを残念がりながら。

それから何年もあとの話だが、ジャネットは蜂の専門家になる。ハッチェンス夫人にはおそらく思いもよらなかったような優秀な専門家に。雑種も含めてあらゆる品種を知り尽くし、新種さえひとつふたつ創り出した。ジャネットが名づけてやるまでは人類に知られることもなかった群を生み出したのだ。蜂という生き物に人生をささげて、日々実地の研究を重ねた。習性を調べ、データを集め、蜂と人間の長い関わり合いの歴史という知識を吸収し、あの瞬間、あの木の下で、この肉体を通して味わった、あのすばらしい経験について考え続けた。あのときジャネットの心は、一瞬ではあったが、蜂が作り出す肉体のない心となり、万物の変遷と神秘に引き込まれたのだった。

というのも、あのときジャネットを求めたのは蜂そのものではなかったからだ。蜂どもは羽をはやした小さな使いにすぎなかった。武装し、毛むくじゃらの頭をした小さな天使たち。もしあのときジャネットが動転し、取り乱したりしていたら、その場で刺し殺されてしまっていたかもしれない。巨体を揺すってぶざまに踏み込んできた愚かな闖入《ちんにゅう》者として。

だが、こうしたことは皆、まだ先のことだ。今、ジャネットは自分に降りかかった出来事の衝撃で、まだぼんやりしていたが、今度は夫人をなぐさめる側にまわった。腰を抜かした夫人は、突然ぐにゃりと溶けてしまった岩のようにへたり込んで泣きじゃくり、落ち着きを取り戻すまでしばらくかかった。

「気を鎮めてくださいな、おばさま」。ジャネットはいっぺんにいくつも年を取ってしまったような気がしたが、声はふだんと変わらなかった。「蜂は私に傷ひとつつけませんでした。なんにもしないってわかってましたし。前におばさまが教えてくださったことを、私、覚えてたんですから。お言葉のとおりでした、刺しませんでした」

夫人がジャネットほど蜂を信じていたわけではなかったことが、顔を見てわかった。

そう、ジャネットを救ったのは、それだった。固く信じる心が持つ力。単なるひとつの出来事を奇跡に変えてしまえるほどの信念の力。

ジャネットはなかば夢見ごこちで歩み寄り、巣箱を見つめた。どれも今はぴったりと蓋をされて、あの雲が、まだぶんぶんうなりながら四角な箱の中に閉じ込められている。それがさっきジャネットの全身を覆った。生きた暗黒。だから光明といえば、生きた粒子として、小さな炎の集まりとして蜂が作り上げた「皮膚」に覆われ、空洞と化したジャネットの内部から発せられていた光だけだった。

炎の皮膚に包まれながら、中にいるジャネットは終始冷静だった。そして炎が去っていったとき、ジャネットが取り戻したのは、新しい形を持った、以前より簡素な自分だった。新しい体を持って出てきたのだ。世界は——ここが大事なところなのだが——その体と極限まで交わってから解放した。そしてその体を、世界はこの先ずっと、いかなる状況でも壊せまい。

ハッチェンス夫人の目に、自分がちっとも変わっていないように映っていることは、ジャネットにとっては大きな驚きだった。自分の目から見たら、今こうして自分が入ってその二本の脚で立っているこの体は、少し前のものとはまったく違っているのに。

ジャネットは夫人の背後の、ほんの少し前に自分が立っていた場所に目をやった。そこに見えたのは、自分自身——色あせたスモックを着たおさげ髪の不細工な子供——ではなく、真っ黒に焼け焦げて、今なおくすぶっている切り株だった。目を移して、仰天したジェミーと視線が合った途端、確信した。切り株を見ているこの目は、ジェミーの目なのだ、と。

第十六章

ジェミーはあばら骨のあたりの打ち身や裂けて腫れ上がった唇の痛みがひどかったが、それにも増して精神的な打撃が大きく、半狂乱になることもあった。ハッチェンス家では裏手の小部屋をあてがわれた。真ん中に立って両腕を横へ大きく広げれば左右の壁に両手の指先が触れるほどちっぽけな部屋だったが、清潔だしペンキを塗り替えたばかりで明るいから、ちょうどいいだろう、と夫人とレオーナは考えた。しかし部屋のそっけなさと、いやに明るくて開放的なくせに狭苦しいところが、かえってジェミーの恐怖心をあおろうとは夢にも思わなかった。扉を閉められてしまうと、ジェミーは壁と壁にはさまれた狭い空間のどこに身を置けばよいのかわからなくなるのだ。

この部屋に折りたたみ式の寝台が置いてあって、ジェミーがこの家に引き取られてきたばかりの頃はレオーナが横に腰かけてはスープを飲ませてくれたり、ジェミーがつっかえつっかえ懸命に話すことをなんとかわかってやろうと耳を傾けてくれたりした。いすもひとつあり、その上にはししゅうをしたクッションが置いてあった。それから低い小さな整理ダンスもあって、これがジェミーにとっては最初から不安の種になっていた。

不安感が湧いてくるのは、心に踏み込まれ干渉されているような感じがするのは、何か夫人がタンスにしまったもののせいに違いない。初めジェミーはそう考えた。ある日、レオーナが外を見ると、なんとジェミーが吹雪の中で地面に座っているではないか。整理ダンスの引き出しに入れておいたシーツと枕カバーも外へ引きずり出している。それをまた部屋に持ち込んで引き出しに詰め込もうとしたが、うまく入らない。ジェミーったら、いったい何にとりつかれたの？　かんしゃくでも起こしたのかしら？　何かあたしたちのしたことが気にさわったんだろうかねえ？　夫人はジェミーを叱ったが、きつくは言わなかった。かわいそうなジェミーをこれ以上動揺させたくなかったのだ。そして、レオーナと二人で腕まくりをし、洗濯鍋に湯をわかして、午前中かかりきりでシーツと枕カバーを洗った。二度とこんなことにならないようにと、夫人はシーツも枕カバーも自分の部屋にしまった。引き出しが二つある、例の小さな整理ダンスには、それからは何も入れなかった。しかし、不安の原因が何だったのか、そのときまでに、もうジェミーにはわかっていた。

それはタンスそのものの板のにおいだった。ジェミーがふだんからよく知っているこの土地のものとはまったく違う材木から作られた板で、それが原因だとわかった瞬間、ジェミーは部屋を出、今の自分からも抜け出して、森の中の開墾地へと入っていった。そして、この場所はずっとおれを待ち続けていたんだ、と思った。おれがよろよろと踏み込んでいくのを待ち受けていた。そこに再び立ったジェミーの頭に、細かいおがくずが降り注ぎ、それが鼻水と混じり合って、鼻と喉を詰まらせた。

昔、遠い昔、ウィレットと暮らしていた頃よりさらに前。まだうじむしだった頃のこと。おれは汚くてちっぽけながきどもの群に混じって暮らしていた。息を吸ったり吐いたりするぼろ切れのかたまりみたいな連中だが、手は二つずつあるし、それでほうきを握ってぐいと押すだけの力もある。それが仕事だった。外が明るいあいだはずっと製材所の機械の下をはいずり回って、おがくずを掃いては木のおがくず受けへ入れる。細かいおがくずが、のこぎりの刃からひっきりなしに落ちてくる。そのにおいが、あのタンスの板のにおいなのだ。もうひとつ、もっとこってりしたにおいもあった。機械の底や、機械を床に固定しているボルトのまわりにたまる、べっとりとした油のにおい。その油を爪でこそげ取り、おがくずと混ぜ合わせて食っていた。あれ以来、あんなうまいものは食ったことがない。ジェミーは呆然として、それを、松材の小さな整理ダンスを見つめた。今ならもも辺までしかないが、あの頃の自分なら背丈とほとんど変わらないちっぽけな整理ダンスを。これだけの記憶を全部呼び覚ましたタンスを。

狭苦しい小部屋を夕闇が覆うと、そのタンスが動き出した。あのにおいがジェミーのほうへ漂ってきて、製材機の金切り声が聞こえ出した。あの機械は一日中、耳をつんざくようなうなりを上げていたから、スイッチが切られても、うなりだけはまだ耳の奥で続いていたものだ。それから、暗闇の中で仲間を求めて手探りする。みんなあれから、この世のいったいどんなところへ身を落ち着けたんだろう？　仲間のやせてとがった小さなひじやひざがジェミーの体に当たる。がきどももみんなが製材機の脚のあいだで丸まって身を寄せ合い、鼻水をすする音や息を吸ったり吐いたりする音、ぶつぶつつぶやく声を聞きながら分かち合った温かみと寝息は、あれきり二度と再び経験していないのに、この体が忘れていなかった。あいつら、どこへ行ったろう？　あの仲間たちは？　おれは五つか六つの、昔からその辺によくいるやせっぽっちの坊主になったとき、「ウィレットの小僧」にされたが、やつらは何になったろう？　その晩、眠りながら、ジェミーの全身が夜通し仲間の体を探し求めていた。

そのうち、部屋がジェミーに魔法をかけ始めた。壁と壁のあいだでぐっしょり汗をかき、マッキバー家の物置で見ていたのとも、土着民と暮らしていたときに見たのとも違う夢を見るようになった。また別の暮らしをしていた頃の夢、違う悪魔たちの出てくる夢。さまざまな部屋に棲《す》む悪魔どもの夢を。

暗闇の中で、ひび割れた皮のブーツに出っくわすのは、とてつもなくおそろしい。ひもを通す穴は全部ちぎれ、くつひもがだらりと垂れ、ゆるんだ舌革《べろ》は黒こげで、革の焼けるにおいがする。

ウィレットのブーツだ。だが、ブーツだけが暖炉の前に立てかけてあって、炎に照らされている。それを脱いだばかりのウィレットは、靴下のまま部屋の中をぶらぶら歩き回っている。片方の靴下には穴があいていて、親指が突き出ている。猛烈なあくの強さと大きなだみ声で部屋がいっぱいになる。ウィレット。問答無用の命令を放つ主《あるじ》。罵声に殴打に怒声、それから、よだれだらけのキスの主《ぬし》でもある。ジェミーの記憶に刻みつけられた最初の人物。それ以前のことは、ただの暗闇と、「うじむし」としての暮らしと、製材機の巨大な脚しか覚えていない。こうしてウィレットのブーツを上手に立てかけて、焦がさないように乾かすのがジェミーの役目なのだが、そのブーツから目を上げると、そこには暖炉の炎の光を受けてウィレット本人が立っている。赤毛の巨漢で、もじゃもじゃの太い眉と、部屋のすみずみにまで響き渡る声をしている。ジェミーの世界を支配する荒々しい神であり悪魔でもある男。ジェミーが触るものになら何であれ、このウィレットの手が触れたあとと、においと息とがこびりついている。

ブーツ？　ウィレットのだ。長いクレーパイプ？　ウィレットのだ。ご機嫌がよければ、一回だけぐーっと吸わせてくれる。

黒くなったフライパンはウィレットの夕食を作るのに使う。うまそうな太いソーセージだ。ジェミー自身の夕食も一緒にできる。ソーセージをいためたフライパンから、指やパンの皮で脂をこそげ取って食う。

ウィレットの皮砥《かわと》。土曜の夜、ジェミーがウィレットのかみそりを研ぐのに使うが、ジェミーが悪さをしたときにも登場する。これでウィレットから、背中を思いきりひっぱたかれるのだ。それに石けん。これで洗うと、ウィレットの両手は息が詰まるほど甘いにおいになる。

ジェミーは「ウィレットの小僧」だ。あのブーツが「ウィレットのブーツ」であるように。ジェミー自身のものなどひとつもない。「ジェミー」という名前だろうが何だろうが、すべてウィレットから与えられた。もっとも、「ジェミー」と呼んでもらえればいい方で、ふだんはただの「ぼうず」だった。

ウィレットの仕事はネズミ捕りで、ケッチという名のブルドッグと、二匹のケナガイタチを飼っている。イタチに名前があったとしても忘れてしまった。

これよりましな生活は経験したことがないから、想像すらできない。ジェミーの知っている触れ合いらしい触れ合いと言えば、ウィレットがたまに示す親愛の情だけで、ほかに愛情の対象もないから、ウィレットに熱烈な愛情を抱いている。同時に恐怖心も抱いていて、それもとりわけ強烈だ。迷子になりやしないか、いつかウィレットに捨てられて、自分にとっては全世界だと思えるもの――ケッチ、イタチ、ウィレットが我が物顔にのし歩く裏町、かみそり、花壇のように甘い香りを放つウィレットの両手、ウィレットの罵声、キス、フライパンの温かい脂、暖炉の炎に照らされてだらりと垂れているブーツのひもと舌革《べろ》、「ジェミー」という名前、ひとりの少年として、「ウィレットの小僧」としての存在――をひとつ残らず奪い去られやしないか、という恐怖だ。

部屋の片隅には形も大きさもさまざまなカギが積んであった。ジェミーのひじから手首ぐらいまである長いやつもある。カギの山は、ウィレットが毎週毎週新たに買ってくるカギで、さらにうず高くなっていく。くず屋の店先に置いてある箱や、川岸の市場の屋台をあさって、あれこれ掌に載せては重みを見たり、鍵穴に入れて回すふりをしたりして、くすくす笑いながら選ぶのだ。こういうカギで開けられるものは、部屋の扉だろうが、大きな衣装箱だろうが、小箱だろうが、見せてもらったためしがない。きっとこの自分には決して見せない秘密の生活でウィレットが使っているのだ、とジェミーは信じている。せいぜい、夜、自分が眠っているあいだにウィレットがこっそり忍び出て、そうした秘密の部屋へ出かけて行き、カギで衣装箱や小箱を開けて、さも満足そうに中身を眺めているに違いないと想像するくらいが関の山だ。箱の中身が何なのかまでは見当もつかない。それはこの自分が見たこともない世界のもの、ウィレットが明かしてくれないものだ。

なんとか目をさましていようとジェミーは頬をつねる。ウィレットのあとをつけていって、どこへ行くのか見届けてやろう。しかし疲れ切っているから、マットレス代わりの麻袋に横になった途端に寝入ってしまう。こんな想像もする――あのカギの中から一本盗んでおいて、そのカギの合う扉を見つけ、部屋に入って大きな箱の蓋をあけ、中に入り込んで蓋を閉め、暗闇で両手を組み、ウィレットが現われるのを固唾をのんで待つ。扉の開く音がする。ブーツをはいたウィレットが、足を引きずって近づいてくる音がする。ひとすじ、光が差し込んだと思う間もなく蓋が開き、甘い花の香りがする。ジェミーは暗がりで目をぎゅっとつぶったまま、「なんだ、ぼうず、こんなとこにいやがったのか」という声が聞こえるのを待つ。待ちに待つ。ハッチェンス家のきれいな小部屋に置いてある整理ダンスの引き出しの中で、ジェミーは胸の上に手を組み、息をこらし、頬を涙でぬらしている。

週六日、雨が降ろうが晴れようが、ウィレットはジェミーらを引き連れて公園へ、リージェンツパークへ出かけていく。そこの池のネズミをつかまえるのがウィレットの仕事なのだ。ジェミーの役目はというと、ネズミを獲るイタチの手助けをしてやることと、一日の終わりにイタチをおりに入れて水をやり、ウィレットのブーツを乾かし、ブルドッグのケッチの引きひもについている真鍮の金具をみがくことだ。それが全部すむと、ガス灯がともったばかりの街へ飛び出して、夕食のビールを買いにいく。

何か痛快ないたずらの種はないかと人ごみを縫って駆け回る裸足の悪童ども。それに混じって走っていくジェミーには帰る場所がある。ちゃんとご主人さまのいる「小僧」なのだ。手に持っているジョッキがその立派な証《あかし》だ。行きは空っぽだから好きなだけ飛んだり跳ねたりできるが、帰りはビールがいっぱい入っているので、こぼれるといけない。

根が陽気なほうだから、見物《みもの》聞き物に事欠かない騒々しい通りを、つかの間でも自由に飛び回れることがうれしくて、人ごみをかいくぐるように駆けていく。凍えるほど寒い日には、荷馬車からひらりと身をかわして御者に罵声を浴びせる。丸石を敷き詰めたぬかるみの道では、荷の荷馬車につながれて立っている馬やロバの尻から目を離さずに行く。尻の穴が一瞬きゅっとすぼまると、そこから糞がどさどさ落ちてきて、もうもうたる湯気を上げる。冷めてしまわないうちにと大急ぎで踏みつけ、凍える足を温める。事故があったり、ちんぴらどもが野次馬にけしかけられて殴り合いをしていたりすれば、血が見られるぞと立ち止まって見物する。また、ブリキ缶にちっぽけな火を燃やしてカチンカチンと小槌を振るう鋳掛《いか》け屋の手元をのぞき込んだり、顔なじみのマフィン売りとののしり合いを楽しんだり、演芸場の入り口で、中から漏れてくる音楽に耳を傾けたりもする。そうは言っても、ウィレットがかんかんに怒るから、いつもちょっと立ち止まるだけだ。

ウィレットは週末に行なわれるネズミ相撲にネズミを提供している。ネズミ捕りの副業だ。「ウィレットの小僧」であるジェミーは、鉄の蓋のついたかごからネズミをつかみ出してリングに投げ入れる役目を果たしては、小遣い銭をもらっている。

ネズミには慣れているのだが、これは実にいやな仕事だった。ウィレットは胸ポケットから赤いハンカチをのぞかせ、ていねいにブラシをかけた帽子をかぶってすっかりめかし込み、ジェミーにはキャラウェイ油をすり込んでやっておいてから、なだめたりすかしたり凄んで見せたりする。いいか、おびえた顔なんかすんじゃねえぞ。ジェミーが怖じ気づくと（もちろん、紳士がたからは見えない所でだが）、しゃがれ声でおどし、脇腹をぎゅっとつねる。このおどしにたいそう効き目があることはわかっているのだが、やはりこわくてしかたがない。

妙に温かくてどぶくさいかごの中の濃厚な暗がりに片腕を突っ込み、ドブネズミをつかみ出す。ネズミどもはキーキー叫んで互いの背中を這い回ったり、おそろしいキバをむき出してかかってきたりする。あちこち噛まれた傷がうみただれる。両手はひっかき傷だらけだし、片方の親指は、噛みついたネズミの歯が突き抜けたことさえある。耳にも噛み傷がある。うまいこと手をすり抜けたネズミが、木の幹を駆け上がるリスのようにジェミーの体を這い登り、鋭い爪で髪にしがみつくのだ。それをヴィレットが苦心惨憺引きはがす。ズボンもひざのところを紐でしっかりしばっておかないと、中を這い登ってくることがある。

ジェミーは粘り強い小僧っこだ。もっぱらそういう評判を取っている。自分でもそれが自慢で、ふんぞり返って歩いては喝采を浴びることも覚えた。ただ、夜になって、積み重ねた麻袋の上に丸まって眠っていると、夢の中で巨大なネズミの大群が現われる。悲鳴を上げると、目を覚まされたヴィレットがひっぱたくから、イタチを一匹シャツの中に入れ、抱いて寝る。そうすればイタチのにおいでネズミも追い払えると思って。

こんな毎日を送っている。これ以外の暮らしは想像もつかない。ジェミーは口うるさい老人のようにヴィレットの世話を焼き、家事も誇らしげにこなし、何匹もネズミが捕れることを自慢にしている。

外の通りで出くわすちょっとした出来事も、気晴らしとして楽しんでいる。ウィレットは素面《しらふ》のとき、落ち込んでさえいなければ、いたってのんきな男だ。一緒に楽しいひとときを過ごすこともある。特にウィレットの女であるマッグといるときは、それはそれは愉快だ。ときおり、三人で飲んでいるときなど、ウィレットがけしかけて、マッグがジェミーを大きな赤ん坊のようにひざに抱き上げ、乳房を口に含ませたり、シャツの下に手を突っ込んでジェミーの一物をもてあそんでは金切り声をあげさせたりする。これにはウィレットも大喜びだ。しかしある晩、いつものようにこっぴどくウィレットに殴られた。ジェミーはウィレットがいびきをかき始めるのを待ち、その晩は自分もビールを飲んだためにまだぼんやりしている頭で起き上がると、イタチを二匹ともかごから出し、部屋の真ん中にごみを掃き集め、火口《ほくち》を見つけてきてごみの山に火をつけた。ざまあ見ろ。ごみに火がつくのを見つめながらジェミーは思う。いったいどういうつもりでこんなことをするのか、仮に考えたとしてもわからないだろう。たぶん何も考えてはいまい。十一歳か十二歳で、そろそろ心の陰の部分もうごめき始める年頃だ。うらみもある。

突っ立ったまま、糸のような煙が立ち昇るのを見つめる。煙と煙がからみ合い、濃くなっていく。小さな炎が立ち始めると、ジェミーの口元に笑みが浮かぶ。壁で鮮やかな赤い色が踊り、炎がたわむれるように伸び縮みする。その様子があまりにも楽しげで変化に富んでいるものだから、なかば夢見心地、なかば興奮状態で、全身に鳥肌が立つ。はっと我に返ると、軽々しく気楽な足どりでウィレットのところへ行き、寝ている体を蹴る。部屋の変わり様を見せて、上出来だとほめてもらうつもりなのかもしれない。しかしウィレットはうーんとうなるだけで身動きひとつしない。

イタチどもはもう走り回っている。イスの背の上をころげたり壁に飛びついたりして、毛の逆立った背中が赤く照らされている。ジェミーもあわて始める。炎が自分の背丈より高くなった。駆け寄って踏み消そうとするが、足の裏が熱くてだめだ。毛布を引っつかんで消そうとするが、炎は毛布の下からはみ出して毛布へ燃え移り、雨のように火の粉が散る。やむなく毛布も投げ捨てる。部屋じゅうが真っ赤に輝いている、汗をかいている。壁紙を伝って油がしたたり落ちる。イタチどもが足もとで気が狂ったように暴れ回っている。しまいに濃い煙に巻かれて息が詰まり、もう窓を開けることしか考えられない。窓を開け放つと、冷たい風が吹きつけ、背後で部屋が轟音を上げる。夜の闇へ飛び出し、走って走って走り、見覚えのある通り、顔なじみのいる通りを全部通り越して、その先へとさらに突き進む。

自分の世界を飛び出してしまったことに気づいていない。今、抜けていく道は丸石が敷き詰められ、あちこちに曲がり角がある。あてもなく、しかし足早に行く。見も知らぬ場所に来て、名前も顔も知らない通行人を避けているのだ。やがて人っ子ひとりいない町はずれまでやって来る。窓をレンガでふさいだ高い建物。それに、たぶんあれは船の帆や帆綱だろう。頭の中ではまだ轟音が響いている。両手で耳をふさぎ、両足をどぶに浸して、しばらく座り込む。頭の中は真っ赤な炎だけ。それから、とある家の玄関口に這い込んで寝入る。

夜中に一度、背が低く目つきのけわしいくず屋がやって来て、ジェミーのえり首を引っつかむと、麻袋に押し込もうとしたが、振り切って逃げ、ロープをよじ登り、箱の中へ転げ落ち、そこでまた死んだように眠る。

目がさめると、冷たい朝日が頬に当たっていた。箱には蓋がない。だが、こういう夢でいつもやっているように、身じろぎもせずに横たわったまま、ウィレットに見つけられるのを待っている。「ああ、こんなとこにいやがったのか」

しかしやって来たのはウィレットではなかった。十八か十九くらいの、薄茶色の髪をした、図体のばかでかい奴だった。青い毛糸の帽子をかぶり、無精ひげをはやし、歯が一本もない。そいつがジェミーのえり首をつかんで引っ張り上げたものだから、ジェミーは肉屋の店先に吊るされたウサギのようにぶら下がった。巨漢はジェミーの顔を自分の鼻先へ持ってきた。ジェミーの脚がぶらぶら揺れている。若者の口が開いて、どなり声が飛び出してきた。「船長！」

自由の身になりたかったわけではない。何かを終わらせようとしたわけでもない。ジェミーは青い帽子の若者に吊し上げられて、自分の体が右へ、左へと大きく揺れるのを感じた。そして若者の肩ごしに見えたものに震え上がった。ガス灯も家もない、あるのはただただ灰白色の広がりだけ。そこを、まるでジェミーの背後で全世界が燃えているかのように煙が流れていく。

やがてこのだだっぴろい空っぽの世界と共に過ごす暮らしにもなじむようになるが、これを初めて見たときには度肝を抜かれたものだ。ジェミーは我が身を解き放ち、世界もそんなジェミーと共に逃げてきた。自分の居場所もわからず宙ぶらりんで、ウィレットが再び姿を現わすまでずっとそのままでいるだろう。焦げくさいにおいを放ち、眉を燃え上がらせ、黒こげのブーツを靴ひもで首からぶら下げたウィレットが再び姿を見せて、ジェミーに罵声を浴びせかけ、ぶんなぐり、ひと声うなり声を発して連れ戻していくまで。きっとそうなると、いつもいつも信じておびえ続けていた。今でもそうだ。ウィレットのまったくいない世界など思いもよらないのだ。

そのウィレットのブーツが、また目の前に現われるようになった。ジェミーにとってはものすごい現実味を持って。革のひびのひとつひとつが燃え上がり、ひもがだらりと垂れ、舌革《べろ》がだらしなく顔をのぞかせて。ウィレットの姿こそ見えなかったが、声だけはよく聞いた。部屋の隅でぶつくさ言う声を。においもした。焦げと汗の入り混じった臭気、そしてしまいには、あの花のにおいも。そんなとき、ジェミーは固く目をつぶり、胸の上で両手を組み、暑い暗闇の中で涙に頬をぬらしている。「ああ、こんなとこにいやがったのか!」

どこに？　どこに行っていたのか？

二年間は船に乗っていた。三年だったかもしれない。いろいろな船に乗った。ギャネット号とかニューカッスルの星号だとかチャールストン号だとか。いちばん最後のがパミュケール号だ。目立たないようおとなしくしていて、食い物だけはたらふく食ったが、よくいびられた。とくにモウジーとアイルランド野郎にはひどい目に遭わされた。

パミュケール号に乗り組んでいた大工のクラウチじいさんはいい人だった。賛美歌を歌いながら仕事をするのが好きで、娘が二人いた。娘のひとりは泳ぎが得意で、じいさんは「シルキー」と呼んでいた。シルキーは水に飛び込むとあざらしみたいになるんだそうだ。このじいさんから、のみやかんなや水準器の使いかたを教わった。ある日、ひどく具合が悪くて、自分の身に降りかかることになどかまっている余裕もなく、今どこにいるかもわからないまま——そんなんで、ウィレットがどうやって見つけ出してくれるっていうんだ？——やつらに海へ放り出された。頭上でかしぎ、きしる船体の涼しい影から漂い出、手すりごしにこちらを見ているやつらの顔もだんだん遠ざかっていった。日に焼かれながら浮かんでいると、太陽がものすごい勢いで昇っていくのを感じた。大空にただひとつ燃える炎。それまでの記憶やイメージがすべて、みるみる縮んでいって、頭蓋骨の中で激しく上下に揺れるひとつの黒点になった。

こうした幻影がジェミーを過去に引きずり戻し、初めて体験したときの感覚をよみがえらせては責めさいなみ、うちのめし、弱らせた。ハッチェンス夫人がどんなにやさしくしてくれようと、レオーナがどんなに手厚く看護してくれようと、ジェミーはマッキバー家の物置と子供たちを、とくにラクランを、ますます恋しがるようになった。メグとジャネットも恋しかったが、二人にはほとんど毎日会える。それに二人はハッチェンス家では以前とは違うことに熱中している。台所の食卓でのつき合いだ。ジェミーにとっては、ヘクターやあの教師の存在といい、早口のおしゃべりといい、にぎやかな笑いや冗談といい、わけのわからないことばかりだから、加わる気になれない。そのうち健康を害し、やがて、この具合の悪さはフレイザー牧師とあの教師が何ヵ月も前に自分の生い立ちを書きつけた、あの紙のせいだと気づいた。あれ以来、昔の自分が経験した出来事が次々に浮かんできては、こんな魔法のなぐり書きのままにしておかないでくれ、本物の苦痛と喜びと悲嘆に戻してくれ、戻してくれ、としきりに訴えるようになった。おかげでジェミーはひどく苦しみ、それが弱りに弱った今の心と体には耐えがたい。

あの紙のことがいよいよ頭から離れなくなった。全部で七枚。枚数も忘れてはいない。フレイザー牧師が折りたたんでポケットに入れた。あれ以来、見ていない。そして確信した。これだけの苦しみと絶望と汗からこの身を救うには、あれを取り戻すよりほかにない、と。どこかにあるはずだ。あの紙は。牧師のところか学校に。そこへ行く力がありさえすれば。だが、やつらが魔法をかけてジェミーから抜き取ってしまったもの、それはほかならぬ、その力だった。

第十七章

周囲を見回したときには、もう自分の世界は崩れ去っていた——ラクラン・ビーティにはそんなふうに思えた。仲間の少年グループの雰囲気がやけにとげとげしいのだ。父親たちの村のおきては少年のあいだでもそのまま生きている。ただ、大人なら自分の欠点も皆の欠点もいやというほど知っているから絶対服従すべきおきてには否応なく従うが、少年たちの場合そうはいかない。仲間うちで一番小柄であるにもかかわらず皆ににらみをきかせてジェフ・マーカットだのコーコラン家の弟たちだのを従えてきたラクランを、好機到来と見た仲間が追い落とそうとしていた。

　火の玉のような気性のラクランは、グループに入ったばかりの頃、年上の連中によくからかわれた。ほんのちょっとけしかけるだけで顔を真っ赤にして飛びかかってくるから面白いのだ。皆やり返しはするが年がはるかに上だから、さもうっとうしそうな見下した態度で「やめろよ、このばか！」と物憂げに言う。そこへすかさず頭を下げ、相手のこぶしの下へもぐり込むように突進し、しまいには相手をへとへとにさせてしまう。それでだれもが思い知るのだった。家へ帰る道すがら、ヘクター・ゴスパーは言ったものだ。「ほんと、おめえ気が狂ってるよ！」

当時のヘクターは、もうあと少しで大人の仲間入りをする青年のグループ——郵便局のベランダにたむろしているグループ——にはまだ入っていなかった。村のしきたりによれば、少なくとも人前では十歳の小僧っ子など無視すべきなのだが、ヘクターは最初から年下のラクランに目をかけてやっていた。なじみのない土地に来たばかりでみじめだったラクランはありがたいとは思ったが、最初は用心していた。スコットランドなまりをからかわれている自分にみつくちのヘクターが、いわば同類の憐れみを示しているのではないかと勘ぐったのだ。

しかしこんなふうに考えるのはあまりにも意地が悪いし、ヘクターがいかにもざっくばらんで、自分のように隠し立てをする性格でないことがすぐにわかったから、我ながら恥ずかしかった。すでに兆していた自意識の強さがわざわいして、いつもつい人を疑っては雰囲気や関係をぶちこわしにしてしまう。だがそのうちヘクターのことが心底好きになって頼りにもするようになった。そこへジェミーが現われて二人の関係がぎくしゃくし始めたから困ったことになった。

グループのほかの連中にとっては、今度はジェミーいじめがラクランをけしかける絶好のきっかけとなった。スコットランドなまりは、お楽しみのねたとしてはもう新味がなくなっていたのだ。これはまだジェミーが金魚の糞よろしくラクランのあとを追って歩いていた頃のこと——ラクランも柵のところで初めて出会った瞬間の興奮がさめやらず、ジェミーを見せびらかしてはふんぞり返って歩いていた頃のことだ。

ラクランが仲間の挑発に乗って取っ組み合いのけんかが始まっても、ヘクターは知らぬふりをしていた。もうそんな年ではないのだ。とはいえ、ヘクターもジェミーに恥をかかされたあの最初の日のことをまだ忘れられずにいたから、ほかの者がまわりにいる限りラクランには冷たく当たって、それがラクランにはひどくこたえた。だが、どうなってもジェミーを守ってやらなければ名誉がすたる。ヘクターのあざけりをできるだけ無視していたが、ある日とうとう我慢ができなくなって口ごたえをしてしまった。

馬鹿なことをした。ほかの連中が大勢まわりにいて、興味津々なりゆきを見守っている。ヘクターも、このことはお互い了解ずみとばかり思っていたのに裏切られて怒り狂い、売られたけんかを受けて立つしかなくなってわめいた。「なんだよ？　なんだってんだ？」。最初の「なんだよ」が鼻に抜けて、かすかに甲高い音が混じった。我を忘れたとき以外はうまく隠せるようになったみつくちの名残だ。

ラクランには大打撃だった。このしくじりをなかったことにできるなら何でもする、という心境だったが、「来い、ジェミー」とだけ言って立ち去った。だがもう取り返しがつかない。それからというもの、ヘクターとは気まずくなってしまって、皆の前では互いに本心でないとわかっていながら、いがみ合っているふりをしなければならなくなった。仲間の目さえなければ、多少気づまりではあるものの、以前どおりの仲のよさに戻る。そんなとき、二人の暗黙のルールがわからないジェミーは首をひねり、なぜかラクランの態度がころりと変わるのを見て傷つくこともあった。

しかしついにヘクターが少年グループを卒業して同じ年頃の仲間とつき合い始めるときが来た。そのときラクランは十三歳間近で、二つのグループのあいだにいた。クリスマスが来れば学校も卒業だから、指にインクのしみをつけたまま歩き回らなければならない屈辱にもおさらばできるし、ジェフ・マーカットやコーコラン兄弟のようなはなたれ小僧だの、もっと小さなガキどもだの、女子だのと、もういっしょくたにされなくてすむ。それまでに郵便局のベランダにたむろしているグループにすんなり入れるかどうか試してみた。そして、口いっぱいに含んだつばを仲間のだれよりも遠くへ飛ばし、どんな露骨な冗談にも、だれにも負けない大きな笑い声で応じ、タバコをふかし、ののしることを覚えた。

　青年たちの群に入るには、ジェミーにもうあとをついてくるなと言わなければならない。やむなく最初はやさしく言って聞かせたが、やがて冷たく拒絶した。かわいそうだとは思ったが、金魚の糞みたいに始終くっついて歩かれたら、まるで馬鹿みたいではないか。ジェミーをお供に従えて歩けば、自分の強さが見せられると思い込んでいた頃を思い出すと、恥ずかしくて顔が赤くなる。偉ぶって、のぼせ上がって！　ああやってしきりに感心させてやろうとしていた相手の目に、おれはとんでもないあほうに映っていたに違いない！

　こうしてラクランが以前とはまた違った目を持つきっかけになったのは、学校教師のジョージ・アボットに幾度も味わわされた屈辱感だった。そのことでアボットに感謝する気など毛頭ないが、大人への第一歩を踏み出したからには、もうあと戻りはできない。自分の性格の中でもとくにいやなのは感情に流されるところで、我ながら男らしくないと思う。何がなんでも直さなければならない弱点だ。

とはいえ、ジェミーの表情を見て、たまらなくなるときがある。一年前に戻って、「よし、ジェミー、来い」と言ってやれるのなら何でもする、という気にさえなる。だが、そんなことをして何になる？

土着民が二人、ジェミーのもとを訪れ、マッキバー家の柵が壊されたことから始まって、小さな事件が続いていた頃のこと。クリスマスまであと二ヵ月だった。ラクランはすでに少年のグループを卒業していたが、そのときは昔の仲間と共に運動場にいた。

「おい、相棒はどこだい？」とジェフ・マーカットが尋ねた。「おめえの影は？」。それから、驚いたふりをしてあたりを見回す。「あれれ、見かけなかったよなあ！」。すでにレオ・コーコランが体をちょっと傾げて皆の周囲を回り出していた。その顔つきがあまりにもジェミーそっくりだったので、じっと様子を見守っていた年下の少年三、四人が笑い転げた。

「だまれ」。怒りのこもった声でラクランがささやいた。

「だまらなけりゃ？」

ラクランはきびすを返して立ち去ろうとした。

「だまらなけりゃ？　どうする？　え？　ジェミーに命令して、黒んぼどもにおれたちを襲わせるか？」

ラクランが向き直った。

「父ちゃんの言ってることをおめえに聞かしてやりてえや。やるべきことをやってのけるやつがいたっておかしくねえ。そろそろ夜陰にまぎれて、あのろくでなしを袋だたきにするやつが出たっておかしくねえってさ！」

するとレオ・コーコランがまた体を傾げて歩き出した。ジェフ・マーカットはうすら笑いを浮かべ、片腕を上げて猟銃をかまえるまねをして、ぐるぐる回るレオに狙いをつけた。十歳に十一歳、それにラクランと同じくもうじき十三歳になる少年たちが、武器の登場に圧倒され、一瞬、息を殺した。あの最初の日、柵のところでラクラン自身がやったように。皆の真ん中に、公然と力を手にしたジェフ・マーカットが立っている。いつもと違う自分に変身し、今やろうとしていることに畏れにも似た感動を覚えながら。レオがなおもうろうろ歩く。やがてジェフの唇が動き、小声で言った。「バン！」

ジェフの口を飛び出した息が、レオの胸に当たった。口をあけ、頭をのけぞらせ、片手で胸を押さえたレオの体が空中で一瞬止まり、皆の見守る中、膝ががくりと折れ、くずおれた。

二日後、ラクランが夜襲のことを聞かされたのは、同じ運動場でのことだった。

何かよからぬことが起きたらしいと、すでに朝食のときに勘づいたが、だれも何も言わないし、こちらからもあえて訊こうとはしなかった。それほど皆の関係が変わっていた。叔母は気をもんでいるような引きつった顔をしており、叔父は叔父でいやにやさしい。話してもらえまいかと、こちらは皆の顔をひとり、またひとりと見つめるばかりだった。

「ゆんべ、おめえんちでちょっとしたもめごとがあったそうだな」とジェフ・マーカットが言い放った。ほかの少年たちは好奇心をそそられた表情になった。皆もラクラン同様、何も知らないようだ。

ラクランは目を細めただけで何も答えなかったが、心臓が肋骨を激しくたたき始め、突然めまいに襲われたところから見て、どうやら顔が青ざめたらしい。何か知ってるんなら、ジェフに言わせてやろうじゃないか。ところがジェフは突っ立ったまま薄ら笑いを浮かべ、頭を垂れてつま先で地面をかいているだけだ。

訊いたのは、哀れなとんまのジェッド・コーコランだった。自分だけが知らないと思い込んだのだ。

「何のもめごと？　何が起きたの？」。鼻のつまった甘え声だ。

「やつなら知ってるぜ」とジェフ・マーカット。

ジェッド・コーコランは柔和な目をラクランに向けた。「何、ラクラン？　何が起きたの？」

ラクランはぷいっとそっぽを向いて大股に立ち去った。「何？」。後ろから、またジェッドが尋ねる声がする。「聞こえなかったよお」

皆に裏切られたような気がした。もめごととやらが起きたとき、ジャネットはその場にいたらしいが、このおれはいなかった。そのあいだじゅうガキみたいに眠りこけてた。みんなもそんなおれをそのまま眠らせておいた。まるで役立たずみたいに。おまけに、あとになっても何も教えてくれない！

結局、詳しい話を聞かせてくれたのは叔母だった――青白い張り詰めた顔をして、食いしばった歯のあいだから言葉をしぼり出すようにして。叔父の気持ちは痛いほどわかった。自分でも体じゅうの力が抜け、ぐさりと刺されたような恐怖を感じたからだ。自分がその場にいたらおそらく直面せざるを得なかったものに対する恐怖ではない。おれは何にだって向き合える。勇気は十分持ち合わせている。そうではなくて、世間とはこんなものだと認めざるを得ないこと、それがわからなかったのは自分の弱さのせいだということが恐ろしかったのだ。

学校へは行かなかった。銃をつかむと茂みへ分け入ったが、ただ背を丸めて座り込み、ひざに銃を置いて考え込むばかりだった。この先どうしたらいいんだろう、うちには、おれには、またふだんの落ち着いた生活が戻ってくるんだろうか。

そうしているところをヘクターに見つかった。

「何の用だ?」とヘクターに呼びかけた。

ヘクターは少し離れたところでしゃがみ込み、草の茎を一本引き抜くと、乱杭歯でそれを噛んだ。

「何だよ?」。なおも尋ねる。涙を懸命にこらえた。

ヘクターはそのままじっとしている。帽子が目の上に覆いかぶさって、薄い口ひげの下のみっくちがはっきり見える。

ヘクターがどういうつもりなのか、ラクランにはわかっていた。言葉で言えることなど何もないから、何も言わずにずっとそこにそうしていて、こっちを根負けさせようとしているのだ。そのとおりになった。ヘクターに対する敵意が、ラクランの中で氷解した。するとヘクターは相変わらず何も言わずにもう少しそのままでいてから、立ち上がり、行ってしまった。

ジェミーが少し離れたところへ移されてしまうと、村人たちは皆、今回のことは単なる意見の相違にすぎず、悪い影響など何もなかったというふりをして見せたので、マッキバー家には以前に近い日常がいちおう戻ってきた。

ラクランの叔母のエレン・マッキバーはいたって現実的な女だから、そんな村人たちに調子を合わせた。近所の主婦仲間が上機嫌でうわさ話をしに来たり、新しい料理法を教えに来たり、縫い物の手伝いを頼みにやって来たりすれば家に招じ入れたが、最初は冷ややかな受け答えしかしなかったし、完全に元通りになることも決してなかった。なんとなくよそよそしいのだ。それはその後もずっと変わらなかった。近所の女たちも気づいてはいたが、それはまたそういうものとして、つき合いを続けた。

叔父の場合はそう簡単にはいかなかった。ラクラン自身、同じ気持ちを味わっていたから、よくわかった。叔父の中で何かが壊れてしまって、二度と再び元に戻れなくなってしまった。そのうち、叔父は友人のバーニー・メイスンやジム・スイートマンのところへ徐々に戻っていったが、仲間うちでまったく自分を意識せずにふるまえた日々も、仲間によく思われることこそ、この世の何よりも大切なことなのだという考えも、もはや過去のものになった。叔父は用心深くなった。あら探しばかりする小さな虫が心に棲《す》みついてしまって、最も信用のおける男の中にも、本人でさえ気づいていないが実は潜んでいるかもしれない邪気のかけらを探さずにいられない。叔父は最近めっきり口数が少なくなった。ひとりぽつんと皆から離れて遠くへ行ってしまっているようで、ラクランにさえ踏み込めない感じがする。その影響がしわとなって叔父の顔に刻まれ始めた。もっとも、叔父自身も以前のような日常が戻ってきて、それはこれからも続いていく、というような顔をし続けてはいたが。

そんな叔父の態度は信じがたいと思った。ラクランはまだ何事につけても白黒をつけなければ気のすまない段階にいたのだ。ひとつの可能性が明るい未来へ向けて大きく伸びていくか、さもなければ完全に終わってしまうか、どちらかしかない。ヘクターにやられたように、もっと柔軟な考えかたをしろと迫られると落ち着かなくなる。自分自身があまりにも気の変わりやすいたちだから、たとえ今のようなつらい状況でもいい、周囲の世界にだけは不動であってほしいと願っている。だから、ずいぶん長いこと放っておいてすまなかったと思いつつ、ジェミーに会いにハッチェンス家へ出かけていって、皆のにぎやかな集まりに踏み込んだ形になったときには仰天した。こんな集まりをやっているなんて、全然知らなかった――ジャネットは、それにメグも、ラクランに話そうとしたのだが。ともかく、ティーカップが並び、ケーキのかけらの散らばったテーブルを囲んで皆が座っていた。ジャネットにメグ、ジェミー、ヘクター、教師のジョージ・アボットまでいる。そしてレオーナが青いポットで紅茶を入れている。全員が言葉半ばで目を上げ、こちらを見た。盛り上がっている最中にいきなり中断された騒ぎが、そのまま宙に浮いたようになって。この何週間か、おれはこんなにみじめな思いをしてきたのに、そのあいだみんなは――ヘクターでさえ――こんなに明るい所でこんなに楽しんでいたなんて、と思うと胸がうずいた。

皆がいすを詰めてラクランの席を作り、レオーナが自己紹介をして茶を出してくれた。レーズン入りの小さなケーキも。かぶりつくと手の中でぼろぼろくずれた。はっとして恥ずかしげに周囲を見回したが、だれも気にも留めていないようなので、自分でもテーブルをさらによごした。

それでもやはり、不器用な自分を意識していた。皆はにぎやかなおしゃべりに戻った。悪意のない冗談のやりとりで、常連の皆は慣れ切った様子だが、こちらはどうくちばしをはさんだらよいかもわからない。何のことだかさっぱりわからない冗談ばかりが飛び出してくる。だからむっつりと黙りこくって座っていたが、見るとジェミーだけが、陽気な騒ぎのただ中で自分と同じ暗い異郷をさまよっているようだった。

ただ、自分のことは、我ながらふがいないと思った。人生、どうやらこうやって明るく楽しく過ごす方法もあるらしい。みんなはその方法を見つけた。それがおれにできないなんて、どういうわけだ？

そこでヘクターを観察してみた。教師のジョージ・アボットとはもちろんのこと、女どもとつき合っているところを見つかって、ばつの悪い思いをしているだろう。今にもこちらを向き、こんなことをやっておれも馬鹿だろ、とこっそりウィンクをしてくるだろうと待ち受けた。ところが、そのヘクターがほかのだれよりもやかましく騒いでいる。きざな髪型をして、浅はかな言葉で女の気を引こうとするなんて、とんだ道化役者だ。ヘクターのお目当てのレオーナのほうは、からかい半分でヘクターにつき合ってやっているだけなのだろうし、ヘクターの相手にしては年が行きすぎている。あいつ、そんなこともわからないのか。友人であるヘクターのためを思って顔が赤くなった。しかしやがて、ヘクターがそうやってひけらかしているのは、ひとつにはおれの目を意識してのことなのだ、このおれを感心させたいのだ、ということが徐々にわかってきた。

何よりも不可解なのは教師アボットの存在だった。ほとんど口をきかない。こんなところでこんなことをしているのを見つかって、きまり悪がっているのだろうか。ヘクターの場合は予想に反してそうではなかった。しばらく観察していると、アボットもレオーナのからかいの的になっていて、それをヘクター同様、まったくいやがっていないことがわかった。おまけにヘクターは、どちらが気のきいたことを言えるか、おれとアボット先生を比べてくれよと言いたげにジョークを飛ばしている。ヘクターのおどけた口調から見て、そのこともアボットとのあいだでは了解ずみらしい。

ところがアボットはほとんど口をはさまない。会話のペース作りはもっぱらヘクターの役目だ。本当に驚きだった。こんなこと、どこで覚えやがったんだ？ それに、レオーナの冗談に応え、やり返し、喜ばせるわざにかけても、のびのびと屈託のない様子も、アボットより上じゃないか。

レオーナは、ほんの少しのあいだではあったが、ラクランにも同じゲームをしかけてきた。相手によって口調が変わる。おれには、ちょっとひやかすような調子を選んだな、と思った。おれがまだ幼いからか？ そう思うと腹が立って、頬が赤らんだ。レオーナはそれに気づいてラクランを相手にするのをやめたが、ラクランのほうは無視されたと思ってむっとなった。レオーナはそれにも気づいたが、どうしてやったらよいのかわからなかった。

そしてジャネットは？

ここ数ヵ月、二人の距離が大きくなってきていた。ジャネットの変化には気づいていたが、今こうやって皆と同席して、その変化がいかに大きなものであったかが改めてわかった。今の今まで、ジャネットとは一心同体のようにして暮らしているとばかり思っていた。ジャネットのおもな関心の的はこのおれだ、と思い込んでいたのだ。ジャネットもそれを否定するようなことは一切しなかったが、ラクランなどまったく関係のない自分の世界に浸っていることは見ればわかった。その後、ジャネットと叔母が目を見合わせているのに出くわしたこともあった。二人のあいだに、以前にはなかったような雰囲気があった。いつものように歓迎されるものとばかり思って割り込んでいくと、こちらを振り向いた二人の目つきはもちろんやさしげではあったが、何となくお呼びでないと言っているような感じがして驚いた。

そのとき初めて、自分の出番がまったくない場面や世界もあるのだということを悟った。叔母とジャネットのあの目つきは、そんな場面や世界の中でも、特に身近で特にやさしく控えめなものを示していた。もっと外へ踏み出していけば、ラクランのことなど聞いたこともなく、これからも全く聞かない、そんな世界が広がっているのだ。

愕然とした。これまで自分が当然持っていると思い込んでいた力に限界があることがわかった途端、その力の大半が消え失せてしまうのを感じた。

それはともかく、ここハッチェンス家の食堂で、テーブルごしにジャネットと目が合った。ジャネットは頬を赤く染めたが、それはきまりが悪かったからで、もちろんラクランに見つめられたからではない。

口実を見つけ、レオーナからは引き留められたが、いとまごいをした。ジェミーも出てきて、しばらく並んで歩いた。二人ともほとんど口をきかなかった。ジェミーは具合が悪かったし、ラクランはラクランでむしゃくしゃしていた。また来るよと言ってやったが、もう二度と来ないことは自分でもわかっており、それはジェミーも知っていた。二人してちょっと立ち止まり、それからジェミーだけが今来た道を戻っていった。

ラクランは一度、振り返った。ジェミーも五〇メートルほど離れたところで振り返っていた。白茶けた土ぼこりの小道の向こうとこちらで向き合ったが、もう遠くて、互いの体の輪郭以外、目鼻も、おもな特徴さえも、はっきり見分けられなかった。

その後何年も、繰り返し夢に見た。遠く離れて立っているにもかかわらず、ジェミーはどんな表情をしているのだろうと目をこらす。一度か二度、夢で白い土ぼこりの中を引き返したこともあった。途中、不意に巻き起こったつむじ風に吹き上げられてジェミーの足もとへ舞い降り、顔をのぞき込むが、五〇メートル先から見ていたときと変わらず、ぼやけてよくわからない。目が覚めると、頬が涙でぬれている。何年も経って、もはや子供ではなくなってからも、それは変わらなかった。

第十八章

北で暮らすようになってから三年ぶりのブリズベン行きを、フレイザー牧師は心から楽しんでいた。マール旅館はなかなかサービスがよく、快適な旅には欠かせない水差しと洗面器の載った洗面台もあって、朝になればきれいな熱湯が運ばれてきたし、食卓で供されるスープが濃くてうまかった。

この小さな町は「町」と呼ぶにはあまりにもちっぽけで、村に毛の生えた程度でしかない。それにしては我が家のある開拓村では、ここを神聖で重要な場所ででもあるかのように「あちら」と呼んでいるから驚きだ。ただ、立派な記念碑はいくつか見かけた。大半はまだ足場に囲われていてよく見えないが、ひとつかふたつはすでに完成して足場も取れ、幅広の前面が威容を誇って、どっしりとそびえ立ち、ベランダまで具えたホテルや羽目板張りの銀行や商店、杭垣、轍《わだち》の残る曲がりくねった小道を見下ろしている。朝の散歩でそうした小道をたどり、木々の生い茂る山の背へ登ったときには、裸足で牛を追う若者たちに行き合った。

総督のジョージ卿は——フレイザー牧師がここへ来てほどなくわかったことだが——やけに人目を引く人物だった。軍服に肩章、剣という仰々しいいでたちで、黒光りする四輪馬車に乗り込み、まだ舗装もしていない通りを猛然と走り回っているのだ。背筋を凛と伸ばして座っている、その痩せた厳めしい姿を見かけたときには、遠い本国のよそよそしい権力を体現したような人物だと思ったが、いざ総督官邸を訪ねてみると、なんとジョージ卿本人が窓から顔をのぞかせて「どうぞ」と言った。

まるで田舎の荒れ果てた荘園屋敷にでもやって来たような気がした。建物はパラディオ様式だが、室内の調度や装飾はアイルランド風だ。いや、天候のせいでそんな印象を受けたのかもしれない。蒸し暑い日だった。玄関の広間には花を茎から引きちぎった残骸や、揺り木馬に木彫りの動物といった玩具が散らばっていたが、あとはひどくがらんとしている。脇に並ぶ部屋の扉のむこうから、ぱたぱた走り回る足音と、叱りつけるような甲高い女の声が聞こえてきた。

玄関の広間に出てきたジョージ卿はこの騒ぎに腹を立てたと見えて、フレイザー牧師と仰天している召使いとを尻目に、脇の扉をさっと開けると、入り口に立ったまま中をにらみつけた。それで騒ぎはやんだが、こちらを振り向いたジョージ卿はまだ不機嫌な表情だ。それを見た途端、海軍を早めに退役して総督になった人物というよりは、主人の服を借用して、このまま横柄な態度を取り続ければ皆をまんまとだましおおせると確信しているもったいぶった執事みたいだと思った。ジョージ卿は急に愛想のよい顔になって言い放った。「我が親愛なる客人、どうぞお入りください。ようこそ」

続いて行なわれた会見は、フレイザー牧師にとってはまさしく謎であった。会見の内容といい、ジョージ卿その人といい、どう受け取ったらよいのか皆目見当もつかなかったのだ。

怒りがおさまったところで話してみると、ジョージ卿は上品だがずけずけ物を言う人物らしいことがわかった。最初の印象ほどは高齢でも堅苦しくもなさそうだ。あなたもどうぞ遠慮せず率直に意見を述べてください、と言う。しかし、続いて畳みかけるように繰り出してきた質問には面食らった。もちろんハーバートくんには前もって手紙をお書きになったんでしょうな？　あの報告書を書くようあなたに勧めたのはハーバートくんでしょう？　違う？　じゃ、国の上のほうのだれかだろうか（ジョージ卿は目の前に積んである書類の山をしきりに動かし、いらいらを募らせていくようだった）。むろん、そういう連中のことはよく知っておる。マッキントッシュくんか、オーヘア家の者か？　少ししてフレイザー牧師は、どうやらこのわしは密偵ではないかと疑われているらしい、と思い至った。手を変え品を変え、しきりに探りを入れてくる敵対勢力の密使ではないかと疑われているのだ。いや、こんなことはもう前からかぎつけておるがね。ジョージ卿は傷ついたような非難めいた憂鬱そうなまなざしでこちらをじっと見つめた。どうです、図星でしょうが？

とんでもございません、とフレイザー牧師は言い返した。ここにはだれともまったく関係なく、ただもうわたくしの一存でうかがいました。ある青年の代理で……そう言うと、フレイザー牧師はジェミーについてごく手短に説明しようとしたが、この手短にというのが難題であるばかりか、なにしろジェミーという人間を説明すること自体が、これまたたいそう難しい。その青年は土着民との生活で得た知識を生かして、わたくしの研究を助けてくれまして……云々。ともかく、自分がジョージ卿の偉大なる構想をくつがえそうと画策する新たな一味の手先ではないことと、例の報告書がジョージ卿を陥れ失墜させるための策略とは無関係であることは納得してもらえた。

ただ、報告書が無害だとわかった途端、ジョージ卿は報告書に対してもジェミーに対しても興味を失ってしまった。「うん、うん、なかなか面白い。土着民というのも興味深い人々ですな」とつぶやいたが、すぐに話題を変えて、いきなりヘシオドスのことを話し始め、フレイザー牧師が理解できずにいるうちに、またしてもいきなりホメロスのことに移った。どうやらジョージ卿との会話では、よくこうやって話が飛躍して、結局はいつもホメロスに落ち着くらしい。

ジョージ卿のここでの任務は、フランスとドイツをあわせたほどの面積の土地というか属領に、自治州を創設することだった。南回帰線に二分される、まだほとんど人の住んでいない未開の地に。そんな事業の壮大さに酔いしれるときがあるかと思うと、四〇を過ぎてからこんな地の果てへ飛ばされたりしたら中央政界から忘れ去られてしまうと落ち込むときもある。忘れられてはなるものかと、様々な上院議員宛てにほとんど毎日手紙を書く。大英帝国のはずれに位置する無名の土地に自ら授けた名前や創設した町、制定した法律を、古典からの引用や類推をちりばめた大仰な表現で紹介するわけだ。自分自身については、古代ギリシャの執政官を思い描いている。今まさに歴史が始まろうとしている、岩と空間だけのこの地の執政官——地球の裏側に立つ詩人ヘシオドスでもあり、名立法者ソロンでもあり、かつまた政治家ペリクレスなのである。

たしかにここでは古代のもの、先史時代のものが、ギリシャ、ローマ時代のものと肩を並べて同じ時間と空間に存在している。ジョージ卿の名を授かる栄誉に浴した小さな港町では、ワニが泥沼から言い出して目抜き通りを平然と言い回るのが目撃されている。人口わずか五〇〇〇人の首都では、総督の命令一下、円柱に支えられた丸屋根までつけて建設されている記念碑が、燦然たる威光を放ってそびえてはいるものの、およそ不釣り合いなことに、去勢牛どもが牛飼いの罵声を浴びつつ車を引いてその前を通る。おまけに、つい最近裸の日々を脱しはしたが、頭の中では依然底知れぬ夜の世界に棲む連中が記念碑をじっと見上げている。にもかかわらず、このすべてがジョージ卿にとっては完全に理解の範囲内にあるのだ。

この地は今、驚異の時代にある。まだ名こそないが様々な形態を具えた人物が、暗闇から、夢のような世界から、今まさに姿を現わしつつある。体は馬で頭は鷲、背に翼を生やした伝説の怪物ヒッポグリフや、原始時代の創造神デモゴルゴンの時代、英雄や半神半人の時代、未来の伝説的人物が生まれる時代なのだ。そういう人物が、たまたまジョーンズやダルリンプルといった名前を持ち、モールスキンの服や、ジョージ卿のように大英帝国植民地の行政官の制服をまとっているにすぎない。「貴殿の町は」とジョージ卿は後ろ盾のカードウェル卿に宛てて書いた。この貴族の名を取ってカードウェル港と命名した、蚊のうようよいる北のちっぽけな港についての報告である。「ペルシア戦争でスパルタ王レオニダス率いる兵士三〇〇人がペルシアの大軍を迎え撃ち全滅したギリシャの隘路《あいろ》テルモピレーのような場所、すなわちいわばオーストラリア版エペイロスの北端にございます」。過去から未来までの広大無辺な広がりを滑空する鷲のようなジョージ卿の目から見れば、官有地を借り受けて牧畜を営む粗野な牧場主らも「我が諸侯」となる。また別の「閣下」に宛てた書簡では、こうも書いた。「ラン（植民地では大規模な放牧地のことをこう呼んでおります）は、ホメロスの『δρόμοι εὐρέες』を直訳したもののように思われます。そこでは、羊飼いや牛飼いである諸侯らが古代ギリシャの牧歌的理想郷アルカディアに似た気候を享受しつつ家畜に草を食《は》ませております。こうした古代ギリシャ、ローマ時代からの類推が、日々様々な憂慮の種《たね》を抱える私の心をいかに晴らしてくれるかは、まさに筆舌に尽くし難いものであります」。二〇〇人の牧畜業者の一行に案内されて、居酒屋が九件に診療所がひとつという西方の貧弱な町を訪れたときも、半人半馬の怪物ケンタウロスの群を従えて馬を駆っている錯覚にとらわれた。類推とは、ジョージ卿にとっては薬、そこいらじゅうに転がっている薬なのである。

十八のとき、地中海に恋をした。その二十年後、結婚によって地中海と縁続きになった。相手はコルフ島の上院議長カンディアーノ伯爵の娘ローマ・ディアマンティーナ。現在のボーエン総督夫人である。

クイーンズランドは残念ながらあこがれの赴任地とは言い難いが、これも好機と見て最大限に利用してやろうと心に決めている。そのクイーンズランドが自分の期待に応えてくれないこともままあるが、そんなことで落胆など絶対すまいと肝に銘じている。限界を知らず、途方もない野心家でもある。不安なのは、もしもこの地であまりに大きな成功を収めたりすれば、ここの総督であるのが当たり前だと見なされて、それ以上は中央から顧みられなくなってしまうのではないかということだ。しかし時にもっと激しい不安にさいなまれることがある。それは、アイルランドはドニゴール州の教区牧師を父として生まれたにもかかわらず、実は大ぼら吹きにすぎないという自分の正体が、今にばれはしまいかという不安である。

すっかり緊張をといたジョージ卿は、背後の書棚に手を伸ばして小さな本を二冊取り出した。これは拙著でしてな。ほほう、とフレイザー牧師は感服した。

一冊は、ホメロスの英雄オデュッセウスの故郷は現在のイタケー島だとする説を支持する論考で、もう一冊は、コンスタンティノープルを起点に、テッサリアを抜けピンドス山脈を越えて、はるばるコルフ島までの道程を馬の背に揺られてたどったときの旅行記だった。どうやらジョージ卿は、ギリシャ、ローマ神話の舞台であるエトナ、パルナッソス、オリュンポスの山頂に立ったらしい。そんな離れ業を演じた英国人はほかにはいない。しかし、最近作らせたという地図帳を見せられ、「ジョージ」の名を冠した町を共に眺めているうちに、自分でも実際に見たその町の、丸太小屋がいくつかぽつんぽつんと建っているだけの岸辺や、船に乗り込んだ桟橋のあたりの物憂げな空気が思い出されて、途端に総督への信頼感が薄れ、失望感に襲われた。そして思った。この人は格調が高く非現実的な空気をかもし出しているだけだ、この人の目に映るものすべてがその空気に包まれている、と。その空気には端《はた》の者の頭までおかしくする影響力があって、牧師はそれを全身で感じるほどジョージ卿に間近に接しているのだった。

例の報告書のことも、たしかにもう一度話題にはのぼった。ジョージ卿も目を通してくれてはいたのだ。やれやれ、ようやく現実の問題に取りかかれるぞ、とフレイザー牧師は落ち込む一方の気分をなんとか奮い立たせようとしながら考えた。こうして頭でっかちな衒学趣味の散歩につき合わされて地球をあちこち飛び回っていると、哀れなジェミーへの思いがますます募ってくる。あの体臭までが、今こんなところでにおうほど、ありありと思い出された。苛立って、考えた――この人もこのにおいに気がつけばいいのに。

しかし現実のことになると、ジョージ卿はまったく興味を示さない。長い目、長くて高尚な目でしか物を見ようとしないのだ。一足飛びに何世紀も過去へさかのぼるかと思うと、何世紀も未来へ平気ですっ飛んで行ける人だから、過去から未来へと続く時間の全体がありきたりの日常そのものになっている。そのため、フレイザー牧師が報告書の中で概要を述べた果樹園の未来像――外来種の（つまりヨーロッパから持ち込んだ）果樹ではなく、この地原産の果樹が、たわわに実をつけてはるか地平線まで並んでいる光景――も、ジョージ卿にしてみれば議論や立案の段階をとうに過ぎ、間引きや接ぎ木、種まき、苗木の植えつけといった段階も終わって、すでに完結しているわけだった。わざわざ細かいことまで論じるのは、いじけた木ばかり見て森を見ずじゃないかね。そういうたぐいのことは、その道にたけた者に任せておる。些細なこと、つまらんことに没頭できるくだらん連中にな。ジョージ卿はまたもや憤然とした表情になったが、すぐに気を取り直してほほ笑みかけてきた。フレイザー牧師のことは、夢にとりつかれた男、だれの回し者でもなく、信頼のおける男、と見なしているのだ。そして言った――ちょっとのあいだでしたがお話しできて実に楽しかった、あなたを夕食にご招待したいのだが。それからおどけた顔をして付け加えた。州の首相を務めるハーバート君に謁見する光栄に浴することができますぞ。それにもちろん、家内のレディー・ボーエンにも会っていただけますしな。では、木曜日、七時きっかりに。

しかし、こういう細かいことについて話し出すと、ジョージ卿の顔はまた曇った。何かの疑念が湧いてきたのか、また別のいやなことでも思い出したのか、その毒がジョージ卿の中でゆっくりと効き始めた。フレイザー牧師が別れを告げようと立ち上がったときには、歯を食いしばって、怒りのこもった目を窓外に向け、対岸の未開地の気が滅入るような景色をにらみつけていた。

二日後の夜、美しい家具調度の並んだ総督官邸の食堂で、四人が食卓についていた。ジョージ卿に夫人のレディー・ボーエン。夫人は上背のある黒っぽい髪の上品な女性で、美女とまではいかないが、すばらしい肩と目をしている。それからフレイザー牧師。最後は首相のハーバート氏。やわらかな金髪に覆われた大きな頭の、たいそう若い男だ。町のはずれに所有するハーストン屋敷から、愛犬のスキップを従え、新鮮な野菜を詰めたかごを提げて、五キロ近くを歩いてきたという。

ハーバート氏はオックスフォード大学時代からの友人ブラムストン氏と共にハーストン屋敷に住んでいる。この屋敷は、二人の名前を組み合わせて「ハーストン」と名づけられていることからもわかるように、家畜類も実験的な果樹園も含めてすべてが二人の共同事業だ。植民地の粗野で無秩序な民主政治に携わるハーバート氏にとっては、古代ローマの詩人ホラティウスの世界のような心の避難所なのだ。ハーバート氏に言わせれば、ここでの「民主政治」など名ばかりだし、国家の建設も自分には不向きなゲームにすぎない。

ハーバート氏は伯爵の五男のひとり息子で、どこから見ても好事家だが、ジョージ卿の見立てによれば、心構えだけは最初から好事家とは正反対で、何でもいったん手をつけたことはプロ並みのレベルまで完璧にやり遂げようとする。これはひとえに性格的なもので、ハーバート氏は勤勉、ひたむき、控えめで、きちょうめんな男なのだ。ジョージ卿はそう見ている。しかし総督である自分については、あまりかんばしくない見解を祖国の由緒ある家族に書き送っているのではないかと勘ぐっていて、ジョージ卿のその勘は偶然当たっていた。

こうしてかなりの重荷を背負っているハーバート氏は、ジョージ卿のことを、気が狂っていて、自分がお守りをしてやらなければならない相手と見なしている。独裁者じみていて、衝動的で、意固地で、仰々しく知識をひけらかし、突拍子もないことばかり空想し、ユーモアのセンスがおそろしく欠けていて、唯一の才能と言えば、抜群の記憶力を持ち合わせてはいるのだが、これがまたひどく融通のきかない物覚えの良さときている。どうやら、あまりの常識のなさを補ってやろうと、自然がジョージ卿に授けた才能のようだ。

二人は、これ以上は不可能なほど互いにかけ離れた性格だった。

ジョージ卿は上昇志向が猛烈に強いが、今以上の地位にはもはや就けまいという予感がしている。自分が悪いわけではない。祖国の連中の、悪意とまでは言えまいが、無視のせいだ、と信じている。

他方、ハーバート氏は成功間違いなしなのだが、こちらは成功などまっぴらごめんという性格だ。

高位高官を見下しているわけではなく、飾らない性格でひけらかすことが嫌いだから、成功しても自分の名は伏せておきたいほうなのだ。それよりプライバシーのほうがよっぽど欲しい。ここでの首相の務めにはうんざりしていて、すでに今の年齢で、首相なんかになったのは若気のいたりだったなどと考えている。ジョージ卿にも、その子供じみた虚栄心にも、「政変」にも、うんざりしていた。野外でのスポーツや活動が好きで、男らしい趣味もいろいろあるから、いつもは小型の舟で湾内を飛ばすのを楽しんでいるが、その愛用の舟でさえ、もういいと思うときがある。植民地版ケンブリッジシャー州とも言うべき二十ヘクタールのハーストン屋敷も同様だ。一度そこを出たら、おそらく二度と訪れることはないだろう。今、皆の背後を召使いたちが行ったり来たりしている食卓で、ほかの話題に混じって、ハーバート氏のこうした生活のすべてが話の種になっていた。

フレイザー牧師は、長いことひとからげにされて閉じ込められている人々の中へ——話題にできることはすべて語り尽くして、今ではもう暗号でしか話さなくなってしまった人々の中へ——割り込んだような気がしていた。

「ほんとうに、フレイザーさん」とレディ・ボーエンが言う。「ハーストン屋敷をご覧になるべきですわ」(ハーストン屋敷で採れた野菜も料理されて食卓に載っているから、ごく自然にこういう話になった)。「まるでイギリスにいるのではないかとお思いになりますわよ。あの桃! 丸々として、それはきれいなピンク色ですの。コルフ島でも、あんな桃はございませんでしたわ。私ども、ハーストンにお邪魔いたしますと、とても愉快な気分になれるんですのよ。ハーバートさんは、はるばるインドから運ばせなすった製氷器をお持ちでしてね、ご自分の手でお作りになるんです……」。余韻を残すような言いかただったので、フレイザー牧師は思わず、ナイフとフォークを動かしているハーバート青年の大きな手を見た。「とってもおいしいシャーベットを。子供たちはシャーベットが大好きですわ。とくに息子のジョージは」

会話がしばらく続き、今度はハーバート氏が「今年は私共のアスパラガスが」と切り出し、頬を赤く染めた。「格別の出来なんです。アスパラなんて、ここじゃ無理だと言われました。湿気が多すぎるからと。でも、いいものができました」

「それにイチゴも」と言って、レディ・ボーエンがちらっとジョージ卿のほうを見ると、たった今ナイフとフォークを置いたジョージ卿が体をこわばらせ、目に激しい怒りをたたえている。「ハーストンで拝見するまで、子供たちはイチゴなんて見たことがありませんでしたの。実際に実っているところを。小さな葉っぱの下から実がのぞいているところを」

気まずい雰囲気になるのを承知で、あえて果物や野菜のことを話題にしてくれていると思うと、フレイザー牧師は落ち着かなかった。報告書のことを持ち出せるよう、お膳立てをしてくれているのだ。レディ・ボーエンが巧みに誘導してきた会話を、今にもジョージ卿が引き受けるのではないかと待ち受けたが、いっこうにその気配がないので、自分から切り出すべきなのかとも思った。だが、それはまずいだろう。そのとき、気づいた。いや、どうやらまったくの勘違いをしていたようだ。ジョージ卿は、ハーストンの果樹園やイチゴやアスパラを話題にするなんて何かあるとあやしんでいるんだ。

いや、何かあるどころか、わしが悪意を持っているとさえ思っているのかもしれん。つまり、レディ・ボーエンは遠回しに教えてくれようとしているのだ――この土地原産の果実の栽培について、あなたが関心をお持ちのことはもう皆が承知いたしております、恥をおかきになりたくなければ、波風の立たないうちにお引き取りになったほうがよろしいでしょう、と（もしそうなら、そんな役割はレディ・ボーエンではなくてハーバート氏が引き受けるべきだろうが）。そういう目で見ると、ジョージ卿も、こらえきれずに心の内をぶちまけてしまってフレイザー牧師にばつの悪い思いをさせはしまいかと気をもんでいるように見えてきた。

そんなわけで、その後もハーストンのすばらしさを讃える話がくどくどと続けられた。ブドウ、中国原産の桃、飼育しているネズミジカ、ブルターニュ産の雌牛、アラビア産の雄牛、クジャク、キジ、モルモット。ポートワインを片手に、ぎこちない三十分をなんとか過ごしてから、一同はようやく居間へ移った。レディ・ボーエンはハーバート氏が持参した楽譜を見ながら繊細なタッチでピアノを弾き、イタリア風の甘い声で歌った。それをスキップが飼い主のハーバート氏の足もとで見守り、コーヒーが配られ、皆がゆったりとくつろいだ。これはへたをすると居眠りをしそうだわい、とフレイザー牧師は思った。

突然、激しい音が部屋中に響き渡った。レディ・ボーエンが腕をぴしゃりと打ったのだ。そこに深紅のしみができた。カンディアーノ家の濃厚な血。レディ・ボーエンは一瞬、それをじっと見つめた――皆も見つめた――まさかこんなに真っ赤な血がこんなにたっぷり出るとは、とでも言うように。

それからレディ・ボーエンは立ち上がると部屋を出ていった。

蚊の大群が川下のマングローブの茂みから押し寄せてきたのだ。涼風が吹き始めたのはありがたいが、その代償がこれだ。細い脚をぶら下げて飛んでいる。レディ・ボーエンが戻ってきた。腕の血はもうきれいに拭い去られ、後ろに召使いをひとり従えている。召使いは火のついた渦巻き状のものを左右の手に一個ずつ持っていて、そこからツンと鼻を刺すにおいが漂ってくる(牛の厩肥を乾燥させたものだろう、と牧師は思った)。それを床の上に置くと、細い煙が揺らめきながら立ちのぼり、広がっていった。

別れを告げるとき、ジョージ卿の非難がましい目つきを見て、フレイザー牧師は、どうやらこの人の感情を害してしまったようだ、と思った。人づき合いでは機転も気もきくほうではないから、今晩自分に割り当てられた役割に気づかず、演じそこなったらしい。あるいは、ハーバート氏に愛想良くしすぎたのかもしれない。ハーバート氏のことは、総じてかなり魅力的な男だと思った。実に男らしいし気取らない。今晩、途中で機会を見つけて――多分、愚かにも――ジェミーのことを話したが、ハーバート氏もすでにジェミーの名前を知っていて、熱心に耳を傾け、同情も示してくれた。ジョージ卿はそれを見て、フレイザー牧師は自分ではなくハーバート氏の側についたと受け取ったのだ。ともかく、翌朝マール旅館に一通の短い手紙が届いた。

ハーバート氏からで、用件は二つあった。ひとつは、昨晩は「ご理解」をたまわり、感謝に堪えません、という謎めいた感謝の言葉だった。「内密にしてくださると信じてあえて申し上げますと、私は衷心より有り難く存じた次第です。レディ・ボーエンも同様のお気持ちでいらしたと拝察いたします。無論、私はただ私個人の気持ちを申し上げておるだけでございますが……」

そしてもうひとつの用件は……

「フェアリー氏につきましては、ほんの少ししかお話をうかがえませんでしたが、何をして差し上げられるか、あれからずっと考えておりました。フェアリー氏の身の振りかたをどうすべきかというのが、あなたさまがこちらへお越しになった主な理由ではないかと推察いたします。そこで、フェアリー氏には、ボーエン港の税関事務所にて年収五十ポンドで働いていただくよう手配させていただきましたことを喜んでお知らせする次第です。正式な通知は……云々」

フレイザー牧師は仰天した。わしの説明はそんなにピントがずれていたのか？　これが、わけのわからなかったあの場の事情を「理解」したことへの見返りか。あるいはジョージ卿を笑い物にした冗談で、そのユーモアを理解しろということなのか。さもなければ皮肉なのか？　それとも気前ばかりよくて、実際は完全な無関心なのか？　ともかく、これが牧師の得た「成果」だった。

フレイザー牧師が心の中で温めてきた果樹園は、ますます未来へ遠のいていくようではあったが、今自分が首相の手紙を手にして立っているこの町ほど非現実的ではない、と思った。キンレンカの花模様をあしらった水差しと洗面器が洗面台にきちんと載り、窓の外で小さな中心地としての活動が始まり、杭垣が輝き、強烈な日差しが丸屋根に反射する、この町ほど非現実的ではない、と。

第十九章

森林火災の日。真鍮色の空。空気はそよとも動かず、焦げくさい。細かい灰が降っている——まるで太陽が燃え尽きて、その最後の灰が大地を覆い尽くそうと降り注いででもいるように。だがそれもジェミーにとっては驚きではない。自分も燃え尽きてしまった感じなのだ。頭蓋骨が紙ほども薄くなって、歩くとカタカタ音を立てる。村へ通じる白い一本道をたどりながら、自分の肉体が重みをすっかりなくしてしまったように感じていた。地面に足跡がほとんど残らないから、まるでここを通らなかったか、さもなければ歩いているあいだに何か別のものに変身してしまったかのようだ。道端の岩や木の脇で立ち止まり、細かい灰の積もった上にたたずんでひと息つき、巨木の幹に掌をあて、それが地中深く伸ばした根から吸い上げる樹液の流れを感じたときも、この木や岩のように大地にどっしり根差した感覚が、この自分にはもうなくなってしまったと思った。再び足をひきずって歩き出す。よろめく。口の中で舌が昆虫の羽のようにもろくなった感じ。これから命を取り戻しに行くところだ。生まれてから自分に起こったことがひとつ残らず、あの黒い血で——ジェミー自身の血にものすごい影響を与えているあの黒い血で——書きつけてある、あの紙を見つけ出すのだ。あの紙の中でいろいろな出来事が、物が、人間が、突然息を吹き返した。ウィレットのブーツ、イタチ、モウジーとアイルランド野郎。魔法をかけられ、くねくねした文字に変えられて、浜辺であの木の皮の下にうじゃうじゃかたまっていた虫の化け物みたいに、ジェミーの生気を最後の一滴まで吸い取ろうとしている。死へと、引きずって行こうとしている。

ジョージ・アボットは教卓に解答用紙を山積みにして、ペンを手に座っていた。ジェミーは思った——おれのほかにも、だれか別の人間の命がまじないをかけられて、あの紙の山のどこかに閉じ込められているんだ、と。こうしてワイシャツの襟元をゆるめ、ペンを持って座っていると、ときたまハッチェンスさんのところの食堂で会う若者とは別人のようだ。ここにいるときには魔術師をやっている。ハッチェンスさんの家で「ジョージ」と呼ばれているときにも、その魔力は感じられるけれども。とにかくこいつは見かけどおりの男ではない。

村に来たばかりの頃、ラクランやマッキバー家の姉妹のあとを追ってここへやって来ては、この男から邪険に追い払われたことを思い出した。あの頃この男はあの血のいやな臭いをさせていた。だから、最近になってこいつが親しみの気持ちを表わそうとしたり、親切なところを見せたりするが、信用できない。おれのためを思ってくれているのではなく、レオーナによく思われたいからやっているのだ。ジェミーはそう思っていた。

二つの顔を持つ男というのがいるものだ。ここで教卓の前に座っているときには暗い顔が表《おもて》に出ていて、こういうときのほうが魔力も強い。前に書類の山があって、肘のあたりには例の泥のようなにおいのする精霊の入った瓶が置いてある。

答案の採点という退屈な仕事を続けていたジョージ・アボットは、ふと目を上げると、窓からジェミーがのぞいていたので驚いた。というより、ぎょっとなった。いつからあそこにいたんだ？　ジェミーのひどく思いつめた表情を見て、鳥肌が立った。具合が悪そうで、いつものジェミーとはまったく違う。アボットは素早く立ち上がると、ジェミーを招じ入れた。

相手が何を欲しているのかを理解するのに、少し時間がかかった。ジェミーの話は吃音だらけ、まちがいだらけで意味をなさず、最初、こいつ気が狂ったに違いないと思った。アボットの聞いたこともない名前を挙げて、そいつをよこせと言っているようなのだ。だが、やがて「ウィレット」という名前が耳に入ったので、そういえば一年近く前、そんな名前を、まさにこの部屋で書き留めたな、と思った。それでわかった。あれを欲しがってるんだ。あれを書きつけた、あの紙を。あれを返してくれと言ってるんだ。だが、もちろんここにはない。フレイザー牧師が持っている。フレイザー牧師は今ブリズベンだ。

「これかい、ジェミー？」。アボットは採点していた計算問題の答案を一枚掲げて尋ねた。

ジェミーはずるがしこいような表情になって手を伸ばすと、おぼつかない手つきでアボットからその大事な紙を受け取った。アボットは答案をあっさり渡してしまった自分に我ながら驚いた。

紙を鼻先に持っていってにおいをかいだジェミーの顔に、なんとも言いようのない、だがアボットには絶対に忘れられない表情が広がった。ジェミーはまた期待をこめて待っている。アボットは何よりも好奇心に駆られて、というか、あの表情がまた見たくて、二枚目、三枚目と、次々に渡していった。乱暴でへたくそな数字が書いてある、インクのしみだらけの答案が全部で七枚、アボットの手からジェミーの手へ渡った。

「それ、何に使うのかい?」とアボットは尋ねた。

ジェミーは真剣な顔でアボットを見たが何も答えず、紙をポケットに滑り込ませた。まあいいさ、とアボットは思った。返せって言ったって無駄だろう。

「さ、もう家に帰りたまえ、ジェミー」。アボットはやさしく言った。「みんなが心配するよ。送ってってやろうか?」

ジェミーはかぶりを振り、あわてたように立ち上がりかけて、よろめいた。

「そうだ、何か持ってきてやるよ。パンと、それから水を」

ジェミーはまた腰を下ろし、アボットは黒板の背後の小部屋へ駆け込んで、パンをひと切れ分厚く切り、カップに水を一杯ついだ。ほんの少しいなかっただけなのに、片手にパンの皿を、もう一方の手に水のカップを持って教室へ戻ってみると、ジェミーの姿がない。わけがわからず、パンと水を置き、残りの答案の採点に戻った。ジェフ・マーカットたちに何て言えばいいだろう? みんながちっぽけな机の上で、少しでも書きやすいようにと紙をあっちへ向け、こっちへ向けし、「アボットせんせい」からたたき込まれたやりかたで苦心惨憺出した答えを、泥やインクのしみだらけにしながら懸命に書き込んだ答案なのに、このおれときたら、あんなに無造作にジェミーに持っていかせてしまった。

　アボットが少しずつではあったが自分自身を好ましく思うようになり、同時に自意識過剰がおさまり始めてからというもの、周囲の世界がそれまでとは違って見えるようになった。ジェミーについても、あの頃――アボットが、まるでやる気のない生徒のようにここに座って、フレイザー牧師が口述する「事実」を書き取っていた頃――とはまったく違う見方をするようになっていた。当時はジェミーのことを毛嫌いしていた。どろんとした目、肉のような生臭いにおい、おそらくどうしようもなくこびりついてしまった汚れ、そして何より、しきりに人のご機嫌をとろうとして媚びへつらうところを見ているうちに、それまでの信念がぐらついてきたのだ。信念というのは、「苦しみは、いかに卑しいたぐいのものであっても、人間の最良の部分を引き出してくれる。他者の苦しみを目の当たりにした者の心には、必ず崇高な感情が湧き起こる」という考えだ。だが、目の前にジェミーが現われても、崇高な感情などまるで湧いてこなかった。たとえこのけだもののような「人間」の中に残されているのが、フレイザー牧師の考えているとおりに、すべてを剥ぎ取られた本質的な人間性なのだとしても、あまりにも卑しすぎた。アボットは顔をしかめて鼻をつまんだ。こんなものなら願い下げだ。そんなあの頃の自分は、ご立派なご高説を口うるさく並べ立てる、ご大層な理屈屋だった！　若気のいたり？　不幸せだったから？　そんなことは言い訳にもならない、と今のアボットは思う。

　おそらくは重度の知的障害にすぎないのであろう、脂じみたぼろくず同然の男を前にして、フレイザー牧師が素性をはっきりさせてやろうと腐心していたあのとき、アボットはあからさまな侮辱を受けているように感じていた。ひとつには、このおれもずっと同席しているというのに、フレイザー牧師はこのおれには何の心づかいもしようとしない、という憤懣があった。

だが当時でさえ、それ以外に、もっと深い何かがあった。それは、ジェミーを理解してやろうと必死になるあまり、恥ずかしげもなく叫んだりわめいたりしているフレイザー牧師の見方がおそらく正しいのだという恐れ、牧師と自分が明らかにしようとしているジェミーの素顔は、この自分と案外似ているのかもしれない、という恐れだった。こうしたことをフレイザー牧師は最初から受け入れていて、それに見合った敬意と愛情をジェミーに注いできたが、アボットのほうは考えるだけでむかつき、自分の肌に黒々とさわられたあとが残るような気がして、息が詰まった。それで、はねつけようとしたのだが、最近ではやっと受け入れられるようになった。自分もずいぶん謙虚になったものだと思う。それに何よりも、アボットが近寄るたびにジェミーが当時のひどい仕打ちを思い出して縮み上がるのだ。今のアボットは、ただただ耐え忍ぶことにも、やはり何か意味はあるのだろう、と思えるまでになっていた(こんなふうにアボットは、相変わらず何につけても自分に照らし合わせて考える。こうする以外に、ほかの人々の心を推し量る手だてがないのだ)。できることなら、皆からジェミーをへだてている沈黙を打ち破ってやりたい。その沈黙の正体を明かしてやりたい。ジェミーの顔や体に残っている、目に見える傷跡だけでなく、それ以外の傷跡もすべて含めて、ジェミーが受けてきた仕打ちをあばいてやりたい。たとえば、あの片方しかない眉毛。おかげで、ミソサザイのようないぶかしげな顔つきに見える。そのためにひどい目にあわされるときもあれば、そうでないこともある。ときどき

——特に虚ろな、雄牛のような表情をしているときには——見る者の胸を打つ荘厳さのようなものを感じさせる瞬間がある。

「荘厳さ」という言葉が浮かんできても、アボットはもうはねつけなかった。自分が今どこにいるのかもわからずに、世界の果てから果てへ蹴飛ばされた男の中に、ときたまかいま見えるものを形容する言葉として、「荘厳さ」はちっとも大げさではない。ジェミーにわかっていたのは、自分が身ひとつであるということだけだ。そしてこの「身ひとつ」ということこそ、アボットが崇高な感情の王国から堕ちて到達した境地にほかならなかった。

二人は、おそらくただただ耐え忍ぶことによってこそ、人間の本質がもっとも鮮明に浮き彫りにされ得る、そんな場所、そんな大陸にいるのだ。いや、虚飾の織物だの、崇高な感情という妄想だのをすっかりはぎ取ってしまえば、ここだけでなく、ほかのどんな場所についても同じことが言えるのだろう。ともかく今のアボットは、あいつがちゃんと家に帰れたかどうか確かめてやろう、と採点を中断してハッチェンス家へ向かうほど、ジェミーに好意を抱くようになっていた。急いで行けば、途中で追いつけるかもしれない。

ジェミーは教室を出ると、ちょっと立ち止まった。あの紙は、大丈夫、ポケットにしっかり入っている。周囲を見回しているうちに、これでどこへでも好きなところへ行ける、この一本道を戻って村へ帰らなくてもいいんだ、と初めて思った。

例の沼地やセンネンゾクの細長い森の向こうに広がる北の空には、煙った輝きがあった。雲はほとんどない。ただひとつ、ぽっかり浮かんでいる雲が、太陽の——灰をすっかり振るい落として、核さえもが命を失いながら沈んでいった太陽の——ものとおぼしき光を映して輝いているだけだ。その下の森は、一日じゅう空へ空へと昇っていっては、また吹き下ろされ、山腹のこちら側全体を灰で覆った。それはこの土地の中心から吐き出される息。こうしたことには終わりがない。ジェミーにはそれがわかっている。ひとつの命が焼き尽くされ、芯まで炎にくり抜かれ、種がパチリと割れ、そこから新たな命が芽吹く。そういう決まりなのだ。ここでの季節の移り変わりは、火、灰、そして爆発、そういう順だ。真っ黒焦げの地面と、焼け焦げてはいるが不死身の切り株から、弾力のある新芽と、ゆるく折り畳まれた粘っこくて小さな若葉がはじけるように飛び出してくる。炎にさいなまれ続けた種子は、やがて固い殻が音を立ててひび割れ、突然、開く。そこへ最初の雨粒が落ちて、シューッと蒸気を上げる。葉が一枚、また一枚と開き、新しい森が元の姿を取り戻す。最初は羽のように軽く、薄ぼんやりしている。そして季節が一巡するあいだに黒焦げの枝とくすぶる煙とを通して息を吐く。その、季節の一巡というのがあまりにも長い。日や月の単位でも、人ひとりの一生でも、何人もの一生をひとからげにしたものでも、とうてい計れないほど。

　ジェミーは黒焦げの地面を素早く歩いていったが、その自分自身がぼろぼろ崩れてきた。ここに足を踏み入れるときに唱えなければならない呪文を今すぐ思い出さなければ、この体は消え失せて、あとにはかげろうしか残らない。歩いていくこの足が地面に降り積もった灰を蹴立てて舞い上がった土煙しか残らない。

　雨粒が一滴、舌に当たってジューッと音を立てた。そうだ、思い出した。呪文は「水」だ。小糠雨《こぬかあめ》がしとしと降り始めた。ジェミーは今、雨の国へと踏み込んでいく。やがて空が、雨をもつれた筋にして、絶え間なく落としてきた。すでに周囲は見慣れた風景だ。灰と化したものでも見ればすぐ何であったかがわかる、なじみの物に出くわす。それぞれの名前がジェミーの息に乗って輝きながら吐き出され、周囲で不意に生き返る。みずみずしい緑、やわらかな足、眼球、毛皮の下で張りつめた筋肉。

　フレイザー牧師とアボットがジェミーの素性を書き留めたあの紙は、まだポケットに入っている。それを取り出す。びしょぬれだ。紙に書いてあった名前や出来事を、すでに雨が洗い流し始めていた。やつらの黒い魔術は水っぽい空色になって、じっと見守るジェミーの目の前で、すすの粒のように流されていく。紙そのものがどろどろになって、手の中でくずれ、水に浸したパンくずのように指のあいだからこぼれ、水たまりへ落ち、ばらばらになり、ジェミーはそのまま立ち去った。「そいで、おれのダチ公のビリーと……ちっぽけな黒い布きれが……雷が鳴って、そいから……いろんな色の……」

第二十章

ウィナムの聖アイオーナ修道院では、尼僧たちが胸を躍らせていた。門から正面玄関の車寄せへ入ってくる道の、さび色をしたヤシ並木から現われた車は、きらめくラジエーターグリルといい、スポークタイヤを覆うフェンダーの流れるようなラインといい、尼僧たちにとってはいかにも珍しい存在だった。独特の美しさがあると言えなくもないその車は、ジンジャーエールやレモネードのびんの破片で忍び返しがつけてある、高さ三メートルほどの塀に囲まれてひっそりと静まりかえったこの隠棲の地に、快いエンジン音を響かせながら金属の車体をゆっくり乗り入れてきた。きっぱり縁を切るわけにはいかないものの、尼僧たちが努めて距離を置いてきた俗世を思い出させる、印象的だが危険な存在。最近、その世間が常にも増して騒がしくなり、悲惨な事件も起きて、尼僧たちは目や耳をそばだてている。車からさっそうと飛び出してきた運転手も人目を引いた。車の主はというと、これは車や運転手よりはずっとありふれた感じだが、だからといって皆の興奮がさめてしまうわけではない。

車の主は、尼僧たちにとってはなじみの深い世界、自分の父や兄弟と同じ世界の人間だった。芝居見物に出かけようと三つぞろえの背広を着込んだ内陸労働者《ブッシュマン》だ。だから運転手のようなモダンで華々しい魅力はかけらもないが、やはり年上の男だし、背広の肩のあたりの動物的な光沢やブーツの輝きからは、修道院の門の外に広がる非情な世界が想像できるのだった。運転手は車の鼻先をまわって、反対側の後部座席の扉をあけた。車の主、つまり大臣のぼさぼさの頭が現われた。大きな体だが難なく車から出てくると、歩いているときのように体を揺すった。

大臣は尼僧のひとりであるシスター・モニカに会いにきたのだが、そのシスター・モニカは、ここ数週間、常ならぬ立場に追い込まれていた。新聞種になっていたのだ。

シスター・モニカの書いた手紙が検閲でひっかかって、短いあいだではあったが、国家機密をおびやかす危険分子——おそらくスパイ——ではないかという嫌疑をかけられた。もちろんそんなことはい、い、い、たわごとであったし、ほどなく、そのとおり、たわごとであることが立証されもした。だが尼僧仲間のあいだには、しばらく、以前とは違った目でシスター・モニカを見るようになった者もいた。なにしろ、ただの嫌疑であってもこういう嫌疑をかけられること自体がちょっとした事件であったから。また、シスター・モニカが一時的にしろ鼻っ柱をへし折られたことを痛快がる者もひとりかふたりいた。シスター・モニカは控えめに言っても、それはそれは気性の激しい女で、謙虚さなどかけらも持ち合わせていない。だが、そうは言っても、皆、自分たちのささやかな共同体に垂れ込めていた暗雲がすっかり晴らされたことを喜んではいた。そして今ではだれもが知るようになったあの文通については、ありふれた出来事ではないにしても無害であって、いずれにせよニュースや政争、怒り、それに大英帝国自治領オーストラリアへの忠誠心を確かめる必要性——そもそもそんなふうに確かめること自体が無用だという見方もあっただろうが——とは無関係である、と発表された。

それでも尼僧たちは大臣がまた訪ねてきたらしいと胸を躍らせている。大臣自身の疑いはまだ晴れていない。少なくとも公的には。見るからに無骨な男で、朴訥《ぼくとつ》な話しかたをするにもかかわらず、どこかうさんくさいところがあるから、それを尼僧たちは面白がっている。世間、それも特に押しが強くて横柄な男社会に対する自分たちの不信感を裏づけてくれるというわけだ。尼僧の中には、階段の手すりにほこりがたまってはいないかと駆けずり回って調べたり、そでで窓ガラスをこすったり、玄関ホールの床のタイルに足あとや傷がないことをたしかめたりする者もいた。まるで自分たちの家政能力の低さをあばく検査官がやって来た、とでも言うように。尼僧たちはシスター・モニカが僧衣のすそを軽く引き上げて大臣を出迎えに行くのを二階の窓からそっと見守った。

「ラクラン」。シスター・モニカはそう呼びかけると、大臣の左右の頬にキスをした。「やあ」とラクランが答えて、上目づかいにちらりと見上げると、階上の尼僧たちは窓のかげにさっと身を隠した。話し声を聞かれることがなくても、まだ人目にさらされているこうした場面で、ジャネットをどう呼んだらよいのか、ラクランはいつも迷う。もう少しすれば、ただ「ジャネット」と呼ぶだけでよくなる。「シスター」という肩書きにも「モニカ」という洗礼名にも、どうもなじめない。

「ヤジ馬どもから逃げ出しましょう」とジャネットが言った。

「ウィルソン、四十分で戻ってくる」とラクランが言うと、運転手は左右のかかとをカチッと合わせ、階上の尼僧たちに与えている効果を大いに意識しながら芝生に出、修道院の建物を背に両脚を大きく開いて立った。その肩に日が当たり、むこうを向いた顔のあたりからタバコの細い煙がゆっくり立ちのぼり、大胆な鳥がブーツの周囲をついばみ始めた。

修道院の建物は砂岩と木で造られた堂々たるもので、ベランダも二階建てだ。下はふつうのベランダだが、上にはさびでよごれた板すだれ《ベネチアンブラインド》がさがっている。屋根は鉄でコロニアル様式だが、よろい窓をあしらった両端の尖塔と、円柱形のレンガの煙突とが、エリザベス朝様式と呼んでもよいような豪壮な雰囲気をかもし出している。

もともとこの建物は海運業を営んでいた地元有力者のために建てられたもので、舞踏室に撞球室、食堂とは別の調理場、それに召使い部屋の並ぶ区画があった。その地元有力者というのは、オーストラリア植民地の連邦化で奴隷売買に終止符が打たれる以前に、土着民を誘拐してきては北部の砂糖業者に奴隷として売りつけるという商売で財を成した。本人が亡くなると、未亡人がこの屋敷を修道院に寄付した。夫人は最近では第一次世界大戦の後方支援として慈善舞踏会を主催している。海外派兵と雄々しき自己犠牲を称揚する世論の高まりを受けて、一族の者が開拓時代に南太平洋で蛮行を犯したという汚名をそそぎ、世間の新たな敬意を集めようというわけだ。思惑どおりにいけば、沿岸の島という島で災いの種をまき散らした往年の悪漢も、白のチョッキに白いほおひげの好々爺としておさまることができるだろう。野暮な夢追い人の、荒っぽいながらも最後の雄壮な時代の象徴そのもの。そんな色づけで描かれた、この屋敷の元の主人の肖像画が、螺旋形の小柱と支柱を並べた杉材の手すりの階段を、威圧するように見おろしている。この屋敷の建設を思いついた熱帯の孤独な夜には、ここに子や孫が大勢住むのを夢見たのだろうが、それが実現しなかったことを惜しむような目。あるいは、地味なブーツをはき両手をポケットに突っ込んだ女たちが、ステンドグラスをあしらった玄関ホールを行き来したり、男の目がないのをいいことに僧衣のすそをたくし上げ、灰をまいては床のタイルをモップでこすったりするのを、非難がましくにらみつけているのかもしれない。

ラクランは初めてここを訪れたときに修道院長からもてなしを受けた。かつては荒くれで鳴らした老人ににらみつけられながら玄関ホールを通り抜けて（この老人、ダンカン・マグレガーには、昔、一、二度会ったことがあるが、なんともつまらない会見だった）、やたらに家具の多い薄暗い部屋へ招じ入れられ、ちっぽけでお上品なカップから紅茶をすすった。それをかたわらでジャネットがじれったそうに見ていた。

修道院長は分別のある女性だったから、二人のよからぬ風聞を耳にしても、あわてるようなことはなかった。ラクランとの面会でも、互いの魅力を十分理解し合おうとするだけの度量を見せた。だが、それきり二度と顔を出さないから、最近ではジャネットも形式張ったことはいっさい抜きで、修道院のごみごみした裏手を抜け、ラクランを庭へと連れていく。

裏手はひどくむさ苦しい。洗濯用の黒ずんだかまどや桶があり、レンガ敷きのでこぼこした小道には、アンティニョンヨンの桃色の花を冠のようにいただいて、傾いだ屋外便所が二つ立っている。ラクランは、日が暮れてから、ぶかぶかのブーツをはいて傘をさした修道女たちが、中味をはねこぼしながら肥え桶を運び出すところや、尼さんたちと顔を合わせては大変と暑い明け方にやって来たくみ取り屋が、桶をかついでよろめきながら荷馬車へ運んでいくところを思い浮かべた。

その午後は豪雨のあとで庭にはもやがかかっていた。カワラケツメイとカンナの茂みから、殻を背負ったかたつむりが這い出してきている。シスター・モニカ——つまりジャネット——はラクランの先に立ち、ブーツの足でザクリザクリと音をたてては、右に左にダンスのステップを踏みながら、ゆっくりゆっくり進んでいく。あとからついていくラクランのそでに、ぬれた小枝が引っかかって後ろへ引っ張った。ルリマツリだ。長く伸びた若枝の一本一本がびっしょりぬれている。ラクランは花を一輪摘み取ると、何の気なしにその茎を噛んで、かすかな甘みを味わった。なぜ立ち止まったのかと、ジャネットが振り向いた。

そして「ああ」と言った。ジャネットの心を痛いまでに打ったのは花の青さで、それはラクランの目とまったく同じ色だった。

「それ、今の子供たちもやるわよ」とジャネットは言い、最近来なくなってしまった幼い訪問者のことを思った。だが、今のラクランの姿に重なるようにしてジャネットの目に映っていたのは、町から来た少年の姿だった。ラクランが後年身につけた荒っぽさはまだかけらもなく、繊細な口元と天使のように清らかな気取った様子でポーズを取っている。その口から歌が流れ出すと、ジャネットの今は亡き母が涙をこぼした。

「そうかい?」とラクランは答えたが、いささか子供っぽいことをしてしまったと思った。無意識にやったことだった。花の茎のほのかな甘みなど、忘れてしまっていた。いや、忘れたとばかり思っていたが、心の片隅では覚えていたのだ。

ラクランが初めてここを訪れてから一ヵ月と一週間がすぎたが、そのあいだに庭の中でも二人のお気に入りの場所が決まっていた。今もジャネットはそこへラクランを連れてきた。

手すりをめぐらしたテラス。すっかり荒れ果てて、手すりの上にあったはずの飾りの壺も全部なくなってしまっている。そのテラスが、大理石の階段をはさんでさらに先へと広がる芝生を見おろしている。テラスの左半分は、白と黒の大理石の巨大なチェス盤になっている。白の大理石には黒い筋が、黒の大理石には白い筋がつき、でこぼこになったところや割れたところもあって、その割れ目には黄色い花をつけた深緑色のクローバーが茂っている。「チェス盤」の脇には、これも大理石で造られたベンチがひとつ置いてある。ソファーをかたどったベンチで、長枕のような肘かけと、かぎ爪型の脚があり、背もたれの部分にはぽっちゃりした頬でしかめ面をしている一対の子供の天使が彫り込んである。日の光はここまでは差し込んでこないが、ジャネットの蜂の巣箱がむこうに見える。巣箱は、一列のみすぼらしいリンゴの木と、一本の桑の巨木のむこうに続く下の庭に置いてある。

「いいかな?」とラクランは尋ねたが、それは形ばかりのあいさつで、相手の返事を待たずに上着を脱ぎ、腰をおろした。ワイシャツとチョッキだけになると、肩ががっしりとたくましく、腕は毛むくじゃらだ。このかっこうでは道路工夫そっくりで、手の甲も額も、日焼けによるしみに覆われている。

ひと呼吸おいてから、ジャネットは僧衣のふところ深く手を突っ込んで、リンゴを一個取り出した。

グラニースミスだ。

特別なリンゴでも見せられたかのように、ラクランはちょっと驚いたふりをして見せた。本当は、話の口火を切るきっかけとしてリンゴを取り出すのが習いのようになっていたのだが。「なんてみごとな！」と言い、皮膚のたるんだ手の中でリンゴをくるりとまわすと、鼻先に持ち上げて香りをかいだ。

ジャネットが見守る中、ラクランはポケットから折り畳み式のナイフを取り出し、刃を開いて芯まできれいに切り込み、リンゴを緑色の皮がついたまま薄く小さなくさび型に切り取ると、それを刃先にのせて差し出した。ジャネットがかぶりを振ると、自分の口に入れて、ごくゆっくりと噛んだ。ジャネットはラクランの手の甲のシミが気になってしかたがない。私と同じ。父さんとも。この国には合わない肌なのよ。

リンゴを薄いくさび形に切るのもジャネットの父のやりかただ。ラクランがここを初めて訪れて以来、ジャネットが毎回リンゴを一個持ってくるようになったのは、この切りかたが見たいから、ラクランがこの切りかたで切るのを見たときの喜びをまた味わいたいからだった。二人が別々にたどってきた道が、ほとんど偶然とも言えるような形で再び交わり、本来ならこんなにすぐには取り戻せなかったであろう親密さが二人のあいだに生じたのも、最初の日に果樹園でラクランが手を伸ばし、修道院のちっぽけな固いリンゴを摘み取って腰をおろし、ナイフで切り込んだときだった。

ラクランが訪ねてくるまで、二人はもう何十年も、ごくまれにしか会っていなかった。下院議員として、また、のちには大臣として、ラクランは常に世の注目を浴びる立場にあったが、それはおおやけのことにすぎなかった。そんなラクランの、家族の一員としての消息をジャネットに伝えてくれていたのは母であり、のちにはメグだった。そして二年前、ドイツの蜜蜂の研究者との文通が戦時下の検閲で引っかかったとき、ジャネットは親戚のよしみに甘える形でラクランに手紙を書き、「ふだん以上に愚かなことをやっている」検閲当局に大臣として働きかけてくれないだろうかと頼んだ。その手紙がラクランの立場を危うくしようなどとは夢にも思わずに。

文通相手はドイツのイエナに住むカトリックの司祭で、ジャネットの研究テーマに関連する問題に取り組んでいる人物だった。だがその人物は博士号を持ち、司祭という地位にもあり、さらには大学の研究室にもつてがあったから、ジャネットがもう三十年近くも解明しようとしてきた問題に関してはジャネットより有利な立場にいた。

ラクラン宛てのジャネットの手紙はこんな文面だった。人間どもの、もっと言えば政治家の、ちまちました法律なんか知りもせず、気にもかけない自然だけを相手にした研究なのに、国が邪魔立てするなんて、ばかげていると思います。(この手紙を書いたのは戦争が始まった頃のこと、本当におそろしい展開になる前のことだ)。そしてこう請け合っている。私と司祭さまがやりとりしている情報には、何の暗号もありはしません。いえ、あると言えばあります。英連邦の検閲のお役人に解けていないだけのこと。お役人さまがたが蜜蜂ででもないかぎり、解けはしますまい。司祭さまがいかに強烈な愛国精神の持ち主であろうと(私だって愛国精神くらい持ち合わせていますよ。ある程度はね)、ドイツ人としてもカトリック教徒としても危険人物であるはずがありません。それは私がオーストラリア人として、単なる女として、修道女として、危険人物でないのと同じこと……こうした内容のことが、どれもぞんざいな走り書きでしたためてあったから、昔ながらのジャネットを思い出させられたラクランは、あいも変わらず横柄なところや、大臣なんか何とも思っちゃいないと言いながら、その権力に訴えているところがおかしくて、思わず口元がほころんだ。

ラクランは手紙をとっておいて、あとで読み返した。正直なところ、ジャネットの抱えている問題にはそれほど関心が持てなかったが、いかにもジャネットらしい辛辣な文面をたどっているうちに、少年時代の自分やジャネットに、あのつらい最初の時代に戻っていた。

結局、ラクランはジャネットとドイツの司祭との文通を再開させるよう手配しておいてから、ジャネットにはもっと親しい調子の手紙を書いた。ご研究のことは私もかねてから聞いております。蜜蜂の研究家としての知名度は、お考えになっているほど低くはありません。ご両親さまが生きておいでになったら、さぞかしお喜びのことでしょう（後見人であった叔父夫婦を、とうの昔に亡くなった人たちの面影を、今になってこうして思い出すのは妙な気分だった）。家族の話になったので私自身のことにも触れますが、家内が七ヵ月前に他界したばかりです。いつかそちらへおうかがいしてもよろしいでしょうか。修道院で許可を出してくださるでしょうか。もちろん、許可がいただければ、そしてあなたご自身がよろしければの話ですが。

手紙を受け取ったジャネットは、丁重な言葉づかいや、遠慮がちで、やさしいと言ってもよいほどの調子に驚き、自分のとげとげしい手紙を振り返って、ばかなことをしたと思った。頭を下げて頼まなければならないことにプライドを傷つけられたというよりは、むしろラクランに対するわだかまりから、あんな手紙を書いてしまったことが自分でもわかっているだけに、なおさら恥ずかしい。こんなに長い年月が経っているにもかかわらず、ラクランへのわだかまりがまだ解けていないのだ。

何度も読み返して返事を書こうとしたが、できずにいるうちに一年がすぎた。そんなある朝、新聞を広げ、自分が国民の怒りと非難と不信の嵐に巻き込まれてしまったことを知った。これで、とうとうラクランと会わなければならなくなった。もはや単なる親戚同士としてではなく。

フォーティテュード・バレーに、ウォルター・ゲイツというパン職人が住んでいた。ドイツからやって来て帰化した男だ。ドイツ軍がベルギーのパッシェンデーレで勝利を上げてから一週間後、愛国心に駆られたラグビーファンの一団が、このゲイツの家の窓ガラスをたたき割る事件が起きた。ゲイツが苦情を申し立てると、逆に逮捕され、騒乱罪で告訴されて有罪判決を受け、オーストラリア人の妻と四人の子供と共に国外退去を命じられ、財産を没収された。

実にいやな事件だった。抗議集会が何度も開かれてアジ演説が行なわれ、新聞の社説でも取り上げられ、ゲイツ無罪放免を訴える陳情書に署名した著名人が指弾を受け、笑い物にされた。その著名人のひとりが、ゲイツの代理人であり、政府で閣内相を務める人物、つまり、ほかならぬラクラン・ビーティだった。議会で攻撃の矢面に立たされ、家に押し入られ、部下のだれかには無断で書類を新聞社に持ち込まれた。その書類の中に、修道女シスター・モニカからの手紙が入っていた。結局、その修道女はビーティ大臣のいとこであることがわかり、手紙の内容は……という具合である。シスター・モニカ、つまりジャネットは、ある朝『クーリエ』の第一面を見て仰天した。蜜蜂の飛行パターン、舞踏のステップ、方位などについてエルスハイマー神父に書いた手紙が、危険で不可解な国際謀議と受け取られて、そっくりそのまま紙面を飾っている。いとこのラクランへの手紙も載っていて、これが特にあやしげな印象だった。

活字で印刷されたのを読んでみると、たしかに妙な感じがした。間違いなく挑発的な書きかただし、個人ではなく国民の目で読んでみると、どう受け取ったらよいかわからない部分がある。自分でも認めざるをえなかった。それから一時間もしないうちにラクランが電話をかけてきて詫びを言い、心配はいらないとなぐさめた。この件に本当に関わりがあるのはぼくだけなんだから。あなたまで引きずり込むことになってしまって申し訳ない。そう言ってもらっても、ジャネットは恥ずかしかった。事の重大さがすぐにわかったのだ。

ほかの修道女たちには、それほどすぐにはわからなかった――興奮の渦に巻き込まれはしたが。わかったのは、ラクランの電話に続いて、ほかからもさまざまな電話がかかってきてからだ。新聞社からの取材申し込みの電話、子供の音楽のレッスンをキャンセルしたいという親からの電話、売国奴などと口ぎたなくわめき立てる匿名の電話。それから少年がひとり、あとで肉屋のせがれだとわかったが、自転車で門から入ってきて、英国国旗にくるんだ石を投げ、修道院の窓を割った。

午後になって学校がひけると、地元の子供たち、裸足でみすぼらしいなりをした男の子と女の子が六人ほど、ボール紙の靴箱を小脇にかかえて桑の葉を摘みに修道院へやって来るのが習いになっていた。ウィナム街に並ぶ、一部屋だけの粗末な小屋に住んでいる貧しい家族の子供らだ。こうした家庭の母親はほかの家の洗濯を請け負い、父親はキャノン・ヒルの食肉処理場で働いたり、道路工夫をしたりしている。シスター・モニカは、いちばんやわらかい葉が取れるようにと、子供たちを桑の木の上のほうまで登らせてやり、蜜蝋《みつろう》も与えて噛ませてやっていた。蜜蝋の甘みがすっかりなくなって蝋が白くなると、子供らはそれをこねる。女の子は人形の家に使う小さないすやテーブルを作り、男の子は最近では戦車を作って「ブルルーン」とうなり声を上げながら見せにくる。そんな子供たちが親から禁じられて、ここに来られなくなった。ウィナム街の六軒の家から泣き声が上がる。蚕がひどく腹をすかせているのだ。父親がどこか別のところで桑の葉を見つけてこようと出かけていく。ばかげた話だわ！　どれもこれも。その週の終わりに、ラクランがまた電話をかけてきた。フランシス院長の勧めもあって、最初の訪問が実現した。

その日、二人は気恥ずかしい思いをしながら、久しぶりに顔を合わせた。これだけ長いこと会っていなかったのだから、どのみち会いにくかったことだろう。ある意味では、「例の事情」があったからこそ、かえってやりやすかった。公的な話題で会話の口火を切ることができたから。まずい立場に立たせてしまってごめんなさいね、とジャネットはラクランに改めてあやまった。

「いやいや、そんなこと言っちゃいけない」とラクランは言い返した。「こちらこそお詫びを言わなくちゃ。君を引きずり込んじまったんだから。君と、それに気の毒なゲイツさんを。無関係な人たちばかりだ。戦争だって関係ない。そんなことを気にかけるような連中じゃない。ぼくの首をねらってるだけなんだ」。そう言われて考えてみると、たしかによくある話ではあった。「やつら、ぼくの首をとるよ。しまいにはね。そのことを言っておきたくて来たんだ。そうなっても、自分のせいだなんて思っちゃいけない」。ラクランは面白がっているようでさえある。

「でも、何か手がないの?」

「あるさ。反撃という手がある。今、それをやってるところでね。やられた分、たっぷり仕返しをしてやるつもりだ。そういうことにかけちゃ、ぼくは聖人とはかけはなれた人間だし。でも、勝ち目はない。審議の邪魔をしたんだから。そこが肝心なとこなんだ。ぼくを追い落とそうとしてるのは議員仲間で……いや、こんな話、やめよう。何かもっときれいなことが話したいな。たとえば君の飼ってる蜜蜂のこととか。君の清く小さな蜜蜂の話をしよう」

「小さくて残酷な蜜蜂だわ」とジャネットは言い直した。「そう、たしかに清潔でもあるけど。でも、気高いところだとか、難しいところとか、予測できないところとかは全然ないのよ。だから扱いやすいの。それで、ゲイツさんはどうなって?」

ラクランはかぶりを振った。

「お友だちだったの?」

「いや。本当はちっともうだつのあがらない男でね。ぼくから見れば信用できないんやつなんだ。ゲイツのかみさんが、これまたたいそう神経過敏な女で。病気だよ。どうしようもない。夫婦そろってお手上げだ。でも、ナンシーが」。そう言って、ラクランはちょっと口をつぐんだが、ジャネットにはナンシーがだれなのかわかった。「ゲイツの店のパンを買ってたんだ。あすこのグーゲルホフがお気に入りで」と言って、またちょっと口をつぐんだ。ラクランもジャネットも気落ちし始めていた。「だから、正直言って、ナンシーが亡くなってしまったら、すっかり縁が切れちまったというわけなんだよ」

二人は蜜蜂の巣箱を見に行こうとしているところだった。みすぼらしい木の並ぶ果樹園を通り抜けていくとき、ラクランがリンゴに手を伸ばした。「いい？　おこられるかな？」。そして一個摘んだ。十分熟れてはいるが、ちっぽけでいびつなリンゴだ。それをポケットにすべり込ませた。

ジャネットはラクランに巣箱を見せたが、ふつうとは違ってガラスでできていた。人間とは別の生物が中で繰り広げる出来事や、整然とした行動や儀式が、すべて観察できるようになっている。

近所の幼いアリスやケビンやベンも、この巣箱をのぞき込んでは、ジャネットが見落としていることを発見できないかと喜んで観察していたものだが（子供たちも「偉大なる神秘」を追い求めているのだ）、ラクランも同じようにしゃがんでガラス板のむこうをじっとすかし見ている。その顔には、とまどいの混じった驚嘆の念と、夢見るような純真な安らぎとが浮かんでいて、それは巣箱をのぞき込む子供たちの顔に浮かんでいる表情と変わらなかった。ジャネットはいつも、人間に比べればはるかにちっぽけではあるが、感動的なことにかけてはひけを取らない生き物の、難解な研究の手をしばし休め、そうした子供たちの表情を眺めては楽しんだものだった。

天国をのぞき込むようなものだ。ジャネットは常々そう思っていた。蜂の世界は天国の縮図だ、と。幾何学の才能と、意志疎通の能力をそなえ（この能力こそ、ジャネットが取り組んできた大きな研究テーマだ）、毛むくじゃらの頭をした小さな天使たちの生活をのぞき込む。そうした生活も、形態だけはガラスのこちら側からのぞくたびにはっきり見えるが、ジャネットが人間の目で見て、真に理解できるわけがない。もっとも、はるか昔、本当に理解できた瞬間があったと確信してはいるが。

遠い昔、その「瞬間」に導いてくれたのはハッチェンス夫人だ。言葉で説明して、ではなく、手本を示し、こちらの身になって教えることによって。だから今も、ジャネットはラクランに自分の生きかたを言葉で説明しようとはせず、巣箱をのぞかせて、自然にわかってもらおうとした。

一匹一匹別々の心を持ち、さらに群全体でひとつの心を持っている蜂を、かつては天使のようだと思っていた。だが最近では、ひとつの組織だと考えている。見方が変わったが、まったく違う見方になったのでもない。こういうことをラクランはわかってくれるだろうか？　わかってほしいと思った。

いずれにしても、二人の心がすでに歩み寄っていたことが、その少しあとではっきりした。二人でチェス盤の脇に置かれた大理石のベンチに初めて腰をおろしたときのことだ。ラクランは上着を脱ぎ、一方のポケットからさっき摘んだリンゴを、もう片方のポケットから小型のペンナイフを取り出した。そしてジャネットが見守る中、リンゴをきれいなくさび形に切り取りながら、孫のウィリーのことを話した。ウィリーはその十ヵ月前にフランスで戦死しており、ペンナイフはそのウィリーのものだった。象牙の柄は黄ばんでいて、片面にエドワード七世の、裏にはアレクサンドラ妃の、銀で縁取りをした肖像画がはめ込んである。ウィリーはそれをまだ幼い頃にもらった。まだ少年のおもかげが消えない年齢で戦地へおもむき、銃弾に倒れたときも、そのナイフはポケットの中に入っていた。紙巻きタバコやマッチ、小さな固いリンゴと共に。リンゴは、うち捨てられた果樹園でウィリーが摘み取ったものに違いない。ひと切れ、薄いくさび形に切り取ったあとがあった。

ラクランが何を言おうとしているのか、何をわかってもらいたがっているのかが、ジャネットにはわかった。少年には、ナイフを閉じて、リンゴと共にポケットにすべり込ませる時間だけは、きっとあったのだろう。異国の地で実《みの》った、その固く小さな果実に、そうやって芯まで切り込んだのが、少年の最後の行為となった。祖父のラクランが今やっているように、とても真剣に。そして、突撃を命じられた。撃たれたとき、甘酸っぱいリンゴの薄片は、まだ口の中にあったかもしれない。この世で最後の新鮮な味。それが少年の温かい呼気と共に吐き出されて秋の朝の涼気に混じり、それから、血が噴き出した。ジャネットはラクランがしみだらけの手でリンゴをもう一片切り取り、噛みしめ、呑み込むのを見つめていた。

それからは、ラクランが来るたびにリンゴを一個、用意しておくようになった。それについて、どちらも何も言わない。ただラクランが驚いたふりをして「ああ」と言い、手にのせてゆっくりと品定めをするだけだ。そんなわけで、五度目の訪問となった今も、ジャネットはラクランがりんごを食べるのを見守っている。ラクランは言った。「水曜日の予定だよ。前もって知らせておきたかったんで。お定まりの理由を発表する。健康状態が思わしくない、とね。もう息も絶え絶えだ、と」。そんな古風なスコットランド流のやめかたに、ちょっとほほ笑んで見せ、「ほんとはね」と言ってジャネットを見、声を立てて笑った。「生まれてこのかた、こんなに元気なときはなかったくらいなんだけど」

ラクランはもう一片リンゴを切り取り、口に含んで噛んだ。そして目を上げた。「あのね、もう十年早くここへ来てたらな、って思うんだよ」

ラクランと目を合わせたジャネットは一瞬首をひねったが、すぐに相手の思いがわかった。もしそうだったら、どんなだったかしら？　ラクランは孫のウィリーを連れてここに来たかったと言っているのだ。私も会いたかったわ。

でも、ウィリーの顔はね、たとえ会っていたとしても、これ以上は無理というくらい、それはそれはくっきりと私の心に浮かんでいるのよ、と言いそうになった。

ラクランが望んでいたのは、ジャネットが「ウィリー」という名を口にすることだった。その名前が声に出して呼ばれるのを、今、この世に生きている別の人間に呼ばれるのを、聞きたかったのだ。だが、そんなことをジャネットがどうして知り得よう？

愛って、なんてすごいものなの、とジャネットは思った。ジャネットの唇にのぼってきたのは、この「愛」という言葉だった。実際に声に出して言いはしなかったが。愛。代わりに、「ラクラン」と言って、ラクランの大きな手を、やはり日焼けでしみだらけになった自分の手で握りしめた。

ラクランが驚いた顔をしたので、手を離した。ラクランは両手をひざにのせて座っている。片手には食べかけのリンゴを、もう片方の手には小さなナイフを持って。ラクランが息を吸っては吐く、断続的な音が聞こえる。少し離れた所からは、ジャネットが飼っている蜜蜂の、絶えずぶんぶんうなる低い羽音が聞こえてくる。ジャネットがいつも意識している音。さほど遠くない所から聞こえてくる音。

二人は今、はるか昔に戻っていた。ここ何週間か、ジャネットとラクランが二人きりになるとよみがえり、二人に呼びかけては無視されてきた場面に。焼けつくような夏の午後。周囲の風景全体がゆらめいて溶けたかと思うと、また形を取り戻す。みんなで一緒に立っている。ラクラン、メグ、それにジャネット自身。ラクランは少し前に出ている。男の子だから。男だから。そこへ、まだ得体も素性も知れないあの生き物が、未知の世界をあとにして駆けてくる。あの土地そのものが三人めがけて投げつけてきた、みすぼらしい破片。あるいはそれは、あの土地の歴史の一部だったのかもしれない。それとも、未来をも含めた三人の歴史の一部だったのかも。そいつはかげろうを背にして柵の横木に乗り、この先どっちへ行ったらいいのかわからないとでも言うように、そこにとまっている。太陽めがけて飛び上がるべきなのか。それとも、そいつ自身の体に——たぶん心に——アンバランスなところがあったから、そのかたよりのせいか、重力か、あるいは三人の子供たちがじっと見つめるその視線に引っ張られたのか、ともかく、地面に根がはえたように突っ立っている三人の足もとへ舞い下りるべきなのか。どちらにしても、そいつはきれいに皮をむかれた柵の横木に足の指をひっかけ、筋ばった足にぐっと力を入れ、棒切れのような両腕を殻竿《からざお》みたいに振り回しながら立っている。

ジャネットはまたその場面に戻って立っていた。そして、気がつくとこう言っていた。「ときどきこう思うの。あれが、私の知り得たあの人のすべてなんだって。何にせよ、あの人のことがわかる以前の、あの瞬間に私が見たものが。あの人があそこにのぼってたときに」。そう言うジャネットの頭の中には、泥だらけのぶかっこうな指を折り曲げた足と、のけぞった頭を支えているごつごつした首の筋肉とが、また浮かんでいた。「かわいそうなあの人が、落っこちてくる前。そのあとはただの……あれより前ってことになると、はっきり思い出せることなんて何もないし、あれからあとは、ただのジェミーになってしまったし。私たちの愛するジェミーに」

愛するジェミー。喜びも悲しみも含めて、これだけ激しい感情を「愛」という言葉で表わすことに、何も問題はないとでも言うように、ジャネットが「愛するジェミー」と言ったものだから、ラクランは心の重荷が次第に軽くなり、溶け去っていくのを感じた。

「あいつがあそこにのぼってたときは?」

「わからないわ。これまで生きてきた中で、ひとりの人をあれほど鮮明に見たことはない、ってことだけしか。あの姿の中に、あの人のすべてを見たのよ。すべてを」

ラクランがジャネットを見た。ラクランのその青い目は今ではもう、うるみ、縁も赤らみ、まぶたもしみだらけだが、あのとき木の枝をライフル銃に見立ててかまえ、おそれおののきながらも大胆に、照準ごしに狙っていたのと同じ目だった。あのライフル銃は、丸く皮をむいた木から枯れ落ち、季節がひと巡りするあいだ地面に転がったままでいた乾いた枝を拾って銃に見立てたものだ。木の枝としての一生を終えた棒切れを少年が拾い上げて、今度は自分の世界の武器にした。少年の頭の中では、わが身を守ってくれる力も、獲物を殺す威力も完璧にそなえていたのだ。それであの生き物の心臓を狙い、よし、やった、と思った。だからあいつは落ちてきた。それが事の始まりだった。そして、あのイメージがラクランの頭の中で生きているかぎり、終わりはない。

終わりは、「結末」は、ジャネットも知っていた。こんな結末ではあったが。

ジェミーが姿を消してから九年後、ラクラン・ビーティは国道建設の準備作業を進める政府測量隊の一員として、測量を続けながら北上していた。完成すれば、点々と、そして続々と生まれつつある小さな開拓村や、眠たげな港町、金鉱探しの仮設村、鉄道の終点や製材所やサトウキビ工場の周辺に点在する家々などをつないで、ひと筋、北へ走る土ぼこりの道となる。ブリズベンを起点に二千四百キロ以上も北へ伸び、はるか熱帯地方まで——ボーエン総督が造らせた僻地の貧弱な港町の中でも、最果ての町まで——続くことになる。途中には、糖蜜の甘ったるいにおいが立ちこめるサトウキビ畑や、熱帯雨林がある。乾き切って木々もまばらな牧畜地帯もあって、そこには高さが三メートル近くもある蟻塚がそびえている。また、鉄砲水の刻んだ小川のあとが幾筋も残り、枝を大きく広げたマングローブに縁取られた川もある。どこもラクランにとってはおなじみの土地だ。土着民の言葉も、少しではあるが知っている。この三年間、最初は工夫のひとりとして、のちには現場監督として、沿岸地域のあちこちで測量や工事を続けてきたからだ。こういう動物的な仕事をやっていれば、自分の中に残っている幼さも、途方もない夢も、そのうち燃え尽きてしまうだろう、と信じて。

どの地点でも、測量器や杭や巻き尺を用意していると、雑木林から土着民が出てきて見物したり、面白そうだと思った者が手を貸してくれたりするし、主流から落ちこぼれて、あちこち渡り歩くみじめな生活に甘んじているはぐれ者の群にも出会うから、そのたびにジェミーのことを訊いてみた。かつて愛し親しんだ者と再び顔を合わせると思うと、どんな気がするか、どれほど胸が躍るか、ラクランにしかわかるまい、とジャネットは考えた。同時に、どれほど恐ろしかったことか。ラクランは良心の痛みから解放されていたわけではなかったから。ともかく、どんなふうに感じていたかは、当時のジャネットにはまったくわからなかった。もう親しい間柄ではなくなっていたのだ。

そしてラクランがとうとうそれらしき情報を得る日がやって来る。しかしそれも確かな話ではなかった。事件に巻き込まれたのは、もしかするとラクランの探していた群ではなかったかもしれないし、ラクランが知っている土着民の言葉といえば、ジェミーから習ったひとにぎりの単語と、ここ三年のあいだにわずかに聞き覚えた単語だけで、確実なものではない。それに、事件が起こった場所というのも、ジェミーのたどったと思われる道筋からラクランが推定した事件当時のジェミーの居所より北にずれていた。

それは、その六年前に一団の牧場主たちと地元の騎馬警官二人が土着民を「追い払おうとして」起きた事件だった。「大量虐殺」と呼ぶには被害者の数が少なすぎて、記事にする新聞もなかった。被害者は馬に蹴られ、鉄のあぶみで蹴り倒された。速駆《はやが》けで蹴れば、鉄のあぶみは頭蓋骨をも打ち砕く強力な武器になる。生き残りの者はばらばらになり、もっと大きな群に吸収されたが、そのひとりだった若い女が、ラクランにこの事件のことを話してくれた。被害者は全部で八人か九人。大人の男女のほかに、幼児も二人殺された。遺骨は土着民のいつものやりかたで供養された――樹皮で包み、枝のつけ根に置く。

　すでにこの話にも、この周辺で聞いたほかの話と同じように、事実関係を確認しようとすると、うやむやなまま終わってしまう部分があった。もしかすると、だれもが同じ事件のことを語っていたのかもしれない。問題の事件は、女の言うとおり六年前に起こったのだとしても、女の母親の時代に起こったのだとしても、あるいは去年起こったのだとしても、とにかく今ではもう、この土地そのものの夢幻時代《ドリームタイム》〔アボリジニの神話世界、万物創造の時代。天地、人類、万物の創造の経緯を語り伝え、人間も地球のほかの万物と同様に「生」の一部であるとする自然観をもつ。〕に――事実という骨が、すでに岩や獣や空といった皮膚をまとってしまった幻の領域に――溶け込んでいたのだ。

　話をしてくれた若い女が、現場に案内してくれるという。事件当時はまだ十歳か十一歳の少女だったから、もうひとり、年上の女にも同行してもらった。だが、こちらの女も、問いただしてみるとあいまいな答えしかできず、事件について遠回しにしか伝えられなかった。三人で海岸を離れて内陸へと向かうとき、確信を抱き、それにすがるような気持ちでいたのは、むしろラクランのほうだった。やがて小さな池のほとりの茂みにたどり着いた。女二人は岩の後ろにしゃがみ込んで、それ以上は頑として進もうとしない。年上の女は声をあげて泣き出した。

　遺骨があった。数はそれほど多くない。木の皮の包みが八つ。二つは子供のらしく小さくて、どの包みも目より少し高い所にある枝のつけ根に安置してあった。

乾いた包みをひとつ、またひとつと、順に見ていった。どれも同じで区別がつかず、どれかひとつに対して特別な感情がわいてくるわけでもない。ここへ来るまでは、絶対ここだという気がしていたのだが、そんな予感も当たらなかった。そこで、これが例の事件の犠牲者の骨であるのなら、どうぞこの中にジェミーの骨がありますように、と祈るような気持ちで、すべての骨に対して静かに哀悼の意をささげた。そして、自分が引き受けた務めが、約束が、やっと果たせたのだと自分で自分に言い聞かせて自由になり、心の重みをおろす必要があったから、証拠こそなかったが、ここがその場所であって、この包み——いじることはできないが——そのひとつに入っている骨が、ほかの犠牲者たちとは顎骨の形が違い、手脚の関節が大きくふくれ、左脚に古い骨折のあとがある者のものだ、さすらいの旅をついにここで終えた者のものだ、これに間違いない、と断じたのだった。それを叔父に告げたとき(ジャネットはラクランと目も合わさず、口もきかずに聞いていた)、あれはたしかにジェミーの骨だったと言い切ったが、本当は自分でも確信が持てないでいることがジャネットにはわかった。ラクランはこれまでの人生で中途半端なまま残してきたことのひとつに対して、こうやってけりをつけようとしていたのだ。そうでもしなければ、その傷が永久に血を流し続けていたかもしれない。

だが、それもみな五十年前のこと。大昔の話だ。もう、まるで別の国に住んでいるような気がする。今のラクランには、事がまだ終わっていないことを認めるだけの余裕があった。ジェミーが二人の心の中に引き起こした何かは、今なおそれぞれの生活の中に違った形で生き続けている。二人が死ななければ終わらないだろう。いや、二人が死んでもまだ生き続けるのかもしれない。二人は遠く離れ離れになってしまっても、今やっているように、また戻ってきては顔を合わせ、かげろうを背に浮かび上がったあの姿を、並んで見上げることだろう。まだ平衡を保っている。最後の一瞬、畏れ真剣に見つめる二人の視線に釘付けにされて。あのくっきりとした一瞬。三人がけっして離れることなく結ばれた、そしてこれからも永遠に結ばれている、最後の瞬間。

ラクランが帰っていったあと、ジャネットは自室の窓辺で、薄れていく光の中に座っていた。今でも自分のことを考えるときには、ほとんどいつも元の「ジャネット」に戻るが、今日はいとこが訪ねてきたから、なおさらだった。

この部屋は庭とは反対の側にあるから蜜蜂の巣箱もここからは見えないが、巣箱のことを完全に忘れてしまうことはない。頭のどこかで絶えず仕事を続けている。だから、窓からこうして別の景色を眺められることがうれしい。このあたりの平地は湾に近づくにつれて泥土に変わり、さらにこのあと潮が満ちてくると、一面、月光の海となる。

むこうに、いつもここにやって来ていた幼い訪問者たちの家がある。今にも倒れそうな柵やさびついた金網のあちら側に、短い丸太を土台にして建てた、ひと部屋だけの小屋。裏庭にはヒマワリが雑然と並び、がらくたがあちこちに捨ててある。古い寝台や壊れた二輪馬車。馬車は咲き乱れたアサガオの上にながえだけが突き出ているきりで、あとは見えない。ほかにも、ひもを渡して色あせた洗濯物が干してあり、雑草の上には古いビール瓶やひまし油の空瓶、黒焦げになった棒切れの端、レンガの破片などが転がっている。

あの明るい四角形のむこうでは、子供たちがテーブルについて、粉ふきいもやパンや肉汁の夕食をとっているが、しばらくすれば眠りにつくだろう。そして、靴箱の暗がりの中では蚕がかさこそと音を立て、桑の葉を食い、口からねばつく金の糸を吐き出していることだろう。細い細い糸を。小さなテーブルといす――アリスとケビンとイアンとイザベルとベンが最後のかすかな甘みまで全部吸い取って白くなった蜜蝋をこね、巨大な指紋を残しながら作ったミニチュアのテーブルといす――は、バターの箱で作った人形の家の小さな部屋の暗がりに置かれて、完璧な家具となっていることだろう。

ここまで心を自由にさまよわせ、そこからさらに潮くさい泥の浅瀬を越えて、湾の流れへと思いをはせるのは、実に心地よい。湾に満ちてくる潮の流れはまだ見えなかったが、近づいていた。

ジャネットの心は、荒れ放題の裏庭や小屋へとさまよい、眠っている子供たち――今はここへ来ることを禁じられているが、このばかげた事件にすっかり片がつけば、きっとまたやって来るだろう子供たち――の寝顔や、静かに糸を吐く蚕の顎を眺めながらも、色つきガラスのむこうで続いている蜜蜂の生活を、穏やかに、夢見るように、見守っている。蜂の生活の真髄に、蜂が使っている言葉に、ふだんよりさらに近づいて。円や半円、六角形、八という数字から成る純粋な幾何学の世界に住む、天使のような生き物に。

夢見心地から我に返って再び目を上げると、外の薄ぼんやりした青色は藍色に変わっていた。早々とほかの家より先にともされた明かりはもう消えていたが、家そのものも、その中で眠っている子供たちも、ジャネットの心からは消えていない。明るい月の光が干潟に射しそめ、満ち引きを繰り返してやまない波打ちぎわをくっきりと浮かび上がらせた。このすべてが、祈りだとも言える。家の明かりが消えたからといって、その家のことを忘れてしまうわけではない。子供らが来なくなったからといって、子供らに対する親愛の情が薄れてしまうわけではない。ウィリーのこともそうだ。ラクランの中にいると感じられるウィリー、ラクランを通して感じ取れるウィリー、あるいはジャネットが自分自身の中に感じ取れるウィリーと、ウィリーの口の中にあったリンゴの薄片とを除けば、何ひとつ知らないからといって、それで愛情が失せてしまうわけではない。ずいぶん前に亡くなった母のことも。暗い中、坂道に立っている。薄い服地を通してがっしりした体が黒いかたまりのように見え、それが動くのが、月の光に透けて見える。それから、朝の食卓にもたれて座っている父。まるで革のようにごわごわした首の後ろに、母が手をのせている。古い手袋のように皮膚のたるんでしまった手。修道院の、この部屋とは反対側の暗がりに置いてある蜂の巣箱。そこにいる無数の蜂の心が合わさってできた、ひとつの心。ぴったりと閉ざされ、秘密を守っている。その秘密に、ジャネット自身の心が近づいては、たじろぎ、あとずさる。ジャネットが将来再びその秘密に満たされるであろう、啓示の瞬間。そして、ここまで導いてくれたハッチェンス夫人。それからいつもの、もう何年も心に抱き続けてきた、無音の瞬間のジェミーの姿。一度だけ見た、一度だけしか見なかった、あの姿。皮をはがれてつやつや光る柵の横木に乗って、決して落ちることがない。フラッシュの吠え声が、明快な犬の言葉が、あたりの空気を切り裂く。ジェミーは両腕を大きく振り回すが、飛び立つことができない。

子供たちの視線に引っ張られてバランスをくずす。自分たちのそんな視線のことも、自分たちの生活にジェミーを引き入れたがっていることも、子供たちはまったく意識していない。愛。またしても愛だ。バランスはくずしたが、まだ落ちてはいない。このすべてなのです、ああ、神さま、このすべて。このどの部分も、暗闇の中に置き去りになさいませんよう。私の心からお消しになりませんように。今晩、今、世界のこの片隅で。いいえ、ほかのどこであっても。この時刻に、この戦争のさなかに……

干潟のむこうで光の筋が脈打ち、ふくれ上がる。もうはっきり見えるようになった海が波立ち、満ち潮が速度を増す。みるみる満ち、こちらへ近づいてくる。

われわれが祈りに近づくように。知識に近づくように。互いに近づき合うように。

月がわれわれの世界を引き寄せ、地球上の海という海が月に焦がれ、上げ潮に海が輝きわたり、ほとんど耐えがたいまばゆさになる。いまや速度を増した光の海が岸に達し、満潮になると、湾を取り巻く泥の岸辺が光を帯び、広大な大陸の輪郭が駆けめぐる炎の線となってもうひとつの命と触れ合う。

第一章で主人公のひとりであるジェミーが柵の上で叫ぶ言葉（この物語の種《たね》）は、モデルである実在の人物ジェミー・モリル（あるいはモレル）が実際に叫んだ言葉である。時と場所もほとんど同じ設定だが、周囲の状況は変えてある。「ジェミー」という名もモデルにした人物のものを使ったが、それ以外はすべてフィクションである。ただし、第十四章冒頭に出てくる三種類の自生の植物に関する説明は、E・グレゴリーがジェミー・モリルの生涯について書き残した短い記録から引用した。また、第十八章に登場するハーバート首相の描写の中には、ブルース・ノックス編『クイーンズランド州首相時代のロバート・ハーバートの書簡』を参考にして書いたものがある。

次の方々には心から御礼申し上げる。原稿をタイプしてくださり、最初の読者として数々の貴重な助言をくださったジョイ・ルイス、ブレット・ジョンソン、クリストファー・エドワーズの各氏、ニューイングランド大学のアラン・サンダーソン教授、チャットー&ウィンダス出版の編集者ジョナサン・バーナムとカーメン・キャリルの両氏。

【解説】「オーストラリア現代文学傑作選」刊行に寄せて

有満保江

近年、作家が自国以外の国で作品を発表し、作品が高く評価されるのはめずらしいことではない。読者は作品を手にして初めてその作家の国籍がわかることもある。作家はアジア系であったり、アングロ・ケルティック系であったり、およそ名前だけでは作家の出身国をいい当てることが困難なくらいである。ことにオーストラリア出身の作家は英語で作品を書くため、英語圏であればいとも簡単に国境を超えることができる。英語圏以外の国の作家であっても、昨今は翻訳という手段で言語の壁をすんなり乗り超え、海外で作品が読まれることもごく当たり前のことになっている。村上春樹の作品が、ある国においてその国の作家よりもはるかによく読まれるという現象も起こっているほどである。また最近では、日本語を母国語としない外国人作家が日本語で作品を書き、文学賞を受賞しているのは周知のとおりである。文学はもはや国家という枠組みのなかで、その国の民族、文化、言語を代表する産物ではなくなり、同時代人のあいだで共有されるものとなりつつあるようだ。

英語で書かれた文学といえば、二〇世紀半ばくらいまではほとんど英・米文学のことを指し、その他の英語圏の文学、たとえばオーストラリアやカナダ、ニュージーランドなどの文学はほとんど注目されることはなかった。オーストラリア文学がその存在を世界に知らしめたのは、一九七三年にパトリック・ホワイトがノーベル文学賞を受賞した時であろう。それまでは、オーストラリア以外の地において、オーストラリアに文学が存在することすら認められることはなかったのである。ここにあげたその他の英語圏についても同様のことがいえよう。国境を超え、文化や民族、言語の壁をも超えて作品を書いたり、また書かれた作品が読まれている現在の状況をみると、二〇世紀半ばから進行している文学のグローバル化はもはや避けられないものとなっているようだ。

文学は、ある国の歴史、社会、文化、そして何よりもその土地固有の、そしてその時代固有の精神を映し出すものである。ヨーロッパで生まれた近代文学は、国家を統一するために重要な役割を果たしてきた。さまざまな民族、文化、言語が混在した近代ヨーロッパにおいてひとつの国家を築きあげていくには、まず共通の言語、文化、民族の統一をはかることが重要な課題であった。そして文学がその役割を担ったのである。イギリスから入植し、新しい国家を築こうとした植民地時代において、同じ時間と空間を共有する物語は、国家統一のために不可欠なものだった。そして連邦成立期、およびそれ以降に生まれた文学は、オーストラリアの特異な自然環境とのかかわりを強調する作品が多く、入植者たちはこれらの作品をとおして、イギリスとは異なるオーストラリアの独自性を認識することができた。しかしイギリス人がヨーロッパから遠く離れた太平洋に位置する大陸へ入植し、オーストラリア独自の文学を確立するにはかなりの時間を要している。

二〇世紀も後半になるとオーストラリア文学は、カナダ、南アメリカ、アフリカ、インドなどのヨーロッパの旧植民地文学とともに、英語圏文学として注目されるようになる。それまでの文学の関心が欧米一辺倒であったものからそれ以外の地域へと移り、いわゆるポストコロニアルと呼ばれる時代を迎えていた。二〇世紀末になるとソビエト連邦の解体によって米ソの冷戦構造が崩壊し、東ヨーロッパ、中近東、東アジアなどの地域の国境線が引き直されていった。その結果、移民、難民の数が急激に増え、民族の移動が世界的規模で広がっていったのである。世界の構造の変化は世界の価値観の変容をもたらした。それに追い打ちをかけるように、科学技術の進歩が情報や経済のグローバル化を促し、民族や文化、言語の混淆が加速度的に進行していった。

世界のグローバル化の進行と並行し、オーストラリアでは一九七〇年代半ばになると、それまで掲げていた白豪主義を撤廃し、多文化主義政策を導入することになる。一九〇一年の連邦結成以来、単一民族、単一言語、単一文化という白豪主義を掲げていたオーストラリアが一転、いかなる民族や文化、言語をも平等に受け入れる多文化主義国家へと変貌を遂げるのである。オーストラリアは、洋の東西を問わず世界中のさまざまな地域からの移民を受け入れることになる。文学においても、それまで主流をなしていたアングロ・ケルティック系作家の作品に加えて、多様な文化的背景をもつ作家が作品を書くようになる。多文化社会オーストラリアは、国家統一のためのアイデンティティを確立するのではなく、多様な民族、文化を受け入れ多様な価値を認めあい、共存していく社会へと変容していった。現代のオーストラリアの文学は、かつてのような統一されたアイデンティティを求めるのではなく、「差異」のアイデンティティを掲げるものへと変容を遂げ、オーストラリア文学にまったく新しい風を吹きこむようになったのである。

現在の多文化社会オーストラリアには、英語を母国語としない移民たちも数多くいるが、彼らは世代を重ねることによって公用語である英語を習得し、英語で作品を書くようになる。そして最も注目されるのは、一九七〇年代頃からは、先住民作家が英語による作品を発表するようになったことであろう。元来、文字をもたなかったアボリジニ作家がオーストラリア文学に加わることにより、オーストラリア文学にアングロ・ケルティック系が主流だったオーストラリア文学とはまったく異なる文学の幅と奥行きを与えている。オーストラリアの多文化現象は、世界的規模で進行する経済、情報、民族、文化のグローバル化と重ね合わせるかのように進行し、オーストラリア文学は、従来のヨーロッパの近代小説の概念とは異なる新しい形の小説を世界に先駆けて提示しているといえよう。

＊＊＊

この度、現代企画室より「オーストラリア現代文学傑作選」というプロジェクトがスタートすることになった。このプロジェクトの趣旨は、従来、英米に集中されることの多かった英語圏文学のなかでも、多文化現象が顕著にあらわれているオーストラリアに注目することによって、新たな文学の可能性を見出し、それを日本に紹介するというものである。これまでオーストラリア文学のなかですでに日本に紹介されているのは、前述のパトリック・ホワイトを含めて、世界で活躍しているピーター・ケアリー、トマス・キニーリー、リチャード・フラナガンなどの作品があげられよう。

今回の企画の特色は、国際的には高い評価を受けながらも、日本にはまだ紹介されていない現代の作家たちに焦点を当てることにある。一九七〇年代に導入された多文化主義政策のもとにオーストラリアへ移住してきたアングロ・ケルティック系移民作家はもちろん、非英語圏や東南アジアからの移民作家の作品が含まれる。さらには、かつて白豪主義のもとにオーストラリアから排除され、絶滅の危機にあったアボリジニの子孫である作家たちの作品も含まれる。そして今回の企画で何よりも注目していきたいのは、こうした多様な文化的背景をもつオーストラリア作家たちが織りなす文化の混淆《こんこう》である。この多様性豊かな現代のオーストラリア文学には、共通するふたつの大きな特色がみられる。そのひとつは、この国の過去の歴史である。現在のオーストラリアの社会、歴史、文化を語るとき、ヨーロッパ人がこの大陸に入植してきたはるか以前からこの土地に住み続けていた先住民、アボリジニを抜きにして語ることはできない。入植期からオーストラリアに居住しているアングロ・ケルティック系オーストラリア人はもちろん、その後に移住してきた移民にとっても、この国の過去の歴史と彼らとの間には、切っても切れない強い結びつきがあるように思われる。

先住民アボリジニは一九七〇年代にオーストラリアの一員として認められることになったが、それ以前はその存在は抹殺されていたに等しかった。多文化主義社会となる以前からアボリジニのことを作品に描く作家は存在したが、アボリジニの描写はオーストラリアのなかの一風景として描かれることが多く、彼らの主体的な視点が作品に投影されることはほとんどなかった。彼らの存在がオーストラリアの社会や文化、そして歴史のなかに浸透していくにはかなりの時間を要している。しかし、多文化社会を迎えて今日に至るまで、オーストラリアの作家たちの作品は、オーストラリアの過去の歴史やアボリジニの存在に何らかの影響を受けているように思われる。作家の民族的、文化的アイデンティティにかかわらず、また生物学的にアボリジニと何らかの接点があろうとなかろうと、アボリジニの存在は、彼らの心のなかの深い部分に、拭い去ることのできない大きな影を落としているように思われる。現代のオーストラリア文学を読むにあたり、改めてオーストラリアの過去の歴史やアボリジニの存在が、現代の作品のなかにどのような形で表れてくるのか、注意深く読みとることが重要となってくるであろう。

現代のオーストラリア作家の特質のふたつ目は、彼らの場所についての意識、とりわけ「ホーム（故郷＝home)」についての意識である。いうまでもなく、すべてのオーストラリア人はどこか別の場所から移動してきた移民である。* したがって、オーストラリア人にとってのホームとは、彼らが居住しているオーストラリアではなく、彼らの出身地のことを意味している。移民の二世代目、三世代目、あるいはそれ以上であっても、彼ら自身の心のなかには、現在居住している場所とは異なるもうひとつのホームが存在しているのである。たとえ彼らがその地に居住したことがないにしても、あるいは彼らがその地を訪れたことがないにしても、彼らの記憶のなかには、あるいは想像のなかには、オーストラリア以外の「ホーム」が存在しているのである。このようにひとりの人間にとって、それが現実の場所であるかないかにかかわらず、どこか別の場所にかかわりをもつ者を「ディアスポラ」と呼ぶが、彼らにとっての「ホーム」あるいは「場所」に対する意識は、彼ら個人のアイデンティティの形成にも大きな影響を与えているように思われる。民族的、文化的混淆が複雑な形で進行する現在のオーストラリア作家の作品には、かつてないほど複雑なアイデンティティの表象がみられるのではないかと思われる。

＊オーストラリアの先住民は、東南アジアのカウスワンプ人（ジャワ原人）が祖先ではないかという説がある。オーストラリア大陸が東南アジアとまだ地続きだった頃に移動してきたと考えられている。
(http://www.gondo.com/g-files/aborig/aborig2.htm)

「オーストラリア現代文学傑作選」に掲載される作品には、ここにあげた現代のオーストラリア文学にみられるふたつの大きな特質が色濃く表れている。作家の心の奥深くに潜んでいる過去の記憶が思わぬところで蘇り、その記憶によって形成される想像の世界が、現実の世界と交錯しながら複雑で不思議な世界を醸し出す作品もあるだろう。また、ホームでありながらホームでないオーストラリアとの複雑な関係性を、現実と幻想を交錯させて小説世界を構築する作品もあるだろう。いずれにしても、オーストラリア以外のどこにもない、紛れもないこの土地がもつ記憶とともに生きるオーストラリア作家として、彼ら自身の想像力と創造性が創り出す小説空間を読者に紹介することができれば、この上ない喜びである。

まず初めに出版されるのは、ディヴィド・マルーフ（David Malouf）の『異境』（*Remembering Babylon*）である。マルーフの紹介については後述されるのでここでの言及は控えるが、この作品は右にあげたオーストラリア作家のもつふたつの特質を充分に具えたものである。この作品は、人間は異質な世界、文化、人間に遭遇したときに、いいかえるならば「他者」と遭遇したときに、どのように対応するか、どのように接することができるのか、を検証するものである。このテーマは過去にも繰り返し扱われてきたものであるが、この作品は、紛れもなくオーストラリアで生まれた、オーストラリアの特殊性を具えたものである。そしてなお、特定の「場所」に囚われることのない、世界中の人びとに読まれる普遍的なテーマを扱った作品である。

今後、この「オーストラリア現代文学傑作選」には、多様な文化的、民族的な背景をもつ作家の作品が登場することになるであろう。マルーフよりはずっと若い世代の作家も登場するであろう。彼らのオーストラリアに対する歴史や文化の認識はマルーフのそれとは大きく異なるかもしれないが、オーストラリアという土地やこの時代に、そして作家固有に具わった想像力によって作品の世界を広げていくであろう。人の移動がグローバルな規模で進行している今日、オーストラリアの作家たちは、世界の至るところに存在する「ディアスポラ」と共通した存在であるといえよう。彼らは自らの身を安心して置くことのできる「場所」、あるいは「ホーム」を求めてさまざまな境界を超え、作品を生み出している。彼らの作品には、この時代を生きる人びとと共有できる何かが具わっていることは確かである。

（オーストラリア文学／同志社大学教授）

訳者あとがき

デイヴィッド・マルーフの代表作のひとつ、*Remembering Babylon* の邦訳を日本の読者の皆様にお届けできる日がようやくやって来た。オーストラリアの友人から紹介され、そのすばらしさに惚れ込んで無謀にもさっそく翻訳を始めてしまったのが十二年前のこと。以来、作品の持つ力を信じてひたすら推敲を重ねてきた。感慨ひとしおである。

それほど惚れ込んだこの小説を日本の皆様にどう紹介したらよいかと頭を悩ませているうちに思い浮かんだ特徴は三つ。ひとつはマルーフの言葉に対する強い思い入れである。言葉の持つ不思議な力、異言語に接したときの違和感や驚きや新鮮さを、詩人でもあるマルーフがその繊細な言語感覚を発揮し、言葉の持つ「霊力」を自ら駆使して表現している。たとえばこの『異境』には、アボリジニに育てられた少年ジェミーが開拓村の白人社会に戻ったことがきっかけとなって、幼い頃使っていた英語と、それにまつわる物事が記憶の底からよみがえってくる場面がいくつもあるが、そうした場面が言葉の不思議さを読み手に改めて意識させる。ジェミーがふだん使っていたアボリジニの言葉とは違う、幼い頃の言葉がいきなり意識の表面に浮かび上がってくるときの奇妙な感覚がとてもリアルに表現されている。また、言葉にしてしまうと良きにつけ悪しきにつけ現実の世界に何らかの影響を及ぼすという日本の「言霊《ことだま》」にそっくりな感覚を、白人開拓者に心のうちで語らせている場面もある。さらに、*Remembering Babylon* に並ぶ代表的作品 *An Imaginary Life* では、性的描写の多い詩を書いてアウグストゥス帝の不興を買い、僻地へ流されたという古代ローマの詩人オウィディウスが、僻地の「野蛮人」と苦労のすえ意思疎通をはかり、現地語を習得していく過程が面白く描かれている。言葉に対するこうした畏怖の念、驚き、好奇心、興味、愛着といった感覚、感情を、マルーフは詩のように美しい流れやリズム、イメージ喚起力のある散文で表現している。ひとつのパラグラフが一文から成るような長い文が多く、流れで一気に、リズミカルに読ませ、研ぎ澄ました言葉で鮮烈なイメージを浮かび上がらせる。

二つ目の特徴はこの作品でたびたび出てくるアボリジニの神秘的な世界である。主人公のひとりであるジェミーを通して紹介されるアボリジニの世界観、宗教観は、万物に神が宿るとする日本人の自然観とよく似ている。たとえば、現地の植物を広範に調べて初めての図鑑を作ろうとしている牧師をジェミーが案内して、ともに山を歩きまわる場面がある。ジェミーの眼前にはさまざまな精霊が宿りエネルギーに満ちあふれた神秘的な大自然が展開していくのだが、牧師の目には草木や鳥しか映らない。その土地を「なわばり」としているアボリジニがたまたまそこに居合わせても気づきもしない。フィクションでありながら迫真性に富んだアボリジニ独特の世界は、著者によるとこれまでに読んだり聞いたりしたことを基にして描き出したものだそうで、ごく親しい知人がアボリジニにいるとか、長期にわたって取材したとかいうことはないらしい。それにしてはあまりにもリアルな世界、あまりにも美しくて神秘的なアボリジニの世界がある。この世界はおもにジェミーの目を通して語られているが、白人の村人の中にもひとにぎりだが心の自由な人がいて、そういう人々はこの世界を理解し自分の中に取り入れてしまうと同時に、この世界に取り入れられることをすんなり許してしまう(これが如実に表れているのが十五章の養蜂のエピソードで、ここはアボリジニの世界を描いている中でも格別印象に残る場面である)。こうした人々こそがオーストラリアを真の意味で自分の祖国にし、そこにどっしりと根を張り、次世代へと確実につないでいった建国の祖なのだろう。

そして三つ目は「孤独」。マルーフの小説には孤独な人物が数多く登場する。『異境』も例外ではなく、大勢の登場人物が各人各様の孤独を抱えている。十九世紀のロンドンに生まれながら数奇な運命に翻弄され、開拓初期のオーストラリアで何年もアボリジニと暮らし、ある日自分から白人社会に戻ってきた青年ジェミーが、それまでとは打って変わって複雑な人間関係に巻き込まれ、次第につのらせていく疎外感と違和感。ジェミーを引き取ったことで、アボリジニを恐れる村人たちから孤立していく一家。アフリカでの冒険を通して男の中の男になりたい、と夢見ていたにもかかわらず、ほとんど名前しか知らなかった「オーストラリア」の、それも貧弱な開拓村のしがない教師になるしかなかった青年の幻滅。炭鉱事故で父を亡くし、スコットランドからはるばる僻地オーストラリアの叔父一家に引き取られてきた少年の悲しみ。ヨーロッパの白人文化を持ち込むのではなく、オーストラリアの大地に深く根差した新しい農業、新しい暮らしを、と説き、だれからも相手にされない夢見がちな牧師……それぞれがそれぞれに壁にはばまれ、外界に対して疎外感や抵抗感を抱き、孤立している。

「孤独」はマルーフの様々な小説を読んでいて、多くの登場人物から感じ取れる特徴なのだが、そのような人物を生み出してきたマルーフの視点の背景のようなものを見つけたと思った瞬間があった。それは自伝的作品集 *12 Edmondstone St.* に収録されている小品 *The Kyogle Line* を読んだときのことだ。その中で語られていたのはレバノン系移民としてオーストラリア社会に溶け込もうと苦闘した祖父と二世の父、それを見て育ったマルーフの体験——住み慣れた土地を泣く泣くあとにし、それまでとはまるで違う気候風土の中で、多数の民族が作り上げてきた社会に新参者として加わり根を下ろさなければならなかった人間の抱いてきた不安や重圧感や疎外感だった。

しかし考えてみれば、この「多民族国家へやって来た新参者」の目線は、最初に述べた異言語、異文化に接したときの違和感や驚きの説明にもなるし、二つ目の特徴のところで述べた「この世界を理解し自分の中に取り入れてしまうと同時に、この世界に取り入れられることをすんなり許してしまう」人々、「オーストラリアを真の意味で自分の祖国にし、そこにどっしりと根を張り、次世代へと確実につないでいった建国の祖」にも通じる。さらに、*The Kyogle Line* の日本語訳「キョーグル線」にはこんな一節もある——「父はアラビア語とオーストラリア語を等分に話して育ったことに僕が気付いたのは、ずっと後になってからだ。祖父母はアラビア語以外をほとんど話さなかったのだから。でも僕が知るかぎり、父はたった一語さえアラビア語を発したことはなかったし、理解できることを示すそぶりを見せたことさえなかった」。こういう祖父と父に育てられた三世のマルーフは、母語であるオーストラリア語を自在に操ってすばらしい詩や小説を書きつづけている。どうやら「孤独」だけでなくほかの二つの特徴の背後にも同様に移民三世マルーフの視点がありそうである。移民が作り上げたという独自の歴史を持つ国オーストラリアの代表的作家、マルーフならではの視点が。

（ちなみに前述の「キョーグル線」はマルーフでは初の邦訳作品で、『ダイヤモンド・ドッグ――「多文化を映す」現代オーストラリア短編小説集』（現代企画室、二〇〇八年）に収録されている）

末筆ながら、創作上の意図、オーストラリア独特の単語や言い回し、文化的背景等に関する訳者の度重なる質問に根気づよく答えてくださり、出版まで終始温かい励ましのお言葉をかけてくださった著者デイヴィッド・マルーフ氏に衷心より御礼申し上げる。また、本書の真価を見抜き、突然の企画提案に独創的なアプローチで応じてくださり、出版までさまざまに労を担ってくださった現代企画室の小倉裕介氏、オーストラリア文学の専門家として企画の推進にご尽力くださり、訳稿に関しても逐一ていねいに目を通してくださり、有益なアドバイスの数々をくださった同志社大学の有満保江先生、同じく、拙訳にていねいに目を通してくださり、貴重なご意見、ご提案をくださった立命館大学の湊圭史先生、この企画の意義を認めて常に強力なバックアップをしてくださったオーストラリア大使館、豪日交流基金の堀田満代氏、企画の実現に向け豊富なアイディアとノウハウを活かして精力的に動いてくださったアートフロントギャラリーの前田礼氏、本書の真髄を実によく表した深く静かな、そしてスタイリッシュな装丁をデザインしてくださったカットクラウドの塩澤文男氏に、心から感謝申し上げる。さらに、原作を紹介してくれた上、原文の解釈についての無数の質問に丁寧に答えてくれた長年の親友キャロライン・井上・グラントさんと、十二年もの長い間、訳稿の作成と推敲を手助けしてくれたマーリンアームズ株式会社の武舎広幸氏に特別の「ありがとう」を贈りたい。

武舎るみ

二〇一一年十一月

【著者紹介】

デイヴィッド・マルーフ（David Malouf）

1934年、クイーンズランド州ブリスベン生まれ。父方の家族はキリスト教徒のレバノン人で、1880年代にオーストラリアに移住。母方はポルトガルに祖先をもつユダヤ系イギリス人で、第一世界大戦直前にロンドンから移住してきた。クイーンズランド大学で学び、卒業後に同大学にて2年間、教鞭を執る。24歳でオーストラリアを離れイギリスに滞在、ロンドンとバーケンヘッドで教職に就く。1968年に帰国後、77年までシドニー大学で英文学講師。現在は専業作家として、オーストラリアとイタリア南トスカナで暮らす。『想像上の人生 *An Imaginary Life*』(1978) で1979年度ニューサウスウェールズ州首相賞、本作品『異境 *Remembering Babylon*』(1993) で1993年度の同賞を受賞するなど、国内の重要な文学賞を多数獲得。『異境』は1994年度のブッカー賞の最終候補にも残るなど、オーストラリアを代表する作家として国際的にも高い評価を受けている。ほかに詩集も6冊出版、オペラの台本を執筆するなど多面的な創作を行なっている。

【訳者紹介】

武舎るみ（むしゃるみ）

1958年、東京に生まれる。学習院大学文学部英米文学科卒。現在、マーリンアームズ株式会社取締役、翻訳家。主な訳書に、ジョーゼフ・キャンベル『野に雁の飛ぶとき』(角川書店､1996)､ウィリアム･アリスター『キャンプ——日本軍の捕虜となった男』（朔北社、2001)、カレン・アームストロング『神話がわたしたちに語ること』(角川書店、2005)、ヘンリー・ミラー『薔薇色の十字架刑——プレクサス』(水声社、2010) などがある。

Remembering Babylon by David Malouf
Masterpieces of Contemporary Australian Literature, vol. 1

異境

発　行　2012年2月28日初版第1刷1500部
定　価　2400円＋税
著　者　デイヴィッド・マルーフ
訳　者　武舎るみ
装　丁　塩澤文男　久保頼三朗（cutcloud）
発行者　北川フラム
発行所　現代企画室
東京都渋谷区桜丘町15-8-204
Tel. 03-3461-5082 Fax 03-3461-5083
e-mail: gendai@jca.apc.org
http://www.jca.apc.org/gendai/
印刷所　中央精版印刷株式会社

ISBN978-4-7738-1206-0 C0097 Y2400E

現代企画室の海外文学作品

セルバンテス賞コレクション

スペイン文化省は一九七六年に、スペイン語圏で刊行される文学作品を対象とした文学賞を設置した。名称は、『ドン・キホーテ』の作家に因んで、セルバンテス賞と名づけられた。以後、イベリア半島とラテンアメリカの優れた表現者に対して、この賞が授与されている。このシリーズは、セルバンテス賞受賞作家による、スペイン語圏の傑作文学を紹介するものである。

①作家とその亡霊たち　エルネスト・サバト著　寺尾隆吉訳　二五〇〇円

②嘘から出たまこと　マリオ・バルガス・ジョサ著　寺尾隆吉訳　二八〇〇円

③メモリアス——ある幻想小説家の、リアルな肖像　アドルフォ・ビオイ＝カサーレス著　大西亮訳　二五〇〇円

④価値ある痛み　フアン・ヘルマン著　寺尾隆吉訳　二〇〇〇円

⑤屍集めのフンタ　フアン・カルロス・オネッティ著　寺尾隆吉訳　二八〇〇円

⑥仔羊の頭　フランシスコ・アヤラ著　松本健二／丸田千花子訳　二五〇〇円

⑦愛のパレード

セルヒオ・ピトル著　大西亮訳　二八〇〇円

⑧ロリータ・クラブでラヴソング

ファン・マルセー著　稲本健二訳　二八〇〇円

以下続刊（二〇一二年二月現在）

現代アジアの女性作家

リナ

姜英淑著　吉川凪訳　二五〇〇円

苛酷な世界を生き抜くため、越境を重ねる少女。幾多の悲惨な出来事の果てに、彼女はなにを選びとったのか？　流動化する世界を射抜く鮮烈な創造力。

橋の上の子ども

陳雪著　白水紀子訳　二二〇〇円

台中の夜市、人・物・金が渦巻く「橋の上」で傷つき迷いながら生きてきたレズビアンの主人公は、書くことにより自らの存在にたどり着く。自伝的小説。

ウッドローズ

ムリドゥラー・ガルグ著　肥塚美和子訳　三〇〇〇円

インド社会の文化や制度に抑圧されて生きてきた五人の女性と一人の男性。それぞれが自らの半生を語るなかから、新しい再生の可能性が示される。

*価格は税抜き表示